Herzvibrieren

* * *

*Wenn man auch tausend Mal
den Mut verloren hat,
und alles hoffnungslos scheint,
wenn man am Ende ist
und keine Kraft mehr hat,
so ist doch noch alles möglich.*

* * *

Josie Kju

Herzvibrieren

*Bibliografische Information der Deutschen National-bibliothek:
Die Deutsche Nationalbibliothek verzeichnet diese Publikation in der Deutschen Nationalbibliografie; detaillierte bibliografische Daten sind im Internet über http://dnb.dnb.de abrufbar.*

*© 2017 by Josie Kju
Die Rechte liegen bei der Autorin. Nutzung, Vervielfältigung, auch in Auszügen, ist untersagt.*

*Lektorat: Susanne Pavlovic
Korrektorat: Sabine Müller, Rebecca Resch
Marketing: Tanja Rörsch, Agentur mainwunder
Umschlaggestaltung: Juliane Schneeweiss, juliane-schneeweiss.com
Bildmaterial (c) Depositphotos.com/belchonock, peshkova, voronin-76, Neirfvs, dabjola*

Herstellung und Verlag: BoD – Books on Demand, Norderstedt

ISBN: 978-3-7431-0139-5

Inhaltsverzeichnis

Kapitel 1	*Es gibt Begegnungen im Leben*	7
Kapitel 2	*Und wenn man ganz unverschämt viel Glück hat*	12
Kapitel 3	*Wer die Gabe hat*	26
Kapitel 4	*Zufall!?*	33
Kapitel 5	*Mein Herz weiß, was es will*	39
Kapitel 6	*Alles in mir sehnt sich nach Dir!*	46
Kapitel 7	*Missed opportunities!*	48
Kapitel 8	*Ein wacher Geist*	68
Kapitel 9	*Leevi & Leviten*	73
Kapitel 10	*Wie gut, dass es mutige, spontane Menschen gibt*	80
Kapitel 11	*Freud und Leid*	103
Kapitel 12	*Fünf einzelne Worte*	139
Kapitel 13	*Kangarooland*	153
Kapitel 14	*Du hast niemals ausgelernt*	178

Kapitel 15	*Nehmen wir das Schicksal eben selbst in die Hand*	182
Kapitel 16	*„Sweet Home"*	194
Kapitel 17	*Beach Girls*	210
Kapitel 18	*Die Geschichtenjägerin*	222
Kapitel 19	*Grand strides*	244
Kapitel 20	*Tanzen ist wie schweben, aber*	250
Kapitel 21	*Und plötzlich ist alles wieder anders*	258
Kapitel 22	*Verwirrungen*	265
Kapitel 23	*Helsinki again*	280
Kapitel 24	*Let`s do it!*	327
Kapitel 25	*Es weihnachtet sehr!*	338
Kapitel 26	*Ruhe vor dem Sturm*	349
Kapitel 27	*Ich hasse Geschichten ohne Happy End*	362

❦ Kapitel 1 ❧

*Es gibt Begegnungen im Leben,
die fühlen sich an
wie die ersten Sonnenstrahlen im Frühling;
warm und vielversprechend.*

Ich saß an meinem See und war gerade in ein Buch vertieft, als ich den Kies auf der Zufahrt knirschen hörte. Ich hob meinen Kopf: ein großer blonder Mann kam auf mein Grundstück. Er winkte freundlich zu mir herüber und sagte etwas auf Finnisch, was ich natürlich nicht verstand, aber was für eine Stimme! Wow! Tief und warm, fast ein bisschen rau, gleichzeitig aber sanft und … Ich stand auf und ging ihm entgegen. „Sorry, I don`t understand you."

„Hi, I`m Leevi", sagte er, strahlte mich an und schüttelte mir die Hand. Ein Händedruck, wie ich ihn mochte: fest, trocken, warm.

„I`m your neighbour from there", er zeigte mit seinem Daumen nach rechts, aber durch die Bäume hinweg konnte ich kein Nachbarhaus erkennen.

„I have my summerhouse here. When you need something, come over."

„Thank you, that`s really nice to know. I`m Mona."

Als würde uns der See magisch anziehen, schlenderten wir auf den kleinen Bootssteg zu.

„Nice name, like Mona Lisa. But it isn`t an Italien name, is it?"

So wie er Mona aussprach, hatte ich es noch nie zuvor gehört, er sagte Mouna wie Mount Everest, und zusammen mit seiner unglaublichen Stimme klang es so … bedeutungsvoll.

„No, it`s a German name. I am from Germany", kam dann endlich meine spärliche Antwort.

„Ich kann ein bisschen Deutsch", sagte er mit einem süßen Akzent und deutete dabei einen kleinen Abstand zwischen Daumen und Zeigefinger an.

„Oh, das ist super, mein Englisch ist nämlich sehr schlecht."

„No, no, no. It`s pretty good, really, but it would be nice for me to practice some German."

„Liebend gerne", entgegnete ich erleichtert.

Wir hatten den kleinen Bootssteg erreicht, setzten uns und ließen die Füße über der Wasseroberfläche baumeln.

„Der Name Mona hat in verschiedenen Sprachen unterschiedliche Bedeutungen", erklärte ich ihm, „im Arabischen bedeutet es Hoffnung, das gefällt mir am besten, und es gibt eine Insel in der Karibik mit diesem Namen." Gott, was redete ich da? Nur gut, dass ich nicht auch noch erwähnt hatte, dass es im Irischen edel und im Spanischen niedlich bedeutete. Er schaute mich an und lächelte interessiert.

„Hey, how cool is that? Ich nicht weiß, was meine name means."

„Ist ja auch nicht so wichtig." Ich lächelte zurück. Eine Weile saßen wir schweigend nebeneinander. Man hörte die Vögel zwitschern und die Bienen summen. „Es ist herrlich hier", sagte ich in die Stille hinein, schloss meine Augen, legte den Kopf in den Nacken und reckte mein Gesicht der Sonne entgegen.

„Ja. And it smells so fresh. Wann immer ich habe Zeit, ich komme hierher."

„Das kann ich gut verstehen. Hast du auch ein paar freie Tage?"

„Yes. Ab und zu ein bisschen distance from this crazy world is really good."

Ich nickte zustimmend. „Das ist wohl wahr."

Zwei Zitronenfalter ergatterten meine Aufmerksamkeit. Sie flatterten umeinander herum über den See. „Sieh mal", ich deutete auf die Stelle, „es ist so ruhig hier, dass man sogar die Schmetterlinge flüstern hört."

Er reagierte souverän, schaute mich zwar von der Seite an, ließ sich aber keine größere Verwunderung anmerken, sondern fragte cool: „What do they whisper?"

„Hast du es nicht gehört?", fragte ich ihn erstaunt.

„No."

„Dann war es nicht für deine Ohren bestimmt und wird auf ewig ein Geheimnis bleiben. Tut mir leid." Ich zuckte entschuldigend mit meinen Schultern.

„Oh! Aber du hast gehört. Du kannst mir sagen. Come on, I love secrets", sagte er und stupste mich mit seinem Ellenbogen an.

„Ich auch", neckte ich ihn.

„Not a chance?" Er zwinkerte mir verschwörerisch zu.

Ich schüttelte meinen Kopf, „nein, keine Chance."

„Pity! Aber ich finde schon noch heraus", meinte er gut gelaunt. „So, you are on holiday?", wechselte er das Thema.

„Ja, für zwei Wochen."

„Und du bist alone hier?" Er schaute sich um.

„Ja, bin ich."

„Was willst du machen?"

Ganz schön neugierig dieser Typ. „Gar nichts", antwortete ich wahrheitsgemäß. „Ich will nur meine Ruhe haben, abschalten, Kraft tanken, mir über einige Dinge klar werden", sagte ich und sah ihn an. Seine tiefblauen Augen musterten mich aufmerksam, dann nickte er.

„Ah, I see." Er stand auf. „I leave you alone now. Enjoy the silence and come over, if you like."

„Danke", konnte ich gerade noch sagen, und weg war er.

Meine Aussage, dass ich meine Ruhe haben wollte, hatte er also wörtlich genommen. Super! Ganz toll, wirklich große Klasse! Ich hatte ein unschlagbares Talent entwickelt, Leute zu vergraulen, obwohl es gar nicht meine Absicht war. Nicht mal ein Getränk hatte ich ihm angeboten. Unmöglich! Na ja, ich konnte es jetzt nicht mehr ändern. Ich saß noch eine Weile so an meinem Steg, blickte auf den schimmernden See und versuchte an gar nichts zu denken.

Als ich zum Haus zurückging, um mir etwas zu essen zu holen, klemmte ein Zettel mit einer Handynummer an meiner Haustür: Call me, if you like. And tell me the secret! ;-)

❦ **Kapitel 2** ❧

Und wenn man ganz unverschämt viel Glück hat,
bekommt man eine zweite Chance.

Ein paar Tage lang passierte nichts Aufregendes. Zum ersten Mal in meinem Leben fühlte ich mich wirklich frei, aber irgendwie auch einsam.

Ich schlief ewig lange aus und vertrödelte dann die Tage. Natürlich hatte ich einiges an Lesestoff mitgebracht, ebenso meine Fotoausrüstung, einen Aquarellblock, ein paar Pinsel und Farben. Oft spazierte ich stundenlang um den See herum, weil ich gerne das Ferienhaus, mit dem See im Vordergrund, malen wollte.

Zuerst machte ich etliche Bilder von verschiedenen Standpunkten aus, um mir dann das Schönste aussuchen zu können, aber schon der Versuch, eine grobe Skizze auf das Papier zu bringen, scheiterte. Kein Wunder, ich hatte seit mindestens elf Jahren nicht mehr gemalt. Zuerst hatte der neue Job bei DORA meine ganz Aufmerksamkeit und Energie gefordert und in den letzten Jahren dann meine kranken Eltern.

Das war eine besonders anstrengende Zeit gewesen, die mich viel Kraft und Nerven gekostet hatte. Noch dazu das Haus, der große Garten, das alles erledigte sich nicht von selbst. Ja, ich war einfach aus der Übung, aber ich versuchte es immer und immer wieder und sah mir auch noch einmal alle Fotos an, die ich gemacht hatte. Auf dem einen Bild fiel mir jetzt erst ein weiteres Haus auf. Das musste Leevis Sommerhaus sein. Es war naturbelassen und viel größer als mein Ferienhaus, auch mit einem eigenen kleinen Steg zum See, an dem ein Boot festgemacht war. Aber ich wollte ja nur mein kleines rotes Ferienhäuschen auf dem Bild haben.

Also zog ich noch einmal los und nahm nicht nur meine Kamera, sondern auch meinen Block mit. Als ich die richtige Stelle mit einer guten Perspektive gefunden hatte, setzte ich mich auf einen umgestürzten Baum, zückte Bleistift und Block und versuchte erst einmal das Größenverhältnis von See, Ferienhaus und Bäumen richtig wiederzugeben. Ich zeichnete mir nur ein paar Anhaltspunkte auf das grobe Aquarellpapier. Es sollten auch später keine Details zu erkennen sein, ich würde alles nur mit ein bisschen Farbe andeuten. Ja, allmählich konnte ich mir das Endergebnis genau vorstellen. Und zwei kleine, gelbe Punkte über dem See würde ich hinzufügen, sie sollten zwei Zitronenfalter erahnen lassen.

Ich eilte zurück zu meinem Ferienhaus, holte Farbkasten, zwei Gläser mit Wasser und Pinsel heraus und machte mich gleich ans Werk. Eigentlich musste man das ganze Blatt anfeuchten und aufspannen, aber das konnte ich hier nicht machen, also würde es eben so gehen müssen. Zuerst füllte ich die große Seefläche mit einem Hauch von Blau und Grün aus und setzte schnell zwei winzig gelbe Punkte, damit die Farbe verlaufen konnte, bevor das Papier zu trocken wurde. Das Häuschen schattierte ich in Rot, den Steg in Braun. Ich war noch unsicher, wie ich die Bäume im Hintergrund darstellen sollte und würde erst einmal abwarten, aber was mir jetzt schon am besten an dem Bild gefiel, waren die zwei kleinen, gelben Schatten über dem See. Leevi hatte nicht durchblicken lassen, ob er mir die Geschichte von den flüsternden Schmetterlingen abgenommen hatte oder nicht.

Nach einem weiteren verbummelten Tag fing ich wirklich an mich zu langweilen, was ich als gutes Zeichen für die einsetzende Erholung deutete. Im Schuppen fand ich ein Fahrrad. Ich pumpte die Reifen auf und radelte damit in das kleine Örtchen, um einige Lebensmittel zu besorgen.

Es war Markttag, die reichhaltige Auswahl verleitete mich dazu, viel zu große Mengen einzukaufen. Am Abend wollte ich mir mein Lieblingsgericht kochen: Reisfleisch. Also besorgte ich alle Zutaten auf dem Markt und stockte meine Vorräte für die nächsten

Tage noch in einem kleinen Krämerladen auf. Zurück in meinem Ferienhäuschen, schälte und würfelte ich die Zwiebeln, häutete und schnitt die Tomaten und die Paprika, zerkleinerte die Schnitzel, um Geschnetzeltes daraus zu machen, briet alle Zutaten gut an und kochte den Reis. Als alles fertig war, sah ich, dass ich tagelang an dieser Ration zu essen hatte oder ich würde noch jemanden einladen.

Ja, mir war wirklich nach ein bisschen Gesellschaft zumute, sonst würde ich womöglich noch anfangen, mit den Bildern an der Wand zu reden. Vielleicht hatte mich mein Unterbewusstsein deshalb diese Unmenge kochen lassen? Jedenfalls wählte ich kurz entschlossen die Handynummer von dem Zettel.

„Hey, what`s going on?"

Er war ein lustiger Typ. Sagte keinen Namen, sondern schmetterte gleich eine Frage heraus.

„Hi, this is Mona. Can you rescue me?"

„Of course, bist du gefallen in die lake?"

„Nein", antwortete ich lachend, „ich habe viel zu viel gekocht. Hast du Hunger?"

„I`m always hungry", kam seine Antwort ohne jedes Zögern. „I`ll be there in five minutes."

Fünf Minuten später stand er tatsächlich in meinem Esszimmerchen und hatte zwei Flaschen Rotwein dabei.

„Kleine present for one`s host." Er streckte mir die Flaschen entgegen.

„Dankeschön", ich nahm ihm den Wein ab, „das trifft sich gut, ich hätte dich nämlich nur mit Wasser, Saft, Tee oder Kaffee bewirten können."

„Kaffee ich nehme später", sagte er und nickte verschmitzt, „wenn du brauchst Nachschub, ich habe immer secret hoard, ah, Vorrat nebenan."

„Ah, gut zu wissen. Mal sehen, ob sich überhaupt ein Korkenzieher in diesem Haus auftreiben lässt." Ich lief in die Küche und wurde fündig.

Offensichtlich schmeckte es ihm, denn er wischte auch noch den letzten Tropfen Sauce mit einer Weißbrotecke auf und steckte sie sich genüsslich in den Mund. Die Unterhaltung plätscherte ungezwungen dahin. Es war ein Kuddelmuddel aus Deutsch und Englisch, aber wenn ich langsam sprach, verstand er erstaunlich viel Deutsch. Dass Finnen in der Schule Deutsch lernen, hatte ich bis dahin auch noch nicht gewusst.

Er wollte alles über meinen Beruf wissen, also fing ich an zu erzählen. „Ich arbeite in der Personalabteilung bei DORA, das ist eine Lederwarenfirma. Wir stellen Taschen, Koffer und Kleinlederwaren her. Die Arbeit ist sehr interessant, aber am meisten liebe ich meine Aufgaben im Ausbildungsbereich. Wir bilden Industriekaufleute, Fachkräfte für Lagerlogistik und Feintäschner aus. Das macht mir ganz besonders viel Spaß."

Mit Begeisterung erzählte ich ihm auch von so mancherlei witzigen Typen und Vorstellungsgesprächen bis hin zu kleinen Anekdoten. Und da hatte sich in elf Jahren so einiges ereignet! Ich hätte einen Ratgeber mit Ausreden für nicht vorhandene Berichtshefte schreiben können. Bis hin zum Wohnungsbrand war alles dabei gewesen. Bestimmt eine Stunde lang erzählte ich.

„It looks like, dass du hast viel Spaß bei Arbeit", sagte Leevi.

„Ja, das stimmt. Aber wenn mich einer anlügt, dann ist es aus bei mir. Für dumm verkaufen lasse ich mich nicht, da kann ich wirklich sauer werden. Ab und zu müssen eben auch mal die Fronten geklärt werden. Na ja, am schönsten sind für mich jedenfalls immer die Bewerberrunden, wenn es darum geht, die neuen Azubis auszusuchen, und dann natürlich der Ausbildungsbeginn. Klar sind sie am Anfang total aufgeregt und etwas überfordert von den vielen neuen Eindrücken und Kollegen, aber in den ersten Wochen kann man dann beobachten, wie sich das legt, wie sie anfangen, sich wohlzufühlen, wie die Anspannung abfällt und wie aus Fremden langsam Freunde werden."

Seine Augen strahlten, als er kopfnickend sagte: „This is a great thing you do! So important for the young students. And that`s your passion. Yeah, I can feel the waves of enthusiasm. Das ist geil, wenn man kann machen, was man liebt. Ich liebe music. So, ich mache music."

„Du bist Musiker?"

„Yes."

„Ja, wenn man machen kann, was man liebt, braucht man keinen einzigen Tag in seinem Leben zu arbeiten. Das Einzige, was ich daran hasse, ist das frühe Aufstehen", sagte ich. „Zwanzig nach fünf klingelt mein Wecker. Das bringt mich noch um, ehrlich."

Er riss seine Augen auf, aber dann grinste er, deutete mit seinem Zeigefinger auf mich und zwinkerte: „Ah, you are kidding me!"

„Nein, ganz und gar nicht. Es ist wahr. Ich brauche die Zeit. Bis ich im Bad war und in Ruhe gefrühstückt habe, im Geschäft komme ich nicht dazu, und spätestens zwanzig nach sieben muss ich losfahren, weil meistens Stau auf der Strecke ist. Um acht Uhr beginnt meine Arbeitszeit."

Er fiel fast von der Bank vor Entsetzen.

„Jeden Tag?"

Ich nickte. „Montag bis Freitag. Am Wochenende natürlich nicht."

„Jesus! I couldn`t do that! No, no, no, no! Not me! Never ever!" Dann erzählte er, dass er nach den Auftritten immer so aufgedreht war, dass er vor drei, vier Uhr nicht zur Ruhe kam und an Schlaf überhaupt nicht zu denken war. Dementsprechend spät wachte er auf. Ein Uhr mittags war für ihn früher Morgen.

„Im Grunde bin ich ja auch so ein Nachtschwärmer", erklärte ich ihm. „Schon als Kind war es immer ein Drama, wenn ich ins Bett sollte, und ich war auch wirklich nie müde. Aber wenn man so früh aufstehen muss, geht das natürlich nicht."

In groben Umrissen erzählte ich ihm auch von den letzten schweren Jahren. Wie oft meine Eltern im Krankenhaus waren, bevor im Februar mein Vater und im Mai meine Mutter verstorben war. „Für die nächsten zehn Jahre will ich kein Krankenhaus mehr sehen. Weder von außen noch von innen. Mir wird schon schlecht, wenn ich nur daran denke." Und da sah ich ihn zum zweiten Mal, diesen Blick, an dem ich einfach erkennen konnte, dass er verstand, was ich auszudrücken versuchte. Seine Augen wurden tatsächlich feucht, als er seine Hand nach meiner ausstreckte und sie drückte.

„Sometimes, it rains like hell on you, … but now, it`s over."

Ich nickte zustimmend und holte tief Luft. „Ja, da hast du recht, es ist vorbei." Ich glaube, da begriff ich zum ersten Mal, dass es wirklich vorbei war. „Jetzt möchte ich aber auch wissen, was du beruflich machst", sagte ich rasch, um die aufkommende Melancholie und die aufsteigenden Tränen schnell zu vertreiben. „Welche Auftritte sind das, die dich erst so spät zu Ruhe kommen lassen?"

„Ich spiele Gitarre und singe ein bisschen. Wir haben kleine Band, nur fünf Mann. Vielleicht kennst du Name OneWay?"

Ich schüttelte meinen Kopf. „Nein, leider nicht."

„What kind of music do you like?"

„Das wechselt immer mal. Zurzeit stehe ich total auf Ed Sheeran und Keith Urban und von den Klassikern: Bruce Springsteen, Bon Jovi, so die Richtung", ich nippte an meinem Wein, „ah, und als Teenager fand ich Tina Turner und Suzi Quatro total cool. Tina Turner habe ich sogar mal live in der Festhalle in Frankfurt gesehen."

„Super, oder? Das ist großer Traum von uns, einmal spielen in diese venue." Er lachte. „Und Suzi Quatro ist immer noch cool. Wir haben getroffen bei summer festival, zwei, drei years ago."

„Wirklich? Und, ist sie nett?"

„Ja, ja, ganze Band ist super cool. Wir hatten big after show party mit alle Musikers bis neun Uhr bei Morgen."

„Oh Gott."

„Dann du wirst bestimmt auch mögen unsere music. Wir machen Rock / Pop thing. Ich bringe dir Album."

„Ein Album! Wie bekannt seid ihr denn in Finnland?" Das wurde ja immer besser. Vielleicht hatte ich einen Star in meinem Esszimmer sitzen?

„Well", wiegelte er bescheiden ab und drehte seine Hand hin und her, „famous and famous. Anfang war schwer, sehr, sehr schwer."

„Wie habt ihr denn angefangen?", wollte ich wissen.

„In Schule. Aki und ich haben schon zusammen in Schulband gespielt. Coversongs. Erste eigene Songs wir haben geschrieben mit fünfzehn, sechzehn. Heute ich bin siebenunddreißig. So, long time ago." Er lachte und schüttelte seinen Kopf, erinnerte sich offensichtlich an die alten Zeiten.

„Erste Auftritte wir haben gespielt bei Schulfeste und birthday partys. Und dann, after a few years, wir hatte engagements in kleine Restaurants and Clubs, bei city festival auch in Nachbar city. Ich musste leihen Auto bei meine große Bruder und in zweite rust bucket ... wie sagt man auf Deutsch?"

„Rostlaube", half ich ihm aus.

„Ja, in zweite Rostlaube mit drummer and keyboard Spieler, es kommen noch ein paar cables and loudspeakers. Jesus! Und wir haben nicht wirklich verdient Geld damit. Nach Schule, ich habe keine Beruf gelernt. Vielleicht, wenn ich gehabt hätte Coach wie du", er deutete auf mich, „ich wäre heute sales director?"

„Ganz bestimmt! Ich erkenne schon das Verkaufstalent in dir."

„Ich habe gemacht alle mögliche jobs. In supermarket, bei petrol station, everything. Oh, und ich war maid, für cleaning the rooms, bei Hotel in Helsinki." Verlegen schlug er sich die Hand vor die Stirn.

„Süß! Hattest du auch so ein kleines Schürzchen an?"

„No! Come on!"

Das Bild, das sich gerade in meinem Kopf festsetzte, war einfach zu drollig. „Und, wie ging es dann weiter mit eurer Karriere?"

„Wir hatten nicht genug Geld für mieten Studio and so on. Bei Plattenfirmen wir haben gefragt, aber keiner wollte mit uns aufnehmen Songs. Many years later wir haben getroffen producer Juho. Er hat uns genommen in studio und hat bezahlt alles. Aber dann, wir hatten keine keyboard Spieler. So ich habe gespielt keyboard. War disaster."

Ich lachte. „Aber irgendwann hat es geklappt und mit dem Erfolg tauchten sicher auch die Groupies auf."

„No, not really", sagte er beschämt und wurde sogar ein bisschen rot.

„Ach komm, das glaube ich nicht."

„Honestly, ich bin froh, dass ich nicht mehr war so jung. Otherwise … Wenn passiert wäre, wann ich war siebzehn oder achtzehn. Jesus!" Er verdrehte seine Augen. Offensichtlich fühlte er sich nicht sonderlich wohl mit diesem Thema, deshalb fragte ich ihn: „Hast du noch mehr Geschwister?"

„Ja, noch kleine Schwester und kleine Bruder. Und du?"

„Nein, leider nicht. Verstehst du dich gut mit deinen Geschwistern?"

„Oh yes! Wir sind strong community", er boxte in seine Hand, „Mom musste arbeiten gehen. Wir waren dann oft bei Granny oder neighbors und später auch alleine. Hat uns gemacht sehr close together."

Ich konnte mir vorstellen, wie er das meinte.

„Jetzt einen Kaffee?"

„That would be great."

In der Küche brühte ich rasch den Kaffee auf und nahm noch ein paar Schokokekse mit ins Esszimmer.

„Ein Dessert habe ich gar nicht vorbereitet, ich kann dir nur ein paar Kekse anbieten."

„Ist okay. Ich bekomme too fat." Dabei klopfte er auf seinen Bauch, der ganz und gar nicht dick war.

„Wenn man bald vierzig ist, du musst aufpassen ein bisschen."

„Oh", sagte ich, erstaunt, dass er sich über solche Sachen Gedanken machte, „ich bin schon fünfundvierzig, darf ich da überhaupt noch etwas essen?"

„Du kannst essen alles. Come on! So slim du bist."

Es folgte das übliche Geplänkel über das Alter und die Figur. „Übrigens habe ich deinen Namen gegoogelt", sagte ich, um diese peinliche Komplimentenflut zu stoppen. „Dein Name bedeutet im Finnischen: Höher als ein Hügel, aber nicht so hoch wie ein Berg."

„What?", er lachte laut.

„Ist doch ziemlich zutreffend, groß bist du ja."

„Meine parents wusste sicher nicht, und was heißt noch?"

„Im Hebräischen heißt es so viel wie: verbunden mit, der Anhängliche oder auch mein Herz."

Eine ganze Weile schaute er mich ruhig an, bevor er nickte und sagte: „I like that, good to know. Danke, dass du gesagt hast mir."

Als ich das erste Mal heimlich auf die Uhr sah, war es halb zwölf. Ich war es nicht gewohnt, so lange auf zu sein, und mir wurden langsam die Augenlider schwer. Außerdem spürte ich den Wein. Auch die dritte Gähnattacke konnte ich nicht unterdrücken. Bei ihm waren noch keine Anzeichen von Müdigkeit festzustellen, wie auch, es entsprach schließlich seinem Biorhythmus. Er deutete auf mich und zwinkerte mir zu: „Du bist müde ein bisschen, ich werde gehen jetzt."

„Sorry, ich bin eine furchtbare Gastgeberin. Bitte nicht falsch verstehen, es ist total spannend, dir zuzuhören, es ist nur, ich gehe gewöhnlich immer früher schlafen und dann auch noch der Wein, ich trinke sonst gar keinen Alkohol."

Lachend stand er auf. „No, no, no, ich bin unmöglich. Meine Mom immer schimpft mit mir, sie sagt, dass ich kann talk like a blabbermouth. Thank you for rescue me", er deutete mit beiden Daumen auf sich, „with this delicious dinner."

„Oh, bitte, keine Übertreibungen. Es gab weder Vor- noch Nachspeise. Die Idee, dich anzurufen, kam mir ganz spontan."

„Das ist gut. I love surprises! Really, I do."

Als wir an der Haustür angelangt waren, drückte er mich einfach an sich.

„Sleep well!"

„Danke, gleichfalls."

„Ah", er stand schon draußen, drehte sich jetzt aber noch einmal um, „ich haben schon wieder vergessen, was haben butterflies whispered?"

Ich lachte laut und drohte ihm im Spaß, „netter Versuch."

„Oh, come on, ich kann be silent as a grave."

„Wirklich? Super! Ich nämlich auch."

So machte er sich ohne Geheimnis, aber fit wie ein Turnschuh, auf den Heimweg.

Und obwohl sich mein Alarmsystem eingeschaltet hatte: *Zu* nett, *zu* blaue Augen!, hatte ich seit Ewigkeiten keinen so schönen Abend mehr verbracht und die interessante Unterhaltung mit ihm in vollen Zügen genossen. Er war so lustig und gerade heraus. Offenbar konnte das Leben auch wirklich schöne Seiten bereit halten.

Kapitel 3

*Wer die Gabe hat,
die Seele eines anderen Menschen zu
berühren,
ist mit einem unschätzbaren Talent gesegnet.*

🛉

Am nächsten Abend werkelte ich gerade in der Küche herum, als ich durch das Fenster ein kleines blondes Mädchen von vielleicht sieben, acht Jahren sah, das auf mein Ferienhaus zu flitzte. Das letzte Stück über die Wiese hüpfte es und rief aus vollem Halse: „Mona, Mona!"

Als ich die Eingangstür öffnete, stand sie schon vor mir.

„Bist du Mona?", fragte sie mich, etwas außer Atem.

„Ja, bin ich, und wer bist du?"

„Ich bin Jaana. Komm, du sollst essen mit uns."

Ohne jede Scheu packte sie meine Hand und zog mich hinter sich her. Ich konnte gerade noch die Tür hinter mir ins Schloss ziehen.

Hinter Leevis Sommerhaus stand ein großer Holztisch auf der Wiese, an dem sich offenbar die ganze Familie versammelt hatte. Jaana schleppte mich zu Leevi und sagte kichernd etwas auf Finnisch zu ihm. Er lachte, wirbelte sie durch die Luft und warf sie einem anderen Mann in die Arme.

„Hi", begrüßte er mich. Küsschen rechts, Küsschen links. „Schön, dass du bist da."

„Ja, danke für die spontane Einladung. Ich hatte keine andere Wahl. Jaana hat mich einfach hergeschleppt. Was hat sie gesagt?"

„Sie hat gesagt, dass sie hat gezaubert dich hierher."

„Ah, verstehe, es sind also magische Kräfte im Spiel."

„That may be." Er zwinkerte mir zu.

Ich lernte seine Mutter Sofia kennen, die gerade einen Stapel Teller aus dem Haus balancierte. Und Aki, den Gitarristen, mit Frau oder Freundin, die sich am Grill nützlich machten, ebenso seinen kleinen Bruder Lauri.

„Grandma Josie hat deutschen Papa", erklärte mir Leevi, „du kannst sprechen Deutsch mit ihr. Überhaupt alle sprechen besser Deutsch wie ich." Er brachte mich zu dem großen Tisch. „Granny, das ist Mona aus Deutschland, sie macht holiday hier. Mona das ist Granny."

„Guten Tag", sagte ich und lächelte diese entzückende alte Lady an, „ich freue mich sehr, Sie kennenzulernen."

Die gleichen unglaublich blauen Augen wie Leevi, nur noch gepaart mit einer gehörigen Portion Lebensweisheit und Güte.

„Die Freude ist ganz auf meiner Seite, meine Liebe", sagte sie mit ruhiger, warmer Stimme und tätschelte mir dabei so liebevoll die Hand, dass ich sie sofort in mein Herz schloss.

Es wurde ein wundervoller Abend. Ich saß zwischen Grandma Josie und Jaana, die sich als Leevis Nichte herausgestellt hatte. Jaana zeigte mir ihre Bücher, ich musste mit ihr malen und ein Spiel mit ihr spielen. Sie sprach erstaunlich gut Deutsch und Englisch. Mirja, Leevis Schwester, Jaanas Mutter, erklärte mir, dass sie ihre Kinder dreisprachig aufwachsen ließ. Ihr Mann Daniel sprach nur Finnisch mit ihnen, sie Englisch und Deutsch. Ihr kleiner Sohn Elias wurde gerade von ihrem Mann herumgetragen.

Mirja war unglaublich nett, sie war vier Jahre jünger als Leevi und erzählte genau so offen von sich und ihrer Familie. „Kimi, unser großer Bruder und ich, wir sind ganz normal, sprich, wir haben gewöhnliche Berufe erlernt. Kimi ist Architekt, seine Frau auch, sie leben mit ihren zwei Töchtern in Amerika. Ich bin gelernte Krankenschwester, mein Mann ist Möbelschreiner und Restaurator."

„Das ist ja interessant. Hat er sich auf irgendein Gebiet spezialisiert?", hakte ich nach.

„Hauptsächlich auf Holz, Möbel, oft auch Bilderrahmen. Gemälderestauration findet er total spannend, aber er traut sich noch nicht so recht heran. Wenn du da einen Fehler machst, kannst du ihn nie wieder ausbessern."

„Das ist eine heikle Angelegenheit", stimmte ich ihr zu.

„Ja, wo war ich stehen geblieben? Ah, genau, also mit Neunzehn habe ich meinen Mann kennengelernt, mit Dreiundzwanzig geheiratet und mit Neunundzwanzig meine Tochter bekommen. Nur Leevi mischt die ganze Familie auf mit seiner Musik, und es sieht so aus, als würde Lauri jetzt auch noch Talent in diese Richtung entwickeln." Sie zwinkerte mir lachend zu. „Ich habe Mom schon gefragt, was sie in diesen beiden Schwangerschaften anders gemacht hat."

„Und was sagt sie?", fragte ich belustigt.

„Sie sagt zwar, sie weiß es nicht, aber ich glaube, sie verheimlicht es uns nur." Wir lachten beide.

„Ihr scheint eine lustige Truppe zu sein?"

„Oh ja, wir halten fest zusammen und hängen sehr aneinander. Unser Dad ist ganz plötzlich durch eine Lungenembolie gestorben, als Lauri gerade mal zwei Jahre alt war. Mom musste dann arbeiten gehen. Kimi und Leevi haben sich viel um uns kümmern müssen. Hast du auch Geschwister?"

Ich schüttelte meinen Kopf. „Nein, leider nicht, ich bin schon immer Einzelkämpferin gewesen."

Sie nickte, sagte aber nichts dazu und war auch diskret genug, nicht näher nachzufragen.

So hatte scheinbar jede Familie ihr Päckchen zu tragen. Unter jedem Dach ein Ach, hatte meine Omi immer gesagt.

Die Männer hatten sich um den Grill geschart. Leevis Mom und Jaana flitzten herum und bewirteten alle. Jaana brachte Josie, Mirja und mir jeweils einen Teller mit einem saftigen Steak und einer reichen Auswahl an appetitlich angerichteten Salaten. Ab und zu bemerkte ich Leevis Blicke, aber wir hatten keine Gelegenheit, uns zu unterhalten. Und dann plauderte ich natürlich viel mit Josie.

In einer stillen Minute ließ ich die Szene auf mich wirken. Was für ein Idyll! Die Familie lachte und schwatzte. Etwas abseits pflückte Jaana Margeriten und Kornblumen von der Wiese. Allen schien es gut zu gehen und alle schienen Spaß zu haben. So etwas hatte ich nie erlebt. Mir traten Tränen in die Augen. Ich atmete gerade tief ein und aus, um mich zu fassen, als mir Josie heimlich unter dem Tisch ein Taschentuch in die Hand drückte. Sie schaute mich an und nickte nur schweigend. Ihr Gesicht lächelte, aber ich konnte auch tiefes Mitgefühl darin erkennen.

Gegen halb elf verabschiedeten sich Granny und Leevis Mutter. Die Runde rückte näher zusammen. Ich blieb noch eine Stunde und wollte dann auch aufbrechen. Leevi bestand darauf, mich zurück zu begleiten.

„Das ist wirklich nicht nötig, was soll mir auf den paar Schritten schon passieren? Ein Elch wird mich bestimmt nicht auffressen."

„You never know." Leevi zwinkerte mir zu. „The wild nature in Finnland is dangerous!" Er schnitt eine Grimasse.

Jaana hatte das mitbekommen und wollte mich jetzt auch unbedingt nach Hause bringen. Nachdem ich mich von allen anderen verabschiedet hatte, nahmen wir sie in unsere Mitte und gingen die paar Meter durch den Wald zu meinem Ferienhaus. Auf der kleinen Veranda verabschiedeten wir uns. Ich ging in die Hocke, um Jaana zu drücken. „Vielen Dank, dass du mich abgeholt und wieder zurückgebracht hast."

„Das habe ich gerne gemacht", sagte sie gewitzt. Sie war so ein süßer blonder Engel!

„Vielen Dank für die Einladung", sagte ich zu Leevi, „es war ein ganz wunderbarer Abend." Und damit hatte ich nicht gelogen.

„I`m really pleased. Wirklich. Sleep well!" Küsschen rechts, Küsschen links.

„Danke. Ihr auch."

Ich streichelte Jaana noch einmal flüchtig über ihre Löckchen.

Sie gingen erst, als ich die Haustür hinter mir zugemacht hatte. Durchs Küchenfenster beobachtete ich sie. Leevi hatte Jaana auf seine Schultern gesetzt und trabte mit ihr durch den Wald, dass sie vor Vergnügen quiekte. So verschwanden sie aus meinem Blickfeld, aber das Lächeln auf meinem Gesicht blieb zurück.

ଓଃ Kapitel 4 ଓ

Zufall!?
Manche Dinge passieren einfach,
und oft erkennen wir erst Jahre später
einen Sinn dahinter.

⸻

Als ich am nächsten Tag gerade das Rad aus dem Schuppen holen wollte, tuckerte ein kleines Boot heran. Es war Leevi.

„Jump in, we do a little tour", rief er mir zu.

Heute versteckte er seine Augen hinter einer Sonnenbrille, was mir überhaupt nicht gefiel.

Wir schipperten zur Mitte des Sees. Leevi stellte den Motor ab und ließ das Boot treiben. Er hatte einen gut gefüllten Picknickkorb mitgebracht und wir machten uns über die Leckereien her. Für einen Mann war er erstaunlich gut organisiert, das musste ich neidlos anerkennen. Wir unterhielten uns über den gestrigen Abend, und irgendwann fragte er nach meinen Hobbys. „Ich habe viele Hobbys. In meiner Jugend habe ich recht gut getanzt. Standard und Latein. Das waren die besten Jahre meines Lebens", sagte ich nicht ohne

Wehmut. „Weißt du, richtig zu tanzen ist wie schweben, du fühlst dich so leicht, du bist eins mit dem Rhythmus der Musik", ich geriet ins Schwärmen, „es ist einfach himmlisch!" Verstohlen musterte er mich.

„I can very well imagine that", bemerkte er schmunzelnd.

„Später habe ich Tennis gespielt. Ich mag Photographie, versuche mich in Aquarellmalerei, und ab und zu schreibe ich etwas." Er horchte auf.

„Was schreibst du?"

„Ich habe mal eine Kindergeschichte veröffentlicht, und hin und wieder schreibe ich einfach meine Gedanken auf. Nichts Besonderes. Es reimt sich nicht, keine Gedichte oder so."

„Interesting, let me hear something." Er nahm seine Sonnenbrille ab, stützte seine Arme auf die Oberschenkel und sah mich erwartungsvoll an.

„Nein, das geht nicht, wirklich nicht. Das sind sehr persönliche Gedanken."

Sein Blick fixierte mich und ließ mich nicht mehr los. Eine Zeitlang hielt ich ihm stand, dann musste ich lachen. „Hör auf mich so anzusehen. Bitte!"

„Ah, come on, nur kleines Stück. Irgendetwas, was du kannst sagen by heart. Nowbody is here", er breitete seine Arme aus und blickte um sich, „and the fishes are very discreet; I promise."

Ich atmete hörbar tief aus. „Also schön", gab ich mich geschlagen, „du gibst ja sonst doch keine Ruhe."

In den letzten vier, fünf Jahren hatte ich auf Englisch geschrieben, keine Ahnung warum. Wenn ich es mir recht überlegte, konnten es sogar Songtexte sein, aber sie waren dilettantisch. Ich hatte keinerlei Kenntnisse darüber, wie man einen Liedtext schrieb.

Ungeduldig saß mir Leevi gegenüber. „I really listen, wirklich."

„Ist ja schon gut, aber wehe du lachst", ich drohte ihm mit erhobenem Zeigefinger.

„No, no, no", versprach er und legte dabei theatralisch drei Finger auf sein Herz.

„Es heißt Magic In You", fing ich an. Ich sprach den Text über den See hinaus. Meine Stimme wurde immer leiser, und am Ende waren meine Worte nur noch ein Flüstern. Ich hatte irgendwohin über das Wasser geschaut und als ich jetzt zu Leevi sah … Er saß da wie versteinert, ich hatte den Eindruck, als würde er nicht einmal mehr atmen, aber nach ein paar Sekunden fragte er mit stockender Stimme: „Hast du mehr davon?"

„Ja."

„For example?"

„Zum Beispiel Heartbeat Melody", sagte ich. Mir war echt unbehaglich.

„Heartbeat Melody", wiederholte er lachend meine Worte und schüttelte seinen Kopf. Er schien angestrengt über etwas nachzudenken und fuhr sich mit der Hand durch die Haare. Dann sprang er auf, ließ den Motor an, wendete das Boot und fuhr los. „Sorry", rief er mir über die Schulter zu, „but I need my guitar, immediately!"

An meinem Bootssteg hielt er kurz an und ich sprang schnell von Bord. „Ich melde mich", hörte ich ihn noch sagen, und weg war er.
Stimmte es also doch, dass alle Künstler einen an der Waffel hatten? Kopfschüttelnd, aber gleichzeitig grinsend ging ich zu meinem kleinen Häuschen.

Der restliche Tag dümpelte so vor sich hin. Ich versuchte eine Entscheidung zu treffen, was ich mit meinem Haus machen sollte, das ich von meinen Großeltern geerbt hatte. Es war viel zu groß für mich alleine. Sollte ich es behalten und die zwei unteren Wohnungen vermieten oder ganz verkaufen? Oder meine Wohnung als Eigentumswohnung behalten? Ich war unschlüssig. Kurz nach dreiundzwanzig Uhr ging ich in mein Bett und schlief auch recht schnell ein.

Von irgendeinem Geräusch wachte ich auf und lauschte erst einmal. Da war es wieder. Ein Klopfen. Es klopfte jemand an die Eingangstür! Mein Herz schlug mir bis zum Hals. Mit einem Auge blinzelte ich auf die Uhr: 2:23 Uhr! Und dann hörte ich eine mir inzwischen vertraute Stimme rufen: „Mona, it`s me! Open the door." Wieder klopfte er. Das durfte doch wohl nicht wahr sein! „Ich komme", rief ich so laut ich konnte, stolperte die Treppe hinunter, zog meine Strickjacke vom Haken und schlüpfte hastig hinein. Ich riss die Tür auf. „Bist du von allen guten Geistern verlassen?", fuhr ich ihn an. „Ich habe fast einen Herzinfarkt bekommen." Er beachtete mich überhaupt nicht und quetschte sich mit einer Gitarre in der Hand an mir vorbei, marschierte geradewegs in das kleine Wohnzimmer und knipste das Licht an. Ich schmiss die Tür zu und folgte ihm im Sturmschritt. „Sag mal, was soll das? Es ist mitten in der Nacht!" Verständnislos und eine gute, eine sehr gute Erklärung erwartend, schaute ich ihn an.

„Setz dich and listen!", sagte er nur.

Das war ja wohl der Gipfel! Trotzdem ließ ich mich in den gegenüber stehenden Sessel fallen und zog meine Beine an.

„Are you ready?"

„Mach mich nicht verrückt", zickte ich, „nun fang schon an zu spielen oder was immer du auch vorhast, es ist halb drei Uhr morgens!"

Er fing an zu spielen, und schon bei den ersten Akkorden richteten sich meine Härchen himmelwärts. Und dann sang er noch dazu – verschiedene Passagen aus meinem Text! Alleine die Melodie war schon so unglaublich schön. Das war ein Traum, das musste einer sein, ich würde sicher gleich aufwachen. Er hörte auf zu singen, es erklangen noch ein paar Töne von der Gitarre, und dann war es still. Vermutlich blickte er mich fragend an, aber ich starrte immer noch wie gebannt auf seine Hand und seine Finger, die die Gitarrensaiten gezupft und gespielt hatten. Ich sah, wie diese Hand die Gitarre vorsichtig auf das Sofa legte. - Immer noch absolute Stille, ich weiß nicht wie lange, bis er mit fast heiserer Stimme vorsichtig fragte: „Und, was sagst du? - Do you like it?"

Irgendwie schaffte ich es, ihn anzusehen. „Das ist unglaublich. Das sind Teile von meinem Text", brachte ich mühsam heraus.

„Yes. Als ich hörte diese lines, something exploded in meine Kopf and then this melody startet ringing in my head." Er sprang auf. Und als wäre es ihm plötzlich eingefallen, dass es mitten in der Nacht war, sagte er: „We talk about the details tomorrow. Ah, no, today. Later. See you later."

Schnappte seine Gitarre, hauchte mir einen Kuss aufs Haar und verschwand eiligst. Im Hinausgehen murmelte er noch irgendetwas, das ich als: You are so damn sweet, wenn du bist angry, verstand.

Ich saß noch eine Ewigkeit so da und starrte auf das Sofa. Was für eine grandiose Melodie! Am Anfang ganz zart, gleichzeitig aber so ausdrucksstark und mitreißend. Und wie gefühlvoll er den Text gesungen hatte. Dabei konnte er ihn gar nicht richtig verstehen. Na ja, die Worte natürlich schon, aber die Hintergründe nicht, das, was ich wirklich damit meinte, die Doppeldeutigkeit, das war unmöglich.

* * *

ൟ   Kapitel 5   ൠ

*Mein Herz weiß, was es will,
aber ich schaffe es nicht,
ihm zu folgen.*

Josies Taschentuch hatte ich gewaschen, notdürftig mit meinem Reisebügeleisen geglättet und wehmütig, zusammen mit einer Praline und einem Kärtchen in eine kleine Schachtel gepackt und mit einer Schleife zugebunden. Ich wollte Leevi bitten, es ihr zurückzugeben, denn morgen musste ich abreisen. Es würde mir schwerfallen, von hier wegzugehen. Zurück in mein leeres Haus, in mein wirkliches Leben.

Als Leevi bis zum frühen Abend immer noch nicht aufgetaucht war, ging ich hinüber zu seinem Sommerhaus. Es schien niemand da zu sein, aber der große Holztisch und die zwei Bänke von der Familienfeier standen noch auf der Wiese. Offensichtlich ließ er sie immer da stehen. Ich setzte mich auf meinen Platz und erlebte diesen Abend in Gedanken noch einmal. Ich sah die glücklichen Gesichter vor mir, hörte sie lachen und schwatzen. Sah Leevi mit Jaana durch das hohe

Gras toben. Erinnerte mich an diese unglaubliche Warmherzigkeit, die jeder in dieser Familie ausstrahlte. Niemals würde ich so eine Familie haben wie diese. Mein ganzes Leben war so Scheiße gelaufen. In diesem Moment fühlte ich mich wie der einsamste Mensch auf der ganzen Welt, und wie vor zwei Tagen stiegen mir auch jetzt wieder Tränen in die Augen, nur dass ich sie dieses Mal nicht zurückhielt.

Plötzlich spürte ich eine warme Hand auf meiner Schulter. Ich hatte ihn gar nicht kommen hören. Er setzte sich wortlos neben mich und zog mich in seine Arme. „Let it out", flüsterte er an meinem Ohr. Seine Stimme zu hören, so tief und weich zugleich, seine Wärme zu spüren, wirkte wie Balsam für meine Seele. Ich beruhigte mich.

Nach einer Weile nahm er einfach mein Gesicht in seine Hände und küsste mir die Tränen von den Wangen. Ich war überwältigt! So etwas hatte noch nie jemand für mich getan. Und obwohl ich mein ganzes Leben lang noch nicht in Ohnmacht gefallen war, war ich froh, dass ich jetzt saß, denn sonst hätten vermutlich meine Knie ihre Dienste versagt.

Was war das überhaupt mit ihm? Er hatte meine Hand in seine gelegt und streichelte meine Finger. Wie hypnotisiert starrte ich auf unsere Hände. Ich konnte erahnen, wie es sich anfühlen würde, wenn sich unsere Finger ineinander verschränkten. Einerseits sehnte ich mich danach, andererseits hatte ich Angst davor. Seine ganze Kraft und Wärme würden auf mich überspringen, und dann wäre es passiert, dann hätte er mir endgültig mein Herz gestohlen. - Nein, nie mehr! Nie mehr würde mir einer mein Herz stehlen! Es hatte schon zu oft Schaden genommen. Ganz langsam ballte sich meine Hand zur Faust und ich zog sie vorsichtig zurück.

„Ich habe deinen Ärmel ganz nassgeweint", stellte ich sachlich fest.

Er antwortete nicht darauf, sondern fragte: „Was ist passiert?"

„Gar nichts, ich bin nur gerade im Selbstmitleid ertrunken", sagte ich matt. „Ist schon wieder gut. Du wolltest noch irgendetwas wegen dem Song mit mir besprechen?"

„Yes. Ist okay, wenn ich nehme einfach deine Text?"

„Ja, schon. Trotzdem … verstehe mich bitte nicht falsch … es ist unglaublich schön, was du daraus gemacht hast, aber ich muss darüber nachdenken."

„Okay", er nickte. „There is no need to be in a hurry. - Think about it. It`s good. And in the meantime, I like to try something. Dann du kannst entscheiden."

Ich hatte keine Ahnung, was er meinte, und blickte ihn fragend an.

„There is this *huge* band-arrangement in meine Kopf", erklärte er und tippte dabei mit seinem Zeigefinger an seine Schläfe. „Piano in the beginning and at the end, twenty-four person string orchestra, horns, a saxophone-solo in the middle and *big* guitars. Aki will play it perfect. Ah!" Er schüttelte sich und hielt mir seinen Arm unter die Nase. Er hatte tatsächlich Gänsehaut. „It`ll blow you away!", prophezeite er mir. Seine Begeisterung war absolut ansteckend. Ich lachte, zögerte, schob ihm dann aber trotzdem die kleine Schachtel zu.

„Gib das bitte Grandma Josie von mir und grüß sie ganz herzlich."

„Du kannst ihr geben selbst, we can visit her tomorrow. Sie würde sich freuen sehr, she *really* likes you! Sie hat gesagt, dass du hast great soul. And Gandma is always right", sagte er mit einem überzeugten und seligen Gesichtsausdruck.

Ich lächelte traurig. „Ich mag sie auch sehr, aber das wird leider nicht möglich sein, ich reise morgen ab."

„What? Morgen schon?"

„Ja. Meine Ferien sind vorbei."

„What do you want to do? We can drive to Helsinki. Ich zeige dir ein bisschen was von City and a good restaurant." Er rieb sich über seinen Bauch. „You can pack your bags right now und wir können bleiben in meine flat in Helsinki. It´s only twenty minutes to the airport."

Ich nickte und lächelte ihn an, sah ihm fest in die Augen. Was für ein perfekter Plan! Was für ein perfekter Abend könnte das werden. Die ganze Nacht lang hätte ich ihn so anschauen und in seinen Augen ertrinken können … Aber dann schüttelte ich meinen

Kopf und legte ihm meine Hand an die Wange. „Besser nicht." Und obwohl es mir das Herz brach, stand ich einfach auf und ging weg.

Auf dem Weg zu meinem Ferienhaus liefen mir schon wieder die Tränen. Ich schluchzte nicht. Sie liefen einfach so aus mir heraus, ich konnte sie nicht aufhalten. Eigentlich hatte ich des Rätsels Lösung doch vor langer Zeit schon gefunden: Es gab sie nicht, die große wahre Liebe; für mich jedenfalls nicht. Diese Erkenntnis hatte wehgetan, sehr weh, aber ich war drüber hinweggekommen. Und jetzt? Jeder Blick in seine Augen sagte mir etwas anderes.

Noch eine ganze Weile hockte ich an meinem Steg, dann ging ich hinein und packte wie ferngesteuert meine Siebensachen zusammen. Nach Essen war mir nicht zumute und ich machte mir auch nicht die Mühe mein Nachthemd anzuziehen. In meiner Unterwäsche kroch ich unter meine Bettdecke und machte meine Augen zu. „Bitte, lieber Gott", flehte ich in Gedanken, „lass mich einfach nur schlafen." Was natürlich nicht geschah. Ich dämmerte vor mich hin, wälzte mich herum und konnte mich mal wieder selber nicht verstehen.

Kurz nach fünf stand ich auf, ging unter die Dusche, zog mir frische Kleider an und versuchte, an meinem Gesicht zu retten, was noch zu retten war.

Nach einem kleinen Frühstück schlich ich durch die Bäume hinüber zu Leevis Sommerhaus. Ich wollte mich doch noch gerne anständig von ihm verabschieden. In einiger Entfernung blieb ich stehen und beobachte das Haus aufmerksam. Oben stand ein Fenster offen, aber sonst konnte ich nichts entdecken. Wie auch, um diese Uhrzeit? Er lag doch immer bis mittags im Tiefschlaf. Blödsinn, überhaupt hierher zu laufen. Ich drehte wieder um. Nur zu gerne hätte ich auch Josie noch einmal besucht. Bei ihr fiel es mir so leicht, über Dinge zu sprechen, die mich beschäftigten. Irgendwie fühlte es sich an, als würde ich sie schon ewig kennen. Und auch Mirja war so nett, sie könnte eine wirklich gute Freundin werden.

Für neun Uhr hatte ich das Taxi bestellt. Noch zweieinhalb Stunden. Ich streifte durchs Haus, schaute zum dritten Mal in allen Schränken und Schubladen nach, ob ich auch wirklich alles eingepackt hatte, trank noch einen Tee und spazierte zu meinem Steg. Wie Leevi mit dem Boot herangetuckert war. Und wie wir hier gesessen hatten, als er sich vorgestellt hatte. Seine Stimme war mir sofort durch Mark und Bein gegangen. Vielleicht sollte ich ihm eine Nachricht hinterlassen? So, wie er mir damals seine Handynummer an die Haustür gesteckt hatte, könnte ich es auch machen. Also ging ich wieder zurück ins Haus und holte Block und Stift aus meiner Tasche. Was sollte ich schreiben?

Hallo Leevi,
bitte entschuldige, dass ich gestern Abend einfach so weggegangen bin. Es liegt nicht an Dir. Es liegt an mir, es ist meine Schuld, ich

Weiter kam ich nicht. Wie sollte ich das erklären? Wie sollte ich ihm erklären, dass ich einfach nicht aus meiner Haut konnte? Dass ich Angst hatte, wieder verletzt und enttäuscht zu werden? Dass die verdammte Vernunft wieder einmal gesiegt hatte. Wie armselig würde sich das anhören. Er, so lustig und lebensfroh, der alles einfach anpackte und ausprobierte. Er würde das nicht verstehen. Ich würde mich nur lächerlich machen. Er wollte ja auch gar nichts von mir. Ich hatte das alles falsch interpretiert. Er würde jeden trösten und in seine Arme nehmen, der es nötig hatte und traurig war. Das war einfach seine Art. Ich knüllte den Zettel zusammen und steckte ihn in meine Hosentasche.

❦ **Kapitel 6** ❧

Alles in mir sehnt sich nach Dir!

❣

Zurück zu Hause bestürmte mich meine Freundin Nina, die mich zum Essen eingeladen hatte, mit Fragen: „Na, wie war dein Urlaub?"
„Schön."
„Hast du dich gut erholt und mal richtig ausgeschlafen?"
„Hmhm."
„Und, wie sind die Finnen so?"
„Lustig, nett, sehr nett."
„Hast du denn einen netten Finnen kennengelernt?" Sie blinzelte übertrieben mit ihren langen Wimpern.
„Ja, habe ich, stell dir vor."
„Und?"
„Was und?"
„Herrschaftszeiten, jetzt loss di halt net dermaßen bitten!"
Ab und zu brach ihr Kärntner Dialekt durch und dann bereicherten lustige Ausdrücke ihren Wortschatz. Also erzählte ich ihr von meinem Urlaub und

den Menschen, die ich kennengelernt hatte. Auch von Leevi, aber das mit dem Song und meinem letzten Ferientag ließ ich aus.

„Das hört sich aber sehr nett an", sie hakte sich bei mir ein und musterte mich. „Wirst du ihn wiedersehen?"

„Nein, wie denn?", sagte ich, obwohl mir die Zeit in Finnland nicht aus dem Kopf ging. Am meisten vermisste ich Leevis Wärme und Herzlichkeit, seinen Humor, sein freches Grinsen, diese kleinen Gesten, die so viel in mir auszulösen vermochten. In seiner Nähe fühlte ich mich so wohl. Mit ihm war alles unbeschwert und federleicht.

Den Zettel mit seiner Handynummer hielt ich oft in der Hand. Wie einfach wäre es diese paar Zahlen einzutippen, und dann würde ich seine Stimme hören. Aber dann legte ich den Zettel doch wieder zurück in meinen Timer und klappte ihn zu. Das versprochene Album hatte er mir nicht gebracht. Vielleicht war das sogar ganz gut so, denn seine Stimme zu hören hätte mich nur noch mehr aufgewühlt. Ich musste das abhaken. Musste aufhören, an ihn zu denken. Finnland würde für immer eine schöne Erinnerung bleiben, das war alles. - Das bläute mir jedenfalls mein Verstand ein.

ෙ Kapitel 7 ෙ

Missed opportunities!

Leevi

Es war halb Zwei mittags, als ich zu mir kam. Mir war schwindelig, und ein Bautrupp hämmerte von innen Löcher in meine Schädeldecke. Gott, ich hatte gestern Abend definitiv zu viel getrunken. Ich konnte immer noch nicht begreifen, was eigentlich passiert war. Gerade noch hatte ich sie in meinen Armen getröstet, ihren unglaublichen Duft eingeatmet, und fünf Minuten später ging sie einfach weg? Sorry, aber musste ich das verstehen? In den letzten Tagen hatten wir uns doch so gut verstanden. Und als ich sie mitten in der Nacht aufgeweckt hatte. Bei dem Gedanken an diese Nacht musste ich einfach grinsen. Sie hatte zum Anbeißen ausgesehen in ihrem blau geringelten Sleepshirt, das ihr von der Schulter gerutscht war, die Strickjacke notdürftig übergeworfen, total verschlafen, barfuß, mit verwuschelten Haaren und freiem Blick auf traumhaft lange Beine. Da war auch endlich mal ihr Temperament zum Vorschein gekommen. Am liebsten hätte ich sie an mich gezogen, stürmisch geküsst und bei lebendigem Leib verspeist. Ich war mir sicher, dass unter der kühlen Oberfläche ein Vulkan vor sich hin brodelte!

Scheiße! Ich fuhr hoch und mein Kopf explodierte beinahe. Wie sollte ich sie erreichen? Ich hatte nur die Nummer vom Ferienhaus. Keine Handynummer, keine Adresse, nichts. Vorsichtig rollte ich mich aus dem Bett, stieg dann aber doch hastig in meine Jeans, zog mir irgendein T-Shirt über den Kopf und schlüpfte an der Haustür in meine Turnschuhe. Rennen konnte ich beim besten Willen nicht, mein Kopf drohte bei jedem Schritt in tausend Einzelteile zu zerspringen, aber ich steuerte auf Monas Ferienhaus zu, so schnell es mir möglich war.

Auf dem Grundstück konnte ich niemanden entdecken. Oh mein Gott, sie war schon weg! Mein Herz hämmerte wie verrückt. Ich erreichte die kleine Veranda und eilte die drei Stufen hinauf, aber die Haustür war verschlossen! Ich rüttelte am Knauf und trommelte mit der Faust an die Tür. „Mona, Mona!" Totenstille. Ich lief um das Haus herum und versuchte, durch die geschlossenen Fenster hindurch etwas zu erkennen, aber sie war nicht mehr da.

Um Luft zu holen, ließ ich mich auf die Stufe zur Veranda sinken und raufte mir die Haare. Mona war weg, und ich hatte nichts von ihr. - Nicht ganz, ich hatte diese kleine Box, die ich Granny geben sollte, und ich hatte den Songtext. Warum war ich Idiot nicht gestern Abend noch einmal herübergelaufen? Warum hatte ich sie nicht aufgehalten? Mann, was war eigentlich los mit mir? Ich war stinksauer auf mich selbst.

„Shit!" Ich donnerte meine Faust gegen den Holzpfosten. „Auah, ah!" Der aufflammende Schmerz raubte mir für ein paar Sekunden den Atem, dann schlich ich nach Hause.

Nach einer ausgiebigen Dusche packte ich hastig einige Sachen zusammen. Ich konnte hier nicht länger bleiben. Ich würde Granny diese kleine Box vorbeibringen und dann eine Zeitlang abtauchen.

Auf dem Weg zum Flughafen überlegte ich mir, wohin ich eigentlich fliegen wollte. Da fiel mir Jani ein. Mein alter Kumpel Jani. Hunderte von Szenen und Bildern aus unserer Schulzeit schossen mir durch den Kopf. Was hatten wir für einen Blödsinn zusammen gemacht! Die besten Plätze im Klassenzimmer, ganz hinten, waren immer für uns reserviert. Später hatten wir uns zahlreiche Wettrennen mit den Mofas geliefert. Auch wenn er ein musikalischer Totalausfall war, hatte er uns immer geholfen unsere kleinen Auftritte vorzubereiten und zwei Mal waren wir zusammen durchgebrannt, einmal bis nach Schweden. Ja, ihm würde ich einen Überraschungsbesuch abstatten. Genau. Was für eine famose Idee! In seiner Gesellschaft, würde ich ganz sicher auf andere Gedanken kommen. Vor gut zwanzig Jahren war er nach Spanien ausgewandert. Zuerst nach Madrid. Da hatte er sich einige Jahre lang als Gelegenheitsarbeiter durchgeschlagen. Dann war er nach Barcelona gegangen, hatte als Maurer gearbeitet und sich nebenbei zwei eigene Häuser gebaut, die er sehr gewinnbringend vermietete, während er selbst in einem alten Wohnwagen hauste. Als er genug Kohle zusammengespart hatte, kaufte er sich in eine Discothek in Málaga ein, und vor fünf Jahren hatte er seinen eigenen Club in Marbella eröffnet. Natürlich waren wir zur Eröffnung alle hingeflogen, um dort zu spielen. Meine Erinnerung an diese Woche war extrem lückenhaft. Es war lustig, dass aus uns absoluten Schulnieten doch noch etwas geworden war. Es würde jedenfalls ein Riesenspaß werden, ihn wiederzusehen.

Während der viereinhalb Stunden Flug nach Málaga versuchte ich etwas zu schlafen, aber die gut sechzig Kilometer mit dem Bus bis Marbella zogen sich endlos hin. Dann nahm ich mir ein Taxi zu Janis Club. Er fiel aus allen Wolken, als ich plötzlich vor ihm stand.

„Leevi Tervo!" Er stellte sein Glas ab, stand auf und hebelte mich von meinen Füßen. Dazu muss man wissen, dass Jani über zwei Meter groß und ein Schrank von einem Mann ist. „Was machst du denn hier?"

„Spontane Eingebung, ich hatte Sehnsucht nach dir", sagte ich und gab ihm einen Kuss auf die Wange, um ihn zu ärgern. Er zuckte zurück.

„He, was soll das? Trotzdem schön, dich zu sehen!"

Er drückte mich so fest, dass es eher einem Schwitzkasten gleichkam. So war er einfach; spielte immer den harten Kerl, hatte aber in Wirklichkeit ein butterweiches Herz.

„Eine Runde aufs Haus, für alle", brüllte er und schlug mir auf die Schulter, dass ich einen halben Meter zusammensackte.

„Mein alter Kumpel Leevi aus Finnland ist hier. Begrüßt ihn mal ordentlich."

Die Partymeute grölte, obwohl mich vermutlich kein Mensch kannte. Wildfremde Leute begrüßten mich wie einen alten Bekannten, nicht, dass mir das unangenehm war, aber es war schon ein bisschen befremdlich. Ich wurde in Gespräche verwickelt und nach meinem Business gefragt. Ein paar Ladys versuchten, mich anzugraben und auf die Tanzfläche zu schleppen. Es flossen etliche Liter Bier aus der Zapfanlage und mehrfach knallten die Sektkorken.

Als es am nächsten Tag hell wurde, schleppte Jani mich mit in sein Haus. „Hotel? Willst du mich beleidigen. Du kommst mit zu mir, das ist doch klar."

Er besaß ein Anwesen, dass ich meinen Augen kaum traute. Ich hatte zu viel getankt, das musste ich mir im nüchternen Zustand alles noch einmal ganz genau ansehen.

Zirka zwölf Stunden später, es war kurz vor fünf am späten Nachmittag, trafen wir uns an seinem Pool. Ich drehte mich bestimmt schon zum zehnten Mal um die eigene Achse und kam aus dem Staunen nicht mehr heraus. „Schon wieder ein neues Haus. Wie viele hast du jetzt?"

„Meinst du hier in Marbella oder insgesamt?"

„Insgesamt."

„Sechs. Zwei hier, zwei in Málaga und die zwei in Barcelona habe ich auch noch. Sind letztes Jahr kernsaniert worden und wieder tipptopp in Ordnung."

„Wahnsinn." Ich nahm an dem reich gedeckten Tisch Platz, den vermutlich das Hauspersonal so schön hergerichtet hatte, und stützte meinen schmerzenden Kopf auf. „Ah! Ich brauche erst mal eine Kopfschmerztablette."

Er lachte so laut, dass ich mir die Hände auf die Ohren drücken musste.

„Bekommst du, Kleiner, bekommst du. Maria!", brülle er nach seinem Hausmädchen, „bringen Sie bitte eine Kopfschmerztablette für meinen Freund."

Ein hübsches Mädchen, Anfang zwanzig, mit schwarzem Pferdeschwanz und großen braunen Augen tauchte auf und brachte mir die gewünschte Tablette. Ich schaute ihr hinterher.

„Sie ist *nur* das Hausmädchen. Die Betonung liegt auf nur." Er lachte schon wieder schallend. Ich stöhnte. „Bitte, Jani, mein Kopf platzt gleich."

„Was ist los mit dir? Du bist ja völlig aus der Übung. So viel haben wir doch gestern gar nicht getrunken."

Ich rieb über meine Stirn. „Also, mir hat es gereicht."

„Wie lange bleibst du eigentlich?"

„Zehn Tage, aber ich kann mir wirklich ein Hotel nehmen."

„Vielleicht hörst du jetzt endlich mal auf mit dem Mist. Du bleibst hier, oder gefällt es dir nicht bei mir?"

„Spinnst du? Das ist ein absoluter Traum. Läuft dein Club so gut, dass du so viel Kohle scheffelst?"

„Ich kann dir sagen, die Reichen sind so scharf darauf, ihr Geld loszuwerden, die feiern, bis sie umfallen."

Er häufte sich einen Riesenberg Rührei mit Speck und zwei Bratwürstchen auf seinen Teller und fing an, alles in sich hinein zu schaufeln. Ich hielt mich erst mal an meinem Glas Wasser mit der darin aufgelösten Tablette fest. Er fragte mich über die Bandjungs und unsere letzten Auftritte aus. Als er aufgegessen hatte, stand er auf und sagte: „Okay, Kumpel. Ich muss jetzt los. Einige Dinge erledigen und dann in den Club. Gegen zweiundzwanzig Uhr schicke ich dir den Wagen."

„Oh nein. Danke. Lass mal. Ich brauche eine kleine Pause."

„Was?" Er setzte sich wieder und schaute mich entsetzt an. „Habe ich mich gerade verhört?"

„Nein, hast du nicht. Gönne mir doch mal eine kleine Auszeit. Ich will hier Urlaub machen."

„Okay", er rückte seinen Stuhl zurecht und setzte seine Sonnenbrille ab. „Was ist los mit dir?"

„Ich habe einen tierischen Kater und möchte einfach meine Ruhe haben."

„Das glaube ich dir nicht. Bist du krank? Ich meine ernstlich krank? Musst du starke Medikamente nehmen? Verträgst du deshalb nichts mehr?"

„Ich bin kerngesund."

„Dann ist doch etwas mit der Band. Ihr habt euch gestritten. Ich habe mich gestern schon gewundert, warum die Jungs nicht mitgekommen sind."

„Nein, es ist alles in Ordnung. Ich habe dir doch schon gesagt, dass es eine ganz spontane Entscheidung war, dich zu besuchen."

„Granny! Dann muss etwas mit Granny passiert sein. Oh Gott, Josie ist gestorben. Die Welt ist um ein Original ärmer geworden. Warum hast du mich nicht angerufen? Ich wäre doch zur Beerdigung gekommen."

Dieser Mensch konnte reden, ohne auch nur einmal Luft zu holen. „Jani, bitte! Granny geht es hervorragend. Du verpasst deine Termine", sagte ich genervt und trank den letzten Schluck von meinem Kopfschmerzwasser aus. Er stand auf.

„Wir sprechen uns noch, Kumpel. Und ich schicke dir eine Masseuse vorbei."

„Bloß nicht! Jani, hörst du? Bloß nicht!", rief ich ihm hinterher.

Nachdem ich auch etwas gegessen hatte, erkundete ich das Anwesen. Es war der reinste Park mit herrlich blühenden Bäumen und Sträuchern, an denen sich etliche Bienen und Schmetterlinge tummelten. Ich ertappte mich dabei, dass ich tatsächlich stehenblieb und lauschte. Natürlich hatte sich Mona einen Scherz mit mir erlaubt, als sie behauptet hatte, dass man die Schmetterlinge flüstern hörte, aber trotzdem musste ich jetzt immer daran denken, sobald ich einen Schmetterling sah. Was ich noch sah, waren etliche Überwachungskameras, die überall auf dem Gelände verteilt waren. Ich entdeckte eine gewaltige Steintreppe, die direkt zum Strand führte, ging hinunter und spazierte eine Weile den Strand entlang. Dann setzte ich mich in den Sand, schaute auf das Meer hinaus und ließ meine Gedanken schweifen. Sie landeten immer wieder bei Mona.

Die Sonne war schon untergegangen, und bevor es ganz dunkel wurde, ging ich zurück zur Villa und lief prompt dem Wachdienst mit Hund in die Arme. Er vergewisserte sich erst über Funk, dass ich wirklich Gast des Hauses war, bevor ich weitergehen durfte.

Ich bekam ein leckeres Abendessen und um zehn Uhr rollte tatsächlich die Clublimousine auf das Anwesen. Ich schickte den Fahrer wieder weg und erkundete die Villa. In Janis Wohnzimmer entdeckte ich einen weißen Flügel! Das konnte nicht wahr sein! Ich musste laut lachen. Wer hatte wohl jemals darauf gespielt? Jani mit Sicherheit nicht. Ich setzte mich auf die Klavierbank und klimperte die Melodie zu „Magic In You". Mona hatte „Magic In You" geschrieben, dabei war es Magie, was sie mit mir machte. Alles an ihr faszinierte mich. Sie war aufregend und geheimnisvoll. Meine Gedanken kreisten ständig um sie. Es würde kompliziert werden. Sie in Deutschland, ich überall und nirgends. Aber ich musste sie wiedersehen, unbedingt! Ich sehnte mich so sehr danach, sie in meine Arme zu nehmen. - Und auf einmal waren so viele neue Ideen in meinem Kopf. Einzelne Worte, Sätze, Textstücke, Tonfolgen. Ich holte mein Handy, um alles, was mir einfiel, aufzunehmen. Bis zwei Uhr in der Nacht saß ich vollkommen ungestört an diesem wunderschönen Flügel, die Einfälle sprudelten nur so aus mir heraus. Heiliger Bimbam! Was für ein Klischee! Aber so war es, wirklich. Danach schlief ich mit offener Balkontür wie ein Baby für acht Stunden. Himmlisch!

Nach einem kleinen Frühstück, das mir Maria organisiert hatte, entschied ich mich, den Tag am Stand zu verbringen. Maria hatte mir erzählt, dass Jani meistens erst gegen vier Uhr nachmittags aufstand. Zu ungefähr dieser Zeit tauchte er dann auch auf.

„Was zur Hölle machst du hier?", brüllte er von der Treppe aus schon zu mir herunter.

„Ich entspanne mich", brüllte ich zurück.

„Entspannen kannst du, wenn du tot bist. Auf jetzt! Pack deine Sachen zusammen, wir müssen los."

„Was? Welche Sachen?" Ich stand auf und lief ihm entgegen.

„Deine Klamotten und alles. Wir verreisen. Mach voran, ich hab den Heli schon bestellt."

„Bist du irre?"

„Du bist nicht krank, Granny lebt, und mit der Band ist alles in Ordnung, sagst du jedenfalls, also kann nur eine Frau dahinterstecken. Die treibe ich dir schon aus. Du bist nur ein bisschen aus der Übung, aber das kriegen wir schon wieder hin. Er eilte, etliche Meter vor mir, zum Haus zurück.

Also packte ich.

Die nächsten sieben Tage lang schleppte er mich in alle Clubs und Bars entlang der spanischen Küste. Jesus! Er war dasselbe Party-Tier wie eh und je. Wir verschliefen die Tage und feierten die Nächte durch. Zurück in Marbella kam dann der Hammer.

„Hast du eigentlich auch noch andere Klamotten dabei?", fragte er mich bei unserem späten Brunch.

„Nein, wieso?"

„Wir haben heute Abend noch was vor."

„Jani, bitte, mir bleiben nur noch zwei Tage. Nicht schon wieder eine Party."

„Du kannst nicht kneifen. Das ist das Geilste, was du jemals erlebt hast. Ich habe seit drei Monaten nämlich auch ein Partyboot, und heute Abend richte ich eine Feier für einen Medienmogul aus Japan aus. Letzten Monat waren ein paar Scheichs aus Abu Dhabi hier, ich kann dir sagen, die haben es krachen lassen! Da lagen tatsächlich echte Edelsteine als Tischdeko herum."

„Komm, jetzt übertreibst du aber." Ich konnte nur noch staunen. Jedenfalls musste ich mir neue Klamotten für den Abend kaufen, und dann ging es los. Eine Einhundert-Meter-Yacht erwartete uns im Hafen. Halleluja! Das nannte er Partyboot?! Etlichen Jet-Set-Ladies und Gentlemen schüttelte ich die Hand, und Jani hatte wohl auch noch einige Damen für die alleinstehenden Herren organisiert. Mir schwante da so etwas. Ich zog ihn zur Seite. „Verdienst du damit so viel Geld? Mit Prostitution?"

„Spinnst du?" Er wurde richtig sauer. „Ich heuere die Mädels bei einem seriösen Begleitservice an, was sie sonst noch machen, geht mich nichts an."

„Trotzdem, das ist ätzend. So viel Silikon und falsche Fingernägel habe ich noch nie auf einem Haufen gesehen."

„Ah! Jetzt entspann dich mal! Für dich ist auch eine dabei." Er schlug mir auf die Brust, verdrehte seine Augen und ging zu einem Japaner hinüber, der ihm zugewinkt hatte. Ich hielt mich an meinem Whiskyglas fest und schlenderte über die Decks.

Mehrfach wurde ich von wirklich hübschen Damen angesprochen, die alle nur viel zu dick geschminkt und über die Maßen mit Geschmeide behängt waren. Mona trug lediglich ihre Armbanduhr und eine lange Kette um ihren verführerisch schönen Hals. Den Anhänger hatte ich noch nie gesehen, sie versteckte ihn stets unter ihrem Shirt. Vermutlich baumelte er an der so ziemlich schönsten Stelle der Welt herum. Ein Kellner unterbrach meine Gedankengänge.

„Möchten Sie?" Er hielt ein Tablett mit Canapees in seinen Händen.

„Gerne. Hm, lecker." Ich nahm gleich noch ein zweites, aber davon wurde ja kein Mensch satt; also machte ich mich auf den Weg zum Buffet. Dort fand ich nicht nur Sushi, Kaviar und Lobster, sondern traf auch Jani wieder. Er stellte mir eine Naturschönheit mit langen braunen Haaren vor.

„Leevi, das ist Tamara."

„Hallo." Sie reichte mir mit einem vielsagenden Augenaufschlag die Hand.

„Leevi, hi!"

„Wohnst du in Marbella?", begann sie eine unverfängliche Konversation und Jani verdrückte sich sogleich. Nach dem Essen gingen wir auf eines der Decks, die mit gemütlichen Loungemöbeln ausgestattet waren. So verbrachte ich den Abend mit Tamara und fand heraus, dass sie diesen Job machte, um ihr Medizinstudium zu finanzieren.

„Komm", sie zog an meiner Hand, „wir gehen auch auf das Oberdeck zum Tanzen."

„Nein, danke, ich tanze nicht", sagte ich und lächelte sie an.

„Okay, willst du lieber andere Sachen machen?" Sie ließ sich wieder neben mich auf das weiche Polster fallen und fing an, mir über die Brust zu streichen. Ich stoppte Tamaras Hand, als sie dabei war, einen Knopf an meinem Hemd zu öffnen.

„Sorry, Tamara, aber das will ich nicht."

„Ach komm, entspann dich, jetzt kriege ich mal so einen süßen Typen ab und du willst nicht. Das ist nicht dein Ernst?" Sie ließ nicht locker und fummelte weiter an meinen Hemdknöpfen herum. „Wir können doch ein bisschen Spaß haben und ich könnte die extra Kohle wirklich gut gebrauchen."

„Wofür?", fragte ich sie und zog dabei ihre Hand von mir weg.

„Ich will nächstes Jahr unbedingt zu den Flying Doctors nach Afrika. Seit meiner Kindheit begeistert mich alles, was mit diesem Land zu tun hat."

Offenbar hatte sie meine Abweisung akzeptiert, denn sie setzte sich aufrecht hin und sah mich mit ihren großen braunen Augen an.

„Ich verstehe", sagte ich, „trotzdem solltest du solche Sachen nicht machen", durchsuchte gleichzeitig aber meine Hosentaschen nach Bargeld. „Ich habe hier noch einhundertsechzig Euro, die bekommst du, wenn du mir mehr über deine Pläne erzählst und uns noch etwas zu trinken besorgst." Das tat sie und ich erfuhr an diesem Abend noch viele Details über die Arbeit der Flying Doctors.

Jani bestand darauf, mich zum Flughafen zu bringen. In der Wartehalle löcherte er mich noch einmal. „Willst du mir nicht endlich sagen, was los ist? Wir kennen uns seit über dreißig Jahren, aber so habe ich dich noch nie erlebt. Du lässt selbst eine Sahneschnitte wie Tamara einfach so abblitzen?"

„Woher weißt du das?"

„Ich weiß alles, mein Freund."

„Ist ja auch egal. Ich muss los, Jani. Danke, für alles", ich drückte ihn, „pass auf dich auf und mach keinen Mist." Er hielt mich am Arm fest.

„Du fliegst nirgendwohin, bevor du nicht geredet hast." Es gab keine Chance, mich aus seinem Griff zu befreien.

„Ja, du hast Recht mit deiner Vermutung, es steckt eine Frau dahinter. Ich glaube, ich habe mich ernsthaft verliebt."

„Was? Ich höre so schlecht auf dem einen Ohr."

„Du hast mich ganz genau verstanden", ich boxte auf seinen Brustkorb, „sie muss die Richtige für mich sein, wenn selbst du es nicht fertigbringst, dass ich sie vergessen kann, und nun lass mich endlich los." Das tat er.

„Sag ihr, ich hasse sie", rief er mir nach, „sie hat aus meinem alten Saufkumpan ein Weichei gemacht." Sein Lachen schallte durch die ganze Halle.

Bald darauf saß ich wieder in meiner Wohnung in Helsinki. Auch die veränderte Umgebung und die durchaus sagenhaft organisierten Ablenkungen von Jani hatten mich nicht wirklich auf andere Gedanken bringen können. Aber ACHT neue Songs hatte ich geschrieben! Wahnsinn! Warum konnte ich eigentlich immer dann besonders gut schreiben, wenn ich total verkatert, verwirrt, müde und verzweifelt war? Das war doch alles verrückt. - Ich musste sie aufspüren, irgendwie.

Zuerst versuchte ich mein Glück bei den Vermietern des Ferienhauses, die mussten schließlich ihre Kontaktdaten haben, aber die stellten sich stur und beharrten auf Datenschutz. Ich erfand eine Notlüge und sagte, Mona habe etwas bei mir vergessen und ich wolle es ihr nachschicken. Woraufhin dieses Prachtexemplar von Vermieterin mir süffisant lächelnd vorschlug: „Bringen Sie es vorbei und *ich* werde es ihr nachschicken." Blöde Zicke!

Okay, sie war von Frankfurt aus nach Helsinki geflogen. Also bemühte ich das Internet und suchte die Flüge heraus, die am 24. August von Helsinki nach Frankfurt gestartet waren. Mit dieser Liste fuhr ich zum Airport und fragte mich durch. Ich setzte meinen ganzen Charme ein und versuchte, einige Mitarbeiterinnen, die mich kannten, mit Backstage Tickets zu bestechen, aber ohne Erfolg, natürlich bekam ich keinerlei Auskunft über die Passagierlisten.

Mit meiner Schwester hatte sich Mona lange unterhalten und mit Granny natürlich. Zuerst stattete ich meiner Schwester einen Besuch ab, ich hatte sowieso Geschenke für Jaana und den kleinen Zwerg mitgebracht: Kastagnetten für Jaana und für Elias eine kleine Trommel. Mirja war von meinen Mitbringseln wenig begeistert, es würde den Geräuschpegel in ihrem Haus ins Unerträgliche steigern, meinte sie. Natürlich musste ich von Spanien und Jani erzählen. Mirja hatte als junges Mädchen mal ziemlich für ihn geschwärmt und schien immer noch äußerst interessiert an ihm zu sein. Aber dann drehte ich den Spieß um und versuchte sie auszufragen.

„Bevor es zu kalt wird, sollten wir noch einmal am Sommerhaus grillen."

„Ja, unbedingt."

Ich hatte Elias auf meinem Schoß sitzen und machte Faxen mit ihm. „Hast du eigentlich noch mal etwas von Mona gehört?"

„Nein."

„Ihr habt euch doch gut verstanden, oder?"

„Ja, sie ist total nett. Jaana war ganz verrückt mit ihr. Weißt du noch? Sie hat die arme Mona den ganzen Abend in Beschlag genommen."

„Ihr habt nicht zufällig Adressen ausgetauscht oder so?"

„Nein, warum fragst du?"

Als Antwort drückte ich ihr Elias in die Arme. „Bitte", sagte ich und rümpfte meine Nase, „er stinkt."

Jaana hatte bisher wenig Interesse an unserem Gespräch gezeigt und die ganze Zeit über, auf dem Sofa sitzend, in einem Buch gelesen, aber als Mirja mit Elias im Badezimmer verschwunden war, rutschte sie auf meinen Schoß und schmiegte ihr hellblondes, weiches Lockenköpfchen an meine Brust.

„Leevi?"

„Hm?"

„Vermisst du Mona?"

Gott, sie war so süß! Ich drückte ihr einen Kuss aufs Haar und umarmte sie ganz fest. Sie hatte also doch zugehört und offensichtlich zwischen den Zeilen gelesen. Kinder hatten einfach ein feines Gespür für Situationen, Gefühle und Stimmungen.

„Ja, Engelchen, das tue ich."

„Dann musst du sie suchen."

„Das habe ich vor."

„Oder ich zaubere sie wieder her, so wie damals, als wir bei dir gefeiert haben."

„Das wäre super."

Sie drückte ihre Augen ganz fest zu und fuchtelte mit ihren Ärmchen durch die Luft: „Simsalabim!"

Aber außer uns Zweien war nach wie vor niemand im Zimmer.

„Oh, es hat nicht geklappt", sagte sie enttäuscht und schob ihre Unterlippe vor.

„Macht nichts, Schätzchen", sagte ich, um sie zu trösten, „ich finde sie schon."

In diesem Moment klopfte ihre Freundin an die Terrassentür. Sie winkte ihr zu und drückte mir noch schnell einen feuchten Kuss auf die Wange. Als sie von meinem Schoß rutschte, sagte sie: „Sei nicht traurig, ich versuche es morgen noch einmal." Und weg war sie. Im Hinaushüpfen wippten ihre Löckchen auf und ab. Mein Herz zog sich zusammen. Gott, war sie entzückend! Der Bursche, der ihr einmal das Herz brechen würde, konnte sich jetzt schon mal warm anziehen! - Aber das würde ihr Vater schon erledigen. Daniel war ein feiner Kerl. Kimi und ich hatten ihn auf Herz und Nieren geprüft, bevor er mit unserer Schwester zusammenkommen durfte. Und ich erlaubte ihm, mein Auto zu fahren, wenn ich außer Landes war. Eine absolute Huldigung!

So, jetzt blieb mir also nur noch Granny. Bei ihr musste ich allerdings auf der Hut sein, sie durchschaute alles und jeden sofort, und wenn sie davon Wind bekam, dass ich hinter Mona her war, würde sie mich löchern und alles bis ins kleinste Detail wissen wollen. Das wollte ich mir eigentlich ersparen.

᛫ **Kapitel 8** ᛫

Ein wacher Geist,
gepaart mit Weisheit und Güte -
eine unschlagbare Kombination!

Josie

Ich liebte alle meine Kinder, Enkel- und Urenkelkinder abgöttisch, und es machte mich überglücklich, wenn sie vorbeikamen, um mich zu besuchen, aber Leevi tauchte mir in letzter Zeit etwas *zu* oft auf. Zudem wurden seine vorgeschobenen Gründe für die Besuche immer merkwürdiger. Irgendetwas stimmte da nicht. Wenn ich es mir recht überlegte, war er das erste Mal so seltsam gewesen, als er mir diese hübsche kleine Box von Mona vorbeigebracht hatte. Die Gute, sie hatte mir mein Taschentuch zurückgeschickt und eine köstliche Praline mit hineingelegt! Zudem ein kleines Kärtchen, auf dem nur zwei Worte standen: Danke! Mona. Und ein kleines Herzchen hatte sie noch hinter ihren Namen gemalt. Obwohl ich ihr Vertrauen mir gegenüber gespürt hatte, war sie mir doch irgendwie zurückhaltend und verschlossen vorgekommen. Ja, damals war Leevi merkwürdig wortkarg gewesen und auch rasch wieder gegangen. Danach war er eine Zeitlang wie vom Erdboden verschluckt gewesen.

Jaana, unser kleiner süßer Engel, hatte es ausgeplaudert, als sie mit ihrer Mutter und ihrem Bruder da gewesen war. „Leevi ist in Spanien, und wenn er neue Musik erfindet, darf man ihn nicht stören", hatte uns das kleine Fräulein Naseweis aufgeklärt. Jaana vergötterte ihren Onkel genauso wie er sie.
Meine Enkelin hatte das Thema mit den Worten: „Ach, Granny, du kennst ihn doch, vermutlich hat er mal wieder seine *kreative Phase*", vom Tisch gewischt. Sie wollte nur, dass ich mir keine Sorgen machte. Das Mädchen war schon immer so leicht zu durchschauen gewesen. Nun gut, ich würde schon noch herausbekommen, was da los war.

Nach vierzehn Tagen war er jedenfalls wieder da, und jetzt erschien er schon das dritte Mal in dieser Woche bei mir. Mal war er richtig wütend, dann mutlos, dann wieder völlig aufgedreht, aber immer gab es auch Momente, in denen er ganz still und nachdenklich war. Ich wurde nicht schlau aus ihm. Woher kamen diese Stimmungsschwankungen? Ich hatte zwar meinen achtundachtzigsten Geburtstag schon gefeiert, aber ich war nicht senil und wusste ganz genau, was in der Welt da draußen vor sich ging. Ich würde ihm schon auf den Zahn fühlen! Vielleicht stimmte es ja doch, was man so alles über diese Musikerszene hörte? Und dieses unstete Leben, das er führte. Heute hier, morgen da. Auf der anderen Seite gefiel es mir ja, dass er seinem Traum nachjagte. Hörten die Sorgen um die Nachkommen denn niemals auf?

Als er zwei Tage später schon wieder vor meiner Tür stand, unter dem fadenscheinigen Vorwand, ein Kuchenrezept zu suchen, das muss sich ein Mensch vorstellen, nutzte ich sofort die Gelegenheit. Ich kochte uns einen Tee und zwang ihn, sich auf das Sofa zu setzen. Zuvor war er ruhelos durch die ganze Wohnung getigert.

„Und, Granny, wie geht es dir?", begann er die belanglose Konversation. „Brauchst du irgendetwas? Kann ich etwas für dich einkaufen oder erledigen?"

„Leevi", sagte ich ruhig, „nun mal raus mit der Sprache, was ist los mit dir?"

„Was soll los sein mit mir, Granny? Mir geht es gut, alles in Ordnung." Er nickte und lächelte mich an, war aber schon wieder aufgestanden und strapazierte meinen Teppichboden, die Hände tief in den Hosentaschen vergraben. Offenbar wollte er den Ahnungslosen spielen.

„Bitte setze dich und sieh mich mal an." Er gehorchte und ich ließ ihn nicht aus den Augen: „Nimmst du irgendwelche Aufputschmittel?"

„Granny!"

Er sprang auf. Großer Gott, dieser Junge konnte einen wahrlich in den Wahnsinn treiben! „Leevi, nun setz dich endlich hin", sagte ich scharf. Er setzte sich.

„Nun, ich warte."

„Nein, Granny, natürlich nicht. Was soll das?"

„Was das soll?", ich wurde energischer, „ich frage *dich*, was das soll? Alle Nase lang kreuzt du hier auf, unter den fadenscheinigsten Vorwänden und in den unterschiedlichsten Gemütsverfassungen wohlgemerkt, da stimmt doch etwas nicht. Leevi, nun sag schon, was los ist mit dir!"

Aber er sagte gar nichts und starrte stattdessen Löcher in meinen Wohnzimmerschrank. Ah, es war zum Verrücktwerden mit den jungen Leuten! Und weil er immer noch nicht redete, folgte ich seinem Blick. Er starrte auf … die kleine Box, die ich aufbewahrt hatte, weil sie mir so gut gefiel. - *Meine Güte*, das war es also! War ich erleichtert! Tausend Steine fielen mir vom Herzen. Und es versprach, *interessant* zu werden! Ich grinste in mich hinein und musste mich beherrschen, um mir nicht vor Freude die Hände zu reiben. An dieser Frau würde er wachsen, und der Lernprozess hatte bereits eingesetzt, wenn auch offensichtlich schmerzlich. Mein armer Liebling, und ich hatte ihn auch noch verdächtigt. Ich beugte mich vor und legte meine Hand auf sein Knie.

„Mona ist sehr einsam und sehr verletzlich", sagte ich so einfühlsam wie möglich. Er sah mich an, und in unseren Augen sammelten sich Tränen.

„Wie konnte sie einfach so weggehen?", fragte er mit bebender Stimme.

Ich atmete tief durch. Es war ihm wirklich ernst mit ihr. Dann tätschelte ich sein Knie, denn in diesem Moment saß da kein erwachsener Mann auf meinem Sofa, sondern ein ahnungsloser Junge. Ich würde ihm so einiges erklären müssen.

○8 **Kapitel 9** ○○

Leevi & Leviten

Leevi

„Ich mag sie, Granny, mehr als das. Irgendetwas ganz Besonderes ist da zwischen uns. Ich weiß, ich spüre, was sie meint, ohne dass sie es mir lange erklären muss, und trotzdem ist sie spannend und geheimnisvoll." Granny sah mich skeptisch an.

„Das mag ja sein, aber eigentlich passt sie doch gar nicht in dein Beuteschema, oder?"

Fast hätte ich mich verschluckt. „Was willst du damit nun wieder andeuten?"

„Diese jungen Dinger, die du sonst immer anschleppst", sie machte eine abwertende Handbewegung, „sind in keiner Weise mit Mona zu vergleichen."

„Ja, eben. Ich brauche mal ein bisschen Abwechslung, denn es macht überhaupt keinen Spaß, wenn man sich nicht anstrengen muss." Das war als Scherz gemeint, aber Granny wurde richtig böse.

„Kannst du vielleicht auch mal eine Sekunde lang an sie denken? Ich warne dich", sie drohte mir, „wenn du ihr auch nur ein Haar krümmst, ihr in irgendeiner Art und Weise weh tust, ich rede kein Wort mehr mit dir, ich reiße dir den Kopf ab, ich streiche dich aus meinem Testament, ich …"

„Jetzt hol mal Luft, Granny, und beruhige dich", unterbrach ich ihren Redeschwall und fing ihre herumfuchtelnde Hand ein. „Du stellst mich ja hin wie ein Monster. Glaubst du, ich suche sie überall, um ihr dann wehzutun?"

Sie funkelte mich an, schien sich aber zu beruhigen.

„Wir alle haben nur ein einziges Leben, Granny, und ich würde es mir niemals verzeihen, wenn ich sie jetzt nicht suchen würde. Ich werde mich ständig fragen, wie es ausgegangen wäre, wenn ich sie aufgehalten hätte."

Sie schnaufte tief und schüttelte ihren Kopf. Dann beugte sie sich zu mir herüber und ihre Augen verschleierten sich auf ganz eigenartige Weise als sie mich fragte: „Spürst du dein Herz wachsen, Leevi?"

„Was?"

„Wenn du wirklich liebst, Junge, dann spürst du, dass dein Herz und deine Seele wachsen."

„Bei mir wächst da was anderes", brummelte ich mir in den Bart. „Aua!" Sie hatte mich geboxt.

„Es ist aussichtslos! Man kann sich einfach nicht vernünftig mit dir unterhalten", wetterte sie los. Oh, Vorsicht, sie wurde schon wieder ärgerlich.

„Hilf mir, Granny, bitte! Du hast dich doch lange mit ihr unterhalten. Sag mir, worüber ihr gesprochen habt. Irgendeinen Hinweis auf ihren Nachnamen, ihren Wohnort, irgendetwas. Bitte!"

„Du willst mir damit sagen, dass ihr keine Adressen oder Telefonnummern ausgetauscht habt und du nicht mal ihren Nachnamen kennst?" Ich zuckte nur mit den Schultern.

„Meine Güte! Die Jugend stellt sich wirklich unbeschreiblich dämlich an. Kein Wunder, dass die Menschheit bald ausstirbt."

Dann sah sie mich endlos lange zweifelnd, prüfend und nachdenklich an. Ich konnte förmlich sehen, wie sich ihre Gedanken überschlugen. Danach holte sie tief Luft und las mir gehörig die Leviten, was meinen Lebenswandel betraf, und in direktem Anschluss folgte eine Doppelstunde über den korrekten Umgang mit *richtigen* Frauen.

„Regel Nummer eins: Du musst ihr jeden Wunsch von den Augen ablesen. Regel Nummer zwei: Du wirst sie nicht zuerst küssen."

„Was? Das geht nicht. Das kann ich nicht aushalten."

„Natürlich kannst du das. Jetzt stell dich bloß nicht so an. Wie willst du sonst herausfinden, dass *sie* es wirklich will?"

„Niemals wird sie mich zuerst küssen, nie, dazu ist sie viel zu schüchtern."

Granny wischte mit einer Handbewegung meine Einwände weg und redete weiter. „Du musst dich wie ein Gentleman benehmen. Und steck ihr bloß nicht gleich die Zunge in den Hals, das ist ja ekelhaft", lautete ihre dritte, noch vergleichsweise harmlose Anweisung. Denn was danach folgte ... Ich wusste nicht, ob ich lachen oder beschämt sein sollte. Was sie mir alles sagte; meine Güte! Sie nahm wahrlich kein Blatt vor den Mund. Meine Ohren glühten.

„Grundgütiger!", platzte es irgendwann aus mir heraus, „du bist meine Großmutter, du solltest nicht solche Gespräche mit mir führen." Aber sie tat es, ohne mit der Wimper zu zucken und ohne auch nur ein klitzekleines bisschen rot zu werden.

„Papperlapapp", winkte sie ab, „dein Vater ist nicht mehr da, also wer außer mir sollte dieses Gespräch mit dir führen? Deine Mutter ganz sicher nicht. Sie ist ja päpstlicher als der Papst."

„Oh, Granny! Du bist unmöglich, aber gerade deshalb bewundere und liebe ich dich so sehr." Ich gab ihr einen Kuss.

„Ich sage dir nur eins, reiß dich am Riemen und halte dich zurück."

„Dazu müsste ich sie ja erst mal finden."

„Na, das ist doch kein Problem, du fragst die Virtanens, die vermieten das Häuschen doch."

„Da war ich schon, die sagen nichts."

„Ach, das richte ich dir schon, ich kenne doch die Armi, das ist eine Cousine von Lotta, der das Haus gehört, die findet mir das schon heraus."

„Glaubst du? Wirklich? Das wäre super! Nein, das wäre grandios! Wie lange wird es wohl dauern?"

„Keine Ahnung. Das könnte schon längst erledigt sein, wenn du nicht ewig um den heißen Brei herumgeschlichen wärst", setzte sich meine Abreibung fort.

„Ja, du hast ja recht", gab ich kleinlaut zu. „Und worüber hast du dich damals mit Mona unterhalten? Was hat sie dir erzählt?"

„Sie hat von ihrem Haus gesprochen, und dass sie überlegt, es zu verkaufen. Warum, habe ich allerdings nicht richtig verstanden. Sie hat es umgebaut, viel Geld und Mühe in das Haus investiert. So etwas gibt man doch nicht einfach so auf? Oder?"

„Nein, sicher nicht, aber vielleicht will sie einen Schlussstrich unter alles ziehen?"

„Ja, schon möglich."

Jedenfalls schwirrte mir der Kopf nach diesem Abend. Und wie viele Versprechen mir Granny abverlangt hatte. Unter anderem wollte sie über alle meine weiteren Schritte genauestens informiert werden! Ich hatte es befürchtet. Sie war so ein Schlitzohr! Aber die Hauptsache war, dass sie mir helfen würde. Und je länger ich über die Information, dass Mona eventuell ihr Haus verkaufen wollte, nachdachte, gefiel mir meine spontane Idee, es als „Deutschlandquartier" für die Band zu kaufen, immer besser. Wie cool wäre das denn? Und wir wollten doch unbedingt den deutschen Musikmarkt erobern.

Nun würde ich also auf Monas Adresse warten müssen, obwohl Geduld nicht gerade eine meiner stärksten Charaktereigenschaften war! Ich ging joggen, ins Fitness- und Tonstudio, traf mich mit der Band, meinem Bruder, mit Freunden, die ich ewig nicht mehr gesehen hatte, nur um mich irgendwie abzulenken.

Es verstrichen quälende zweieinhalb Wochen, Armi war ausgerechnet jetzt zwei Wochen auf Kur gewesen, bis Granny strahlend und mit vor Aufregung geröteten Wangen einen Zettel mit Monas Adresse vor meiner Nase herumschwenkte. Ich drückte sie.

„Danke, Granny. Du hast was gut bei mir." Ich ließ sie wieder los, aber sie hielt mich mit ihrem Blick fest.

„Warum musst du eigentlich immer dem Wind nachjagen? Das hast du als kleiner Junge schon mit Vorliebe getan."

Ich zwinkerte ihr zu. „Das weißt du doch, Granny. Weil es Spaß macht und weil ich es liebe, so wie ich dich liebe."

Mit ihren kleinen Händen packte sie mein Hemd, zog mich zu sich herunter und drücke mir einen Kuss auf die Wange. Ich wusste, dass auch sie mich über alles liebte, und wenn sie ab und zu böse mit mir war, dann nur deshalb, weil sie sich Sorgen machte. Wie schon so oft hatte mich Granny wieder einmal gerettet, und ihre einundzwanzig goldenen Regeln über den Umgang mit *richtigen* Frauen konnte ich mittlerweile im Schlaf aufsagen.

꧁ **Kapitel 10** ꧂

Wie gut, dass es mutige,
spontane Menschen gibt,
deren Herzen ganz weit offen sind.

Mona

Es war der erste Sonntag im Oktober, ich war gerade dabei, meine Orchideen auf der Fensterbank zu gießen, als ein Taxi vorfuhr. Ich wollte mich schon wieder abwenden, als sich eine Tür öffnete und ein großer Mann mit Baseballcap auf dem Kopf ausstieg. Jetzt zerrte er eine Reisetasche hinter sich aus dem Wagen. Mein Herzschlag setzte für einige Sekunden aus, denn ich wusste sofort, wer das war. Er schaute direkt zu mir herauf, winkte und strahlte, als hätte er geradezu erwartet, mich da am Fenster zu sehen. Wie ferngesteuert ging ich zur Sprechanlage, drückte den Türöffner für das Hoftor und rannte auch schon die Treppe hinunter, um die Haustür aufzureißen.

„Was um alles in der Welt machst du denn hier?"

„Ich möchte kaufen deine Haus", sagte er so leicht dahin, als wäre es das Selbstverständlichste auf der ganzen Welt.

Ich schüttelte heftig meinen Kopf: „Bist du verrückt geworden? Was willst du denn mit einem Haus in Deutschland?" Die pure Vernunft schleuderte diese Worte wieder aus mir heraus.

„It would be so cool to have a second home, a hidden place." Er veräppelte mich schon wieder.

„Honestly, wir spielen so viele Festivals hier in Sommer, und wir wollen noch mehr erobern Germany. It`s more expensive to fly always hin und her five guys and the whole staff", versicherte er mir glaubhaft. Ich schüttelte immer noch meinen Kopf, ging jetzt aber beiseite. „Komm erst mal rein."

Er trat in den Flur, ließ seine Reisetasche fallen, zog mich in seine Arme und drückte mich ganz fest. Gott, tat das gut!

„So, ich hatte imagine the welcome", meinte er munter.

„Tut mir leid", krächzte ich in seine Sweatjacke, „ich war einfach so überrascht, dich hier zu sehen. Damit hat doch kein Mensch rechnen können. Wenn du mich schon aufgespürt hast, hättest du auch anrufen können."

„Ah, dann es wäre keine Überraschung", sagte er, hob mich hoch, drehte sich mit mir im Kreis, stellte mich wieder auf meine Füße, ließ mich aber nicht los. Ein durchdringender Blick. Genau der Blick, der sich so unermesslich tief in mein Herz und meine Seele geschlichen hatte.

„Tell me, warum du bist einfach weggegangen?"

Ich saugte möglichst viel Sauerstoff ein, um meine Gehirnfunktion in Gang zu halten. Jetzt bloß nicht wieder alles vermasseln! Bitte nicht!

„Weil ich ein Feigling bin. Weil ich wieder mal keinen Mut hatte, das zu tun, was ich eigentlich tun wollte", platzte es aus mir heraus. „Weil ich Angst hatte, Angst vor mir selber und vor dem, was vermutlich passiert wäre." Die Worte waren heraus, bevor ich wusste, was ich eigentlich sagen wollte, aber ich konnte sehen, dass er mich ohne weitere Erklärungen verstand. Das genoss ich so an ihm!

„Nothing had happend, nothing that you, or I", er lupfte verschwörerisch seine linke Augenbraue und senkte seine Stimme, „or we didn`t want."

Ich musste lachen. Er hatte wirklich ein beispielloses Talent, jede noch so peinliche Situation in Luft aufzulösen.

„Ja, ich weiß", sagte ich. „I know. Ich habe mich total blöde benommen." Zutiefst beschämt schloss ich meine Augen und lehnte meine Stirn an seine Brust. Seine Hände streichelten behutsam meinen Rücken.

„To be honest, I have to admit", begann er zögerlich. „Ich auch bin weggerannt."

„Du?" Erstaunt blickte ich kurz zu ihm auf. Ich konnte mir nicht vorstellen, was er meinte.

„The night I woke you up, was dangerous in a way. Du warst so …" er schnappte hörbar nach Luft. „I had to rush out quickly."

Das hatte ich damals in keiner Weise so empfunden, jetzt begriff ich erst. Deshalb hatte er sich so fluchtartig davongemacht. Manchmal stand ich echt auf der Leitung. „Mutig sein kann eben nur unser Herz", hörte ich mich leise sagen, „unser Verstand tut es nicht." Keine Ahnung, woher diese Worte nun wieder kamen. Er legte sein Kinn auf meinen Kopf und sagte langsam: "Yeah, we all have a lot to learn. - By the way, this was a fantastic line!"

Ich brach in Gelächter aus und schmiegte mich noch ein bisschen enger an ihn. „Du bist unmöglich!" Gerade als ich mich tatsächlich etwas entspannte, beugte er seinen Kopf Richtung Haustür.

„Shall I go back to Finnland?"

Erschrocken zuckte mein Kopf hoch. „Nein! Nein, bloß nicht."

Er nickte leicht und dabei wurde dieses unverschämt bezaubernde Lausbubengrinsen, bei dem seine Augen wahrhaft Funken sprühten, zusehends breiter und breiter. Mit voller Absicht hatte er meine Reaktion provoziert, dieser Mistkerl! - Jetzt war der richtige Moment. Warum küsste er mich nicht?

„Oh, und ich soll sagen, best regards from Granny."

„Das ist ja lieb. Das freut mich, wirklich. Geht es ihr gut?"

„Don`t worry! Ihr es geht sehr, sehr gut."

Das äußerte er mit einem so komischen Unterton und Gesichtsausdruck, dass ich nachfragen musste.

„Warum sagst du das so komisch?"

„She was so mean, ah … gemein zu mir." Er schob grimmig schmollend seine Unterlippe vor.

„Ach komm", ich knuffte ihn in die Seite. „Unsere Josie? Gemein zu dir? Das kann ich mir nicht vorstellen."

„Yes, she is. Sie hat scolded me and suspected me, dass ich würde nehmen irgendwelche stimulants."

„Was? Lass hören!"

„It`s a *long* story." Er schmunzelte. „But first I like to see the house."

Ich nahm seine Hand. „Ja, komm, ich zeige dir alles."

Gleich beim ersten Rundgang fing das Pläneschmieden an. Die Wohnung im Erdgeschoss war die Größte. Zwei Schlafzimmer, Küche, Speisekammer, Bad, großes Wohnzimmer, direkter Zugang zum Garten.

„Diese room wäre super für Proberaum", meinte er. Dann zeigte ich ihm im ersten Stock die alte Wohnung meiner Eltern. „Was haben deine Eltern gemacht mit all diese Zimmer?", fragte er erstaunt.

„Im Erdgeschoss hat früher die Schwester meines Vaters gewohnt. Als sie gestorben war, hatten meine Eltern eigentlich vor, nach unten zu ziehen, aber dazu ist es nicht mehr gekommen, und ich hatte noch keine Zeit, keinen Nerv und auch kein Geld, um alles renovieren zu lassen."

Leevi nickte. „Verstehe."

Wir waren uns schnell einig. Um den ganzen bürokratischen Aufwand zu umgehen, sollte ich Eigentümerin des Hauses bleiben. Das Management würde alle Renovierungskosten und Miete für die zwei Wohnungen bezahlen.

Leevi konnte nur bis Montagfrüh bleiben und ich war heute Abend eigentlich bei meiner Freundin und meinem Patenkind zum Essen eingeladen. Ich rief Nina an, um ihr abzusagen.

„Quatsch, du bringst ihn mit, ist doch gar keine Frage." So war sie einfach. Sie hatte schon immer alle Freunde und Freundinnen von Simon durchgefüttert. Und natürlich war da auch eine gehörige Portion Neugierde dabei.

„Leevi", rief ich nach unten.

„Ja?" Er kam zur Treppe.

„Wir sind heute Abend zum Essen bei meiner Freundin eingeladen, hast du Lust?"

„Sicher. Du weißt doch, wo etwas gibt zu essen, Mr. Tervo ist da!"

„Hast du es gehört?", fragte ich Nina.

„Ja, ja, habe ich. Kommt, wann ihr wollt."

„Okay, dann sind wir so gegen achtzehn Uhr bei dir. Aber ich muss dich vorwarnen, er vertilgt solche Berge wie Simon."

„Kein Problem, ich koche immer reichlich, das weißt du doch. Ich freu mich schohon!", jauchzte sie in den Hörer.

Es war ein strahlend schöner, klarer Herbsttag, mit einem Himmel so dunkelblau wie Leevis Augen. Zu Fuß machten wir uns auf den Weg zu Nina.

„We need some flowers for Nina", bemerkte Leevi auf dem Weg.

„Heute ist Sonntag, der Blumenladen hat zu, und bis zur nächsten Tankstelle sind wir ewig unterwegs, da hätten wir das Auto nehmen müssen. Mach dir darum keine Gedanken, wir kennen uns schon so lange, das ist okay."

Das Hoftor bei ihr war nie abgeschlossen. Wir gingen hinein und hinter das Haus, wo sich die Eingangstür befand. Nina war im Garten und hatte uns schon bemerkt. „Hallo", ich drückte sie. „Nina, darf ich dir Leevi vorstellen. Leevi, das ist meine beste Freundin Nina."

Nina begrüßte ihn herzlich mit Küsschen rechts, Küsschen links, so wie es ihre Art war, und Leevi war ja vom gleichen Schlag. Er entschuldigte sich sofort dafür, dass er ohne Gastgeschenk aufgetaucht war.

Damit hatte er umgehend einen gewaltigen Stein bei ihr im Brett.

„Wenn ich Nina in den letzten Jahren nicht gehabt hätte", erläuterte ich ihm, „wäre ich durchgedreht."

„Ich? Ich habe doch gar nichts gemacht", wehrte Nina ab.

„Nein, gar nicht. Wie oft hast du Mutti zum Arzt gefahren, wenn ich im Geschäft nicht weg konnte?"

„Also bitte, das war vielleicht drei oder vier Mal. Und wer hat sich damals bei der Caritas erkundigt, als es mit unserer Mutti immer schlimmer wurde?" Sie schaute mich von unten herauf an. Ich lachte. „Nina hat sich um ihre Schwiegermutter gekümmert", erklärte ich Leevi. Er nickte. „Dafür friends sind doch da. Helfen einander, oder?"

„Der Mann hat vollkommen recht", sagte Nina. „Apropos Mann. Meinen Mann, Michael, kannst du heute leider nicht kennenlernen. Er arbeitet in Italien und kommt nur alle zwei, drei Wochen für ein langes Wochenende nach Hause."

„Oh, dann ich bin cock of the roost." Leevi rieb sich die Hände.

„Nicht ganz, oder ist Simon auch nicht da?", fragte ich Nina.

„Doch, der ist da, er wird sicher gleich auftauchen. Wenn ihr wollt, könnt ihr noch ein bisschen im Garten bleiben und das schöne Wetter genießen, ich schaue nach dem Essen, es ist bald fertig. Mögt ihr schon mal was trinken?"

„Gerne, ein Wasser wäre prima", sagte ich.

„Und für dich?", fragte sie Leevi.

„Ich auch nehme Wasser."

„Okay, kommt sofort."

Wir setzten uns auf die Gartenstühle an den kleinen Tisch.

„Nina hat schöne Blumen, so wie bei dir", bemerkte Leevi.

„Ja, nur sitzen sie bei mir im Garten und nicht in Kübeln." Bei Nina stand der ganz Hof voll mit Oleander, Hortensien, Margeritenbäumchen und sogar Limetten in Kübeln. „Sie rennt morgens und abends eine halbe Stunde herum, bis sie alles gegossen hat. Das wäre mir zu viel Arbeit."

Simon tauchte mit unserem Wasser auf. „Hallo Mona", begrüßte er mich und drückte mich.

„Hi, Simon. Das ist Leevi aus Finnland." Simon reichte ihm die Hand. „Hallo."

„Hi, Simon, nice to meet you."

„Nice to meet you, too", sagte Simon und setzte sich zu uns.

„Simon ist Ninas Sohn und mein Patenkind. Er studiert Lehramt, Deutsch, Geschichte und Englisch", klärte ich Leevi auf.

„Cool! So du willst teacher werden?"

„Genau, aber das dauert noch ein paar Jährchen. Zurzeit knechtet mich eine vierzigseitige Hausarbeit. Nächste Woche muss ich unbedingt in die Uni-Bibliothek, um noch andere Bücher für Recherchezwecke auszuleihen."

„Studierst du in Frankfurt?", wollte Leevi wissen.

„Nein, in Gießen. Ich habe auch eine kleine Wohnung da. Unter der Woche bleibe ich dort."

„Cool. Oder magst du nicht?"

„Doch. Ich fühle mich sehr wohl da. Die Wohnung ist zwar klein, aber ich habe alles, was ich brauche, und sogar einen kleinen Balkon."

„Und wie bezahlst du alles?"

„Meine Eltern zahlen die Miete", sagte Simon und strahlte mich an, „und von meiner allerliebsten Mona bekomme ich auch immer mal was. Ja, und in den Semesterferien helfe ich in der Küche vom Altersheim, da verdiene ich ein paar Euro."

Leevi lachte und nickte. „Verstehe. Aber teacher kann sein hard job, oder?"

„Nein, für mich eigentlich nicht. Bis jetzt macht es mir noch total viel Spaß. Zwei Praktikumsphasen habe ich schon hinter mir."

„Wenn du bekommst so stupid students wie ich war, dann es wird hard job." Wir lachten alle.

Nina hatte die große Schiebetür zur Küche geöffnet und rief: „Kummts eina, Essen ist fertig."

Leevi riss seine Augen auf. „Ich höre kind of Bavarian accent?"

„Ja", sagte ich, „Nina stammt aus Kärnten, Österreich."

„Ja, ja, ich kenne."

Wir gingen hinein. Der Tisch war toll gedeckt und Nina füllte ihre Rolle als perfekte Gastgeberin wie immer vollkommen aus. Sie war eine Sterneköchin, ganz im Gegensatz zu mir, und tischte heute Krustenbraten mit Klößen und Gemüse auf. Österreich wurde unser erstes Gesprächsthema. „Was kennst du denn von Österreich?", wollte Nina wissen.

„Vienna, Graz und Hintertux von Ski fahren."

„Wahnsinn! Ein Finne kennt Österreich", amüsierte sie sich. „Eine uralte Freundin von mir hat ein Bistro in Wien. Ich schreibe dir die Adresse auf. Wenn du wieder mal dort bist, musst du sie unbedingt besuchen. Und was hast du in Wien gemacht?"

„Wir haben concert gespielt."

Somit war auch schon das nächste Thema angeschnitten. Jetzt musste er natürlich von dem Auftritt in Wien erzählen. Ich hatte mir völlig umsonst Gedanken darüber gemacht, wie ich alle in ein gemeinsames Gespräch verwickeln konnte.

Leevi hatte ab und zu Schwierigkeiten, Ninas Dialekt zu verstehen. Zuerst stolperte er über: Sakrisch guat.

„Sakrisch what?"

Wir übersetzten es ihm mit: Verdammt oder besonders gut. Bei allem, was er jetzt probierte, sagte er: „Hm, sakrisch guat." Die zwei Worte wurden zum Brüller des Abends. Wie er sie aussprach, war herrlich. Und so sorgten noch manche ihrer Originalsprüche für Lacher. Nach der Hauptspeise ermunterte Nina ihren Sohn, Leevi doch mal das restliche Haus zu zeigen. Simon nutzte die Gelegenheit, um Englisch mit Leevi zu sprechen, und Nina nahm mich sofort in die Zange, als die beiden außer Hörweite waren.

„Der ist ja goldig! Super nett und so lustig! Und wie er dich heimlich ansieht, total süß! Da geht was, das sage ich dir."

Sie war völlig begeistert von ihm. Ich schmunzelte nur. So, so, er sah mich also heimlich an. „Es ist nichts passiert, falls du das wissen willst."

„Schade." Sie trommelte auf ihr Kinn. „Aber er hat dich gesucht und gefunden. Ich meine, wozu die ganze Mühe, wenn er nix von dir will?"

„Ich weiß auch nicht. Ich bin total durcheinander." Ich fuhr mir übers Gesicht. „Er ist acht Jahre jünger als ich. Ich bin doch viel zu alt für ihn."

„Quatsch." Sie packte mich an der Schulter. „Michael ist zehn Jahre älter als ich. Das ist doch egal. Ich würde mich so freuen für dich, nach so langer Zeit. Wie lange ist das jetzt her mit Frank?"

„Vierzehn Jahre." Ich hatte Frank während meines Fernstudiums zur Personalreferentin kennengelernt. Die Präsenztermine fanden in Stuttgart, statt und er war dort Dozent. Erst nach über zwei Jahren hatte ich herausgefunden, dass er verheiratet war, eine kleine Tochter hatte und eigentlich mit seiner Familie am Bodensee lebte.

„Vierzehn Jahre! Bist du narrisch. Dann wird es aber wirklich Zeit. Du willst doch nicht für immer alleine bleiben, oder?"

„Ich will aber auch nie mehr so verarscht und verletzt werden."

„Leevi führt doch kein Doppelleben. Niemals. Du hast sogar schon seine Familie kennengelernt."

„Das stimmt." Ich ließ meine Stirn auf die Tischplatte sinken. „Das ist alles nicht so einfach."

„Komm, gib dir einen Ruck!" Sie stupste mich an.

„Mal sehen."

Wir räumten die Teller in die Spülmaschine und Nina bereitete den Nachtisch vor.

„Wie geht es Michael? Wann kommt er wieder?", fragte ich sie.

„Vielleicht am Freitag, wenn nicht wieder etwas dazwischen kommt. Das ist absolute Scheiße. Jetzt, wo wir das Haus so schön hergerichtet haben und es uns gemütlich machen könnten, ist er die halbe Zeit nicht da."

Ich wusste, dass sie unzufrieden war mit dieser Situation. Aber Michael hatte in der näheren Umgebung einfach keinen passenden Job finden können.

„Ja, was willst du aber machen. Auf sein Einkommen könnt ihr nicht verzichten, und wenn sich hier nichts finden lässt."

„Ich weiß es ja, aber trotzdem."

Die zwei Männer kamen gut gelaunt die Treppe herunter. Simon erzählte begeistert, dass Leevi ihm das Sommerhaus für die Semesterferien angeboten hatte.

„Ihr alle könnt kommen", sagte er in seiner großzügigen Art. „There is this little lake, it is really nice. You know it", er deutete auf mich. „Aber nicht in Winter, it`s too cold."

Nach der Nachspeise und dem Espresso kam noch Kuchen auf den Tisch, danach folgten die hochprozentigen Sachen. Nina und Michael hatten einen guten Grappa aus Italien mitgebracht und Leevi war dem nicht abgeneigt. Erst nachdem sie uns mit allen Köstlichkeiten, die ihr Haus zu bieten hatte, abgefüllt und abgefüttert hatte, durften wir uns auf den Heimweg machen.

Gegen halb zwölf waren wir wieder zu Hause. Während wir die Treppe zum ersten Stock hinaufstiegen, überlegte ich, wie es jetzt weitergehen sollte. Rechts abbiegen in meine Wohnung oder gerade aus in die alte Wohnung meiner Eltern, in der sich auch das Gästezimmer befand? Bei seiner Ankunft hatte ich mich ihm so nah gefühlt, aber jetzt … Ich entschied mich für geradeaus.

„Dann richte ich dir mal das Gästezimmer her", sagte ich und ging in das alte Schlafzimmer meiner Eltern. Das Bett war ohnehin frisch bezogen, ich nahm nur den Überwurf ab, ließ den Rollladen herunter und kippte das Fenster. Was konnte ich sonst noch für ihn tun? Ich ging zurück zu ihm in die Küche. „Brauchst du sonst noch etwas?"

„No." Hände in den Hosentaschen stand er ein bisschen verloren herum.

„Handtücher sind im Bad, und falls du Durst bekommst, Getränke sind im Kühlschrank. Wasser, Saft, Cola, Bier und eine Flasche Weißwein müsste auch noch da sein."

„Great", er nahm die Hände aus den Taschen und streckte beide Daumen nach oben, „I take everything, exactly in this order."

Mit seinem Humor hatte er diese beschissene Situation wieder gerettet. Ich lachte.

„Na dann, gute Nacht." Küsschen rechts, Küsschen links.

„Sleep well!"

„Ja, du auch."

*

Erst als ich im Bad stand und in den Spiegel schaute, kapierte ich wirklich, was heute eigentlich passiert war. Leevi war hier! Hier bei mir! Noch heute Morgen hatte ich doch im Traum nicht damit gerechnet. Ich ging nach oben und kuschelte mich in mein Bett. Zwar hatte ich noch nie Angst gehabt alleine im Haus, aber trotzdem war es ein schönes, beruhigendes Gefühl, noch jemanden da zu haben. *Ihn* da zu haben.

Und wenn er die Wohnungen wirklich mieten würde, würde er immer mal wieder hier sein. Herrlich!

Leevi

Die Nacht auf Montag

Uns blieb nur diese eine Nacht und ich lag hier, einsam und alleine, im Gästezimmer. Was für ein Witz, was für ein Hohn! Ich konnte doch morgen unmöglich so abreisen.

Die ersten Stunden war es ja noch ganz lustig gewesen, ein Spiel, eine Herausforderung, aber jetzt wurde es echt zur Qual. Oh, Granny! Warum hast du mir das alles eingetrichtert? Alles hätte so einfach sein können. Ich hätte Mona bei meiner Ankunft in meine Arme gezogen und geküsst, und dann hätten die Dinge ihren Lauf genommen. Aber nein, ich musste mich ja dermaßen beeinflussen lassen.

Großer Gott, ich war erwachsen, wir waren erwachsen. Was für ein Affentanz! Ich musste ihr den Sachverhalt erklären. Ich würde sie einfach fragen, ob sie mich küssen wollte. Ja, genau so würde es funktionieren. Heute im Flur hatte sie mich so erwartungsvoll angesehen, aber dann hatte sie es doch nicht getan. Sie würde es auch nicht tun. Von Anfang an hatte ich sie richtig eingeschätzt. Sie wartete darauf, dass ich es tat. - Na ja, so ganz unrecht hatte Granny in mancherlei Hinsicht nicht. Natürlich würde ich vorsichtig sein, nicht zu wild und ungestüm. Und jetzt lag sie da oben, eine Etage über mir. Ich lauschte. Vielleicht war sie auch noch wach? Vielleicht sehnte sie sich genauso sehr nach mir wie ich mich nach ihr? Ich konnte einfach hinaufgehen, ich brauchte nur drei Türen zu öffnen und die Treppe nach oben zu nehmen. Ich wollte doch so gerne ihr Held sein, ihr Fels in der Brandung. Ich wollte für sie da sein, ein bisschen Freude und Leichtigkeit in ihr Leben bringen, sie aus dem Alltag entführen, alles tun, um sie glücklich zu machen. Ich wollte sie in meinen Armen halten, ihren unglaublich guten Duft einatmen. Ich wollte sie küssen, küssen, bis ihr schwindelig wurde, ihren wundervollen Körper berühren, ihre Wärme spüren, ihre Haut auf meiner. Ich wollte sie lieben, lieben, bis zum Himmel und wieder zurück. Mein Herz raste, als ich mich auf den Bauch warf und ins Kissen schrie. Aber diese Stimme in meinem Kopf brüllte noch lauter: Du musst dich wie ein Gentleman benehmen. Nichts überstürzen. Lass ihr Zeit. Jetzt bloß keinen Fehler machen!

Mona

Montag:

Am Montagmorgen standen wir fast verlegen in meiner Küche herum. Sein Taxi würde gleich kommen und ich musste auch bald los. Ich hatte gestern Abend noch eine Mail an die Personalabteilung und meinen Kollegen Tim geschickt, dass ich heute später kommen würde.

Leevi hielt seinen Kaffeebecher in der rechten Hand, die andere hatte er tief in der Hosentasche vergraben. Das war scheinbar so eine Marotte von ihm. Ich starrte in mein noch halbvolles Teeglas.

„I could be back next Wednesday, wenn dir ist recht", sagte er.

„Natürlich ist mir das recht. Dann können wir den Mietvertrag aufsetzen und alles Weitere besprechen."

„Yeah, sicher, klar."

Er wirkte enttäuscht. „Sorry, so habe ich das nicht gemeint. Natürlich freue ich mich, wenn du kommst, wirklich." Ich schenkte ihm ein Lächeln. Er grinste und zwinkerte mir zu. Es war so einfach, ihn glücklich zu machen. Er liebte sein Leben, so wie es war, und vermutlich war ich ihm doch zu alt. Er war nur zu höflich, um es mir zu sagen. Andererseits … Das Taxi hupte. Nein, bitte noch nicht, eine Frage musste ich definitiv noch loswerden, bevor er abfuhr.

„I have to go." Er trank seinen letzten Schluck Kaffee noch aus und stellte seinen Becher in das Spülbecken. Schnell hielt ich seinen Arm fest.

„Ich muss dich unbedingt noch etwas fragen, bevor du fährst." Mein Teeglas stellte ich ebenfalls in die Spüle und sah ihn an. „Es gab verschiedene Gelegenheiten, einige Situationen." Gott, wie sollte ich das nur sagen? „Du hast mich gesucht, bist hierhergekommen und jetzt, … ich verstehe das alles nicht. Warum küsst du mich nicht?", brach es plötzlich aus mir heraus.

„I must not", kam seine Antwort wie aus der Pistole geschossen.

„Du darfst nicht?" Ich glaubte, mich verhört zu haben. Er veräppelte mich doch schon wieder.

„Yes. There is this *deal* with Granny", sagte er in vollem Ernst.

„Wie bitte?", ich riss meine Augen auf. Das Taxi hupte wieder.

„I promised that I don´t kiss you first."

„Das glaube ich jetzt nicht. Das darf doch wohl nicht wahr sein!" Ich war fassungslos!

„Granny sagt, I have to wait, bis du küsst mich first. Sonst ich kann nie sicher sein, dass du es willst wirklich."

Ich schlug mir die Hand vor die Augen und schüttelte meinen Kopf. Das war ein Scherz! „Ich fasse es nicht, du lässt mich hier durch die Hölle gehen wegen eines idiotischen Versprechens?"

„It was also a *huge* challenge for me."

Es war wirklich sein Ernst. Der Taxifahrer klingelte. Ich ging zur Sprechanlage und bat ihn, sich noch einen Augenblick zu gedulden. Leevi stand immer noch in meiner Küche herum. Plötzlich wurde mir die Komik der ganzen Situation bewusst, und meine Wut löste sich in Wohlgefallen auf. Ich ging zu ihm, legte meine Hände auf seine Brust und blickte zu ihm auf.

„Wenn du nicht so riesig groß wärst und ich dich küssen könnte, ohne mir dabei den Halswirbel zu brechen, würde ich es glatt tun."

Er strahle wie ein Honigkuchenpferd! Grenzenlose Freude, ja fast Triumph konnte ich in seinem Gesicht und seinen unfassbar schönen Augen erkennen. Sein Herz trommelte gegen meine Handfläche, als er mich in der Taille packte und auf die Arbeitsplatte setzte. Der Höhenausgleich war perfekt! Meine Hände glitten nach oben und legten sich um seinen Nacken. Ich fühlte seine flaumig weichen Haare. „Ich will es, wirklich", hauchte ich kaum hörbar bevor ich in Zeitlupe meinen Mund auf seine weichen Lippen legte und ihn küsste. Er zögerte, nur ganz kurz, aber er zögerte, bevor er meinen Kuss erwiderte. Ganz zart und vorsichtig. Gott, wie süß! Ich fühlte mich wie sechzehn und musste ein Lachen unterdrücken.

Jetzt klingelte der Taxifahrer Sturm. Bevor Leevi sich von mir losriss, drückte er mich so fest und küsste mich plötzlich so stürmisch, dass ich fast wegen akutem Sauerstoffmangel in Ohnmacht gefallen wäre.

Aber welch schöneren Grund konnte es geben? Er stürmte in den Flur, schnappte seine Reisetasche, kam noch einmal zu mir zurück, küsste mich und hob mich gleichzeitig mit seinem freien Arm von der Arbeitsplatte, als hätte ich nicht auch selber herunterhüpfen können. Sein Gesicht in meine Halsbeuge geschmiegt, flüsterte er: „I`ll be back in nine days, Mou. Let us continue where we stopped."

„Schauen wir mal", sagte ich betont kühl und mit gespielter Ernsthaftigkeit. Der würde zappeln! Auge um Auge. Er sauste los. „Hast du Granny eigentlich noch mehr Versprechen gegeben?", rief ich ihm nach, als er schon auf der Treppe war.

„Oh yes, a *lot* more. Exactly twenty-one! I have detailed instructions! - For everything!"

„Was!" Ich hörte ihn noch lachen, als die Haustür schon hinter ihm ins Schloss gefallen war. Das versprach ja heiter zu werden! Und ich konnte mir schon ausmalen, wie sich das Spielchen fortsetzen würde.

Vom Fenster aus sah ich dem Taxi nach. Unser erster Kuss war gleichzeitig ein Abschiedskuss gewesen. Hoffentlich kein schlechtes Omen? Wusste ich eigentlich, worauf ich mich da einließ? Er war fast 200 Tage im Jahr unterwegs, also nicht in Finnland, hatte er erzählt. Die meisten Auftritte waren am Wochenende, wenn ich frei hatte. Und wenn ich arbeiten ging, hatte er vielleicht mal etwas Freizeit. Eines war mir sowieso jetzt schon klar; ich würde noch oft hier stehen und darauf warten, dass ein Taxi vorfuhr und ihn mir zurückbrachte. Egal. Ich würde einfach alles auf mich zukommen lassen. Schon vor vielen Jahren hatte ich es mir abgewöhnt, Pläne zu machen, und ich würde auch nicht wieder damit anfangen. Ich hatte gelernt, dass nichts für immer war. Nicht das Gute, aber auch nicht das Schlechte. Man musste das Leben nehmen wie es kam.

Und er hatte mich Mou genannt. Noch niemals zuvor hatte mich jemand so genannt. Das gefiel mir unglaublich gut. Und wie er es gesagt hatte, gehaucht und doch so tief, dass seine Stimme vibrierte.

☙ Kapitel 11 ❧

*Freud und Leid
liegen oft so nahe beieinander.*

Leevi

Drei ganz wichtige Dinge musste ich auf dem Weg zum Flughafen erledigen:

Erstens musste ich eine SMS an Mona schreiben. Nur zwei Worte: Miss you!

Zweitens musste ich eine SMS an meine Mom schreiben, dass sie mich gegen 11:30 Uhr am Flughafen abholen sollte.

Drittens musste ich Granny unbedingt sagen, dass mich Mona geküsst hatte!

Es war ein Gefühl wie: Weihnachten und Ostern und Geburtstag und Mittsommer und die größte Show aller Zeiten auf einmal. Ich war fast am Platzen vor Freude! Und ich hatte es durchgehalten, ich war so stolz auf mich! *Sie* hatte mich zuerst geküsst! Yeah! Ich hätte durch das Taxidach springen können, und irgendetwas drückte ganz gewaltig in meiner Brust. Vielleicht war mein Herz ja wirklich am Wachsen?

Natürlich, ganz sicher war es das. Granny hatte Recht, Granny hatte doch immer Recht. Ich rief sie an. Es klingelte und klingelte bei ihr, aber sie ging nicht ans Telefon. Ich wählte noch einmal. Nichts. Merkwürdig. Sie musste doch zu Hause sein. Wo um alles in der Welt sollte sie sich so früh am Morgen herumtreiben? Den Anrufbeantworter, den ich ihr vor mindestens fünfzehn Jahren geschenkt und angeschlossen hatte, hatte sie natürlich auch wieder ausgeschaltet. Es hatte sich zu einem unendlichen Spiel zwischen uns entwickelt; wenn ich bei ihr war, schaltete ich den Anrufbeantworter ein, und sobald ich wieder draußen war, schaltete sie ihn wieder aus. Sie hatte ihn von Anfang an nicht gewollt und damit basta. Doch wo steckte sie nur? Ich versuchte es wieder und wieder - nichts.

Bis ich am Flughafen in Frankfurt angekommen war, machte ich mir wirklich Sorgen. Vielleicht war irgendetwas passiert? Es war doch sowieso Wahnsinn, dass sie immer noch alleine in ihrem Haus wohnte. Auf dem Weg zu meinem Abfertigungsschalter beschloss ich, meine Mutter anzurufen. Mailbox. „No!", schrie ich so laut, dass sich einige Passagiere kopfschüttelnd zu mir umdrehten. Okay, dann musste eben Lauri einspringen, aber so wie ich meinen kleinen Bruder kannte, lag er um diese Tageszeit noch im Koma. Es war beängstigend, wie ähnlich er mir war. Ich wählte seine Nummer, es klingelte, dann sprang die Mailbox an. „Ah!" Um ein Haar hätte ich das Handy an die nächstbeste Wand gedonnert.

„Lauri", brüllte ich ins Telefon, „wach auf! Schwing deinen verdammten Hintern aus dem Bett, hörst du? Du musst nach Granny sehen, da stimmt etwas nicht. Lauri!"

„Was willst du?", drang seine kratzige Stimme an mein Ohr. Gott sei Dank!

„Lauri, du musst sofort nach Granny sehen, sie geht nicht ans Telefon, da stimmt etwas nicht. Hörst du?"

„Ich bin ja nicht taub", antwortete er schlaftrunken, „jetzt reg dich mal ab, sie wird die Nacht bei ihrem neuen Lover verbracht haben."

„Lass deine blöden Witze", schrie ich ihn an.

„Im Ernst, sie hat einen! Er ist mindestens zwanzig Jahre jünger und"

„Hör auf damit", schnitt ich ihm das Wort ab, „du machst dich jetzt sofort auf den Weg und schaust, was da los ist."

„Aye aye, Sir", sagte er und drückte mich weg.

Es wurde der längste Flug meines Lebens. Ich war der erste Passagier an der Gangway, hastete durch die Kontrolle, holte mit Absicht mein Gepäck nicht ab, sondern rannte sofort in die Halle, wo meine Mom auch schon auf mich wartete. Sie umarmte mich und sagte ernst: „Granny ist im Krankenhaus. Was für ein

Segen, dass du angerufen hast, sonst hätten wir sie vielleicht nicht mehr rechtzeitig gefunden."

Und was für ein Segen, dass sie den Anrufbeantworter ausgeschaltet hatte, denn sonst hätte ich ihr eine Nachricht hinterlassen und nicht weiter darüber nachgedacht.

Mona

Ich tat etwas, was ich noch nie getan hatte: Ich ließ im Dienst mein Handy an. Schon mindestens fünfmal hatte ich Leevis SMS gelesen. „Miss you!", hatte er geschrieben. Ich vermisste ihn auch, jetzt schon. Kurz vor zwölf kam wieder eine SMS von ihm: „Granny ist im Krankenhaus, bin auf dem Weg zu ihr."

Oh Gott, Josie! Was konnte da passiert sein? Leevi hing so sehr an ihr. In der Mittagspause versuchte ich ihn anzurufen, konnte aber nur eine Nachricht auf seiner Mailbox hinterlassen. Zehn nach vier rief er mich zurück. Mit brüchiger Stimme erklärte er mir, was passiert war. Josie wollte nur schnell die Zeitung aus dem Briefkasten holen, und dabei war sie auf der kleinen Außentreppe gestürzt. Vermutlich hatte sie eine Zeit lang bewusstlos da gelegen. Sie hatte sich einen komplizierten Beinbruch zugezogen, der operiert werden musste, was an sich ein Routineeingriff war, aber die Ärzte waren noch damit beschäftigt, ihren Kreislauf zu stabilisieren. Ihr Puls war schwach und ihr Blutdruck viel zu niedrig. In diesem Zustand war eine Operation ausgeschlossen.

„Sie always fragt nach dir, Mona. Please, come! Wenn etwas passiert mit Granny", dann versagte seine Stimme.

Mir wurde ganz schlecht, gleichzeitig heiß und kalt. Und dann tat ich zum dritten Mal an diesem Tag etwas, was ich noch nie getan hatte. Ich stürmte einfach in das Büro meines Personalchefs, erklärte ihm schnell die Situation und bat ihn um einige Tage spontanen Urlaub. Er schaute mich ungläubig an und fragte, ob ich denn keine Termine für die nächsten Tage hätte. Doch, hatte ich, die müssten eben verschoben werden. Er war total perplex, weil er solche Aktionen von mir nicht gewohnt war. Aber schließlich gab er mir für den Rest der Woche frei. Ich bat meinen Kollegen Tim, alle Termine für mich abzusagen, und raste aus der Firma.

Zuhause angekommen suchte ich mir einen Flug nach Helsinki. Die Maschine um 19:45 Uhr würde ich noch bekommen. Schnell buchte ich mir ein Ticket, stopfte ein paar Sachen in meine Reisetasche, rief Nina an, um ihr Bescheid zu sagen, und bestellte mir ein Taxi. Auf der Fahrt rief ich Leevi an, um ihm zu sagen, dass ich gegen 22:15 Uhr in Helsinki landen würde. Er versprach mir, Aki zu schicken, um mich abholen zu lassen.

Die Kontrollen am Flughafen und die Gepäckausgabe zogen sich ewig hin.
Aki holte mich wie versprochen ab. Er begrüßte mich mit einer unglaublichen Herzlichkeit, obwohl wir uns damals nur kurz auf Leevis Feier kennengelernt hatten. Der Arme war auch ganz mitgenommen. Sie waren nicht nur Bandkollegen, sie waren Freunde seit ihrer Schulzeit.

Erst nach dreiundzwanzig Uhr betraten wir das Krankenhaus. Sofort stieg mir wieder dieser schneidenden Geruch von Desinfektionsmitteln in die Nase. Aki trug meine Reisetasche, brachte mich bis zu Josies Zimmertür und öffnete sie auch noch für mich. Zögerlich blieb ich im Türrahmen stehen. Mindestens zehn Leute standen da im Halbkreis um Josies Bett herum. Großer Gott, sie war doch hoffentlich nicht gestorben? Mein Herz klopfte wie verrückt. Leevi drehte sich um und kam sofort auf mich zu. Er sah furchtbar aus, ganz bleich und elend.

„Danke, dass du bist gekommen." Er nahm mich fest in seine Arme.

„Wie geht es ihr?", fragte ich leise.

„Ihr blood pressure wird besser, aber I don`t know", antwortete er matt und zuckte die Schultern, nahm mich an der Hand und führte mich zu Josies Krankenbett. Er kniete sich neben sie, legte meine Hand auf ihre und flüsterte: „Granny. Look! Mona ist hier."

Es dauerte noch einen Augenblick, aber dann schlug sie tatsächlich ihre Augen auf, strahlend blaue Augen, so wie ich sie in Erinnerung hatte, blickten mich an. Mein Herzschlag beruhigte sich, weil ich sehen konnte, dass Josie mit Sicherheit noch nicht sterben würde. Ich drückte ihre und Leevis Hand.

„Hi, Josie", sagte ich leise und setzte mich vorsichtig auf den Bettrand. Sie machte die Augen wieder zu, sagte aber plötzlich mit deutlicher Stimme gebieterisch: „Lasst mich mit Mona alleine."

Gemurmel kam unter den umherstehenden Besuchern auf. Ich sah Leevi an und nickte ihm zu. Er sagte etwas auf Finnisch, woraufhin sich alle, wenn auch widerwillig, das konnte ich spüren, aus dem Zimmer trollten.

Josie öffnete ein Auge und flüsterte: „Sind sie weg?"

Vor Erleichterung hätte ich beinahe laut gelacht. „Ja", sagte ich, „die Luft ist rein."

„Gut, und gut, dass du da bist, Mona. Ich muss mit dir reden. Es ist wichtig."

Ich hielt ihre Hand zwischen meinen Händen und sagte ganz ruhig: „Ich bin hier, Josie, und wir haben alle Zeit der Welt." In diesem Moment fühlte ich wirklich eine unendlich große Ruhe in mir.

„Leevi muss noch viel lernen, Mona. Wirst du ihm helfen? Er ist zwar fast zwei Meter groß, aber sein Verstand ist im Alter von zwölf Jahren stehengeblieben."

Jetzt musste ich wirklich laut lachen. Was würden die anderen draußen denken?

„Doch, wirklich", setzte Josie ihre kleine Ansprache todernst fort, „er ist ein Träumer." Verzweifelt rollte sie mit ihren Augen. „Großer Gott, er hat doch nie einen anständigen Beruf erlernt. Wovon soll er später einmal leben? Über solche Dinge macht er sich gar keine Gedanken. Und er versteht mich auch nicht.

Man kann sich nicht vernünftig mit ihm unterhalten. Aber du verstehst mich, Mona, wir sind verwandte Seelen, das habe ich gleich gespürt." Sie streichelte meine Hand. „Sag mir ehrlich, liebst du ihn?"

Ich wusste es nicht. Ehrlich nicht. War das Liebe? Ich biss mir auf die Unterlippe. Was sollte ich ihr antworten? „Ich weiß nicht, ob ich ihn liebe. Liebe ist ein so großes Wort. Es bedeutet so viel. Ich gehe sehr vorsichtig damit um, ich will Liebe nicht mit Begeisterung oder Freude verwechseln. Vielleicht begeistert er mich einfach nur." Sie beobachtete mich ganz genau.

„Er ist lustig und spontan, alles ist so leicht mit ihm. Es tut mir einfach gut, mit ihm zusammen zu sein. Nach all der Zeit der Trost- und Hoffnungslosigkeit, der Wut und Trauer mal wieder etwas anderes zu fühlen, ist unbeschreiblich schön, überwältigend schön. Da poltert er in mein Leben, mit so viel Wärme und Herzlichkeit, und küsst mir einfach meine Tränen weg." Josie nickte. „Aber es ist nicht richtig. Ich bin zu alt für ihn. Er sollte ..., ich wünsche ihm eine junge Frau, mit der er Kinder haben kann. Ich habe gesehen, wie liebevoll er mit Jaana umgeht, er wäre ein wunderbarer Vater. Diese Erfahrung, dieses Glück, darf ich ihm nicht nehmen."

„Gott bewahre!", brauste Josie auf, „Leevi und Kinder? Bei dem überlebt ja nicht mal ein Kaktus. Man kann nicht alles haben, Mona. Ich weiß, das verstehst du jetzt nicht. Ich werde es dir irgendwann einmal erklären. Fühlst du dich denn zu ihm hingezogen?"

„Ja, schon", antwortete ich verlegen.

„Hast du ihn wirklich geküsst? Zuerst geküsst, meine ich?" Sie schaute mich fragend an.

„Ja, habe ich, und ich bin durch die Hölle gegangen, weil er es nicht getan hat. Eigentlich müsste ich sehr böse auf dich sein." Ich warf ihr einen scharfen Blick zu. Josie kichert vor sich hin und tätschelte meine Hand.

„Ich wollte nur sichergehen, dass er dich nicht überrumpelt, dass *du* es wirklich willst. Weißt du, er ist stolz wie Oskar, dass er das durchgehalten hat. Spürst du etwas hier drinnen?" Sie tippte auf ihre Herzgegend. Wir sahen uns ganz fest in die Augen, ein Schauer nach dem anderen jagte mir den Rücken hinunter. „Ich habe ihn so sehr vermisst, als ich zurück in Deutschland war." Jetzt liefen mir die Tränen. „Aber ich habe mir doch geschworen, dass mir keiner mehr mein Herz brechen wird. Vermutlich stelle ich mich deshalb so bescheuert an."

„Du bist nur vorsichtig, und das ist gut so", sagte sie und tätschelte mir wieder die Hand.

"Er lebt ein sehr egoistisches Leben, das solltest du wissen. Aber im Grunde ist er ja kein schlechter Kerl. Halt nur ein bisschen verrückt im Kopf, und er hat keinerlei Erfahrung mit *richtigen* Frauen. Ich habe versucht, ihm einiges klar zu machen", sie hob resigniert ihre Hände gen Himmel. „Du wirst viel Geduld mit ihm haben müssen."

„Kein Problem", sagte ich verschmitzt, „ich habe jede Menge Erfahrung mit Lehrlingen."

Granny lachte herzlich, sie konnte sich gar nicht mehr einkriegen. „Der war gut!", gluckste sie. - „Und nun, bitte die anderen wieder herein, sonst drehen sie noch durch da draußen."

Hastig wischte ich mir die Tränen weg und ging zur Tür.

„Mona."

„Ja." Ich drehte mich zu ihr um.

„Glaub mir, du liebst ihn."

Ich nickte leicht und öffnete die Tür. Bis auf Leevi stürzten alle gleich wieder in das kleine Zimmerchen. Er sah natürlich, dass ich geweint hatte, und zog mich an sich.

„What happened?"

„Sie hat ganz wunderbare Sachen gesagt."

„Ja?"

„Ja." Ich blickte zu ihm auf. „Mach dir nicht zu viele Sorgen. Granny wird so schnell nicht sterben."

„Was?"

„Sieh dir ihre Augen an, Leevi. Das sind nicht die Augen von jemandem, der bald stirbt."

„Woher weißt du ... Sorry, what a stupid question. - Ihr habt gelacht vorhin?"

„Ja. Wir haben uns lustige Sachen erzählt."

„What?"

„Ich glaube, das behalte ich lieber für mich."

Ich lächelte ihn an und spürte, dass er sich etwas entspannte. Er legte seine Hand an meinen Nacken und streichelte mit seinem Daumen über meine Wange. „You are wonderful." Seine Augen wurden feucht. „Sorry, dass ich dich gebracht habe in this situation."

Er wusste, wie sehr ich Krankenhäuser hasste.

„Schon okay", sagte ich und legte meine Hand über seine. Er sah mich so unendlich liebevoll und dankbar an, dass diese dicke Mauer aus Eis in mir zerschmolz wie eine Schneeflocke in der Sonne. Ja, Granny hatte Recht - ich liebte ihn! So standen wir in diesem furchtbaren Krankenhausflur unter grellem Neonlicht, mit ein paar unangenehmen Gerüchen in der Nase, und sahen uns einfach nur an. Ärzte, Pfleger, Schwestern und Patienten gingen an uns vorbei, ohne dass wir uns daran störten. Wir befanden uns gerade auf einem anderen Planeten. - Das sind die Momente in unserem Leben, in denen die Welt für den Bruchteil einer Sekunde still steht, und in denen sich etwas verändert; in denen wir uns verändern.

Die Schwester scheuchte jetzt alle Besucher aus dem Zimmer. Nur Leevi weigerte sich zu gehen. Josie schlief zwar tief und fest, aber trotzdem wollte er bleiben. Ich wiederum wollte ihn nicht alleine lassen und blieb deshalb auch. Leevis Mom tauchte noch einmal auf und brachte Kaffee und Sandwiches. Ich war fast am Verhungern, aber Leevi wollte nichts essen. Er hielt sich an seinem Kaffeebecher fest. Sicher hatte er seit dem Frühstück bei mir nichts mehr gegessen, und da hatte er auch nur an seinem Brötchen herumgezupft.

Das Sandwich war köstlich. Ich brach ein kleines Stück davon ab, hielt es an seine Lippen und stupste ihn an. „Na komm schon, mach deinen Mund auf. Bitte!" Und tatsächlich schnappte er nach dem Bissen. So verfütterte ich nach und nach zwei Sandwiches an ihn, ohne dass er es wirklich mitbekam.

Leevi hatte seinen Arm um mich gelegt und ich lehnte meinen Kopf an seine Brust. Irgendwann musste ich eingenickt sein und schreckte hoch, als ein Ärztegeschwader den Raum betrat. Leevi packte mich am Arm und führte mich hinaus in den Wartebereich.

Josies Kreislauf hatte sich stabilisiert. Wenn so eine Kreislaufkrise allerdings noch einmal auftreten sollte, musste man über einen Herzschrittmacher nachdenken, aber der Operation stand jetzt erst einmal nichts im Wege. In einer Stunde wollten sie beginnen. Während Leevi seine Mom anrief, ging ich noch einmal zu Josie.

„Mach dir keine Sorgen, Josie", sagte ich leise, „es kommt alles wieder in Ordnung."

„Ist Leevi auch da?"

„Ja, natürlich, er telefoniert gerade mit seiner Mom."

„Schicke ihn bitte rein zu mir, bevor die ganze Meute hier wieder einfällt."

„Mache ich." Und da ging auch schon die Tür auf und er kam herein.

„Granny möchte alleine mit dir sprechen", sagte ich und ging hinaus.

Ich war wohl in dem Wartebereich eingeschlafen und kam erst wieder zu mir, als mich Leevi über einen Parkplatz trug. „Was ist los", fragte ich benommen.

„Wir können fahren nach Hause for six or seven hours, dann wir kommen zurück."

„Lass mich runter, ich kann laufen."

„We are already here."

Er stellte mich auf der Beifahrerseite eines schwarzen Sportwagens ab und öffnete mir die Tür. Erst jetzt entdeckte ich Lauri, der mit meiner Reisetasche und meiner Jacke hinter uns hergetrabt kam. Ich glitt auf den Sitz und versank im Polster. „Wahnsinn!"

Er lachte, seit vielen Stunden das erste Mal, und es klang wie Musik in meinen Ohren. Durch den Außenspiegel sah ich Leevi und Lauri, die noch kurz miteinander sprachen, ehe Leevi meine Sachen im Kofferraum verstaute und einstieg. Auf der Fahrt schlief ich wieder ein.

∗

Leevi

Noch nie zuvor war ich so vorsichtig mit diesem Auto gefahren wie heute. In Zeitlupe ließ ich den Wagen über die Schwelle zur Tiefgarage rollen, um sie bloß nicht aufzuwecken. Die ganze Nacht hatte sie mit mir im Krankenhaus verbracht. Eine Zumutung! Eine doppelte und dreifache Zumutung nach all dem, was sie mit ihren Großeltern und Eltern durchgemacht hatte. Ich war unmöglich! Aber Granny hatte eben ständig nach ihr gefragt.

Den Tiefgaragenplatz wusste ich wirklich sehr zu schätzen, gerade im Winter bei Eis und Schnee und auch heute wieder. Es waren nur ein paar Schritte bis zum Aufzug. Nachdem ich geparkt hatte, löste ich mit Bedacht ihren Gurt, stieg aus, öffnete die Beifahrertür und hob sie aus dem tiefen Sitz. Keine einfache Übung. Obwohl sie ein Leichtgewicht war, ächzten meine Bandscheiben. Sie murmelte etwas, schlang ihre Arme um meinen Nacken, schlug aber nicht einmal ihre geheimnisvollen, grünen Augen mit diesen winzigen bernsteinfarbenen Sprenkeln auf. Vielleicht träumte sie gerade von mir?

Bis ich die Wohnungstür aufgeschlossen bekam, brach mir der Schweiß aus, aber es gelang mir und so trug ich sie schnell ins Wohnzimmer und legte sie vorsichtig auf das Sofa.

Den Rest meines Lebens wollte ich sie auf Händen tragen. Ja, das wollte ich! Mein Herz explodierte geradezu vor überschwänglicher Liebe und meine Augen brannten. Sie war ein so großartiger Mensch! Ich musste ihr einfach einen kleinen Kuss auf ihre süße Stupsnase hauchen, dann ging ich in die Hocke und sah sie an. So zart und doch so stark. Und wie sie es verstand, mit Granny umzugehen, unglaublich! Ich unterdrückte ein Lachen. Granny konnte eine echte Kratzbürste sein, wenn sie jemanden nicht mochte, und das sagte sie demjenigen auch klar und deutlich ins Gesicht. Aber bei Mona war es von Anfang an anders gewesen. Die zwei kamen mir vor wie ein eingeschworenes Team.

Ich stand auf und zog ihr behutsam die Schuhe aus. Bunt gepunktete Socken! Lustig! Vielleicht war sie auch ein bisschen crazy? Ganz sicher war sie das, schließlich hörte sie Schmetterlinge flüstern. Außerdem musste sie schon ziemlich crazy sein, um ihr Haus an uns zu vermieten und um sich mit einem Typen wie mir einzulassen. Ich ging jetzt einfach mal davon aus, dass sie sich mit mir einlassen wollte, schließlich hatte sie mich geküsst. Ich konnte es immer noch nicht fassen, es hatte sich unglaublich angefühlt! Natürlich war ich auch zuvor schon verliebt gewesen, aber so wie für sie hatte ich noch nie empfunden.

Ich nahm die Wolldecke von der Sofalehne und deckte Mona zu. Wie gerne hätte ich mich an sie gekuschelt, aber es war einfach zu wenig Platz. Ich konnte es kaum erwarten, jeden Millimeter an ihr zu erforschen. Aber ich konnte das Handy nicht ausschalten, wenn das Krankenhaus anrufen würde. Nein, unmöglich in dieser Situation.

Ich ging noch einmal zum Auto, um ihr Gepäck zu holen, und hängte ihre Jacke sorgfältig auf. Ich musste mich ein bisschen anstrengen, bei ihr zu Hause war alles so ordentlich.

Dann machte ich es mir in der anderen Sofaecke gemütlich. Erst mal tief durchatmen. Was für ein Tag! Meine Gedanken fuhren Karussell. Die Jungs würden in zwei Stunden nach London fliegen. Sie sollten schon mal die Instrumente einspielen, ich würde dann so schnell wie möglich nachkommen. Jetzt ging es aber erst einmal darum, dass Granny die OP gut überstand. Ihr Kreislauf musste durchhalten, hoffentlich ging alles gut. - Und Mona war hier. Sie war gekommen, ohne auch nur eine Sekunde zu zögern. Ich musste sie unbedingt fragen, was das Ticket gekostet hatte, damit ich ihr wenigstens die Kosten ersetzten konnte. Vielleicht konnte sie mitkommen nach London. Obwohl, ich würde gar keine Zeit für sie haben. Es gab so viele Dinge, über die ich nachdenken musste, aber ich war so müde, dass mir einfach die Augen zufielen.

*

Mona

Als ich einige Stunden später erwachte, musste ich erst mal meine Gedanken sortieren. Ich lag auf einer riesigen roten Sofaecke, warm zugedeckt, nur die Schuhe hatte er mir ausgezogen. Sehr brav!

Mir schräg gegenüber schlief Leevi tief und fest. Ich ließ meinen Blick durch das Zimmer schweifen: Ein geschmackvoll eingerichtetes Wohnzimmer, vorbildlich aufgeräumt und sauber. Parkettboden, offener Kamin. Riesige Glasschiebetüren, die offensichtlich zu einem Balkon oder einer Terrasse führten.

Leise stand ich auf, schlich hinüber und spähte hinaus. Eine Dachterrasse erstreckte sich über mindestens 60 Quadratmeter, und um die Ecke herum schien es noch weiter zu gehen. So leise wie möglich öffnete ich die Schiebetür und trat hinaus. Die frische Luft war herrlich. Es war ein sonniger Oktobertag. Ich atmete tief ein und ging weiter bis zur Brüstung. Man konnte von hier aus den Golf von Finnland sehen. Wow!

„Wonderful fresh air", erklang seine Stimme plötzlich hinter mir, sodass ich mich erschreckte. Er schlang seine Arme um mich und küsste meine Halsbeuge. Seine Bartstoppeln kitzelten mich. Seinen Körper hinter mir zu spüren war wundervoll. Ich schmiegte mich an ihn und streichelte über seine Arme. Wäre da nicht die Sorge um Granny gewesen …

„Die Aussicht hat mir gerade die Sprache verschlagen", hörte ich mich sagen.

„Yeah, that`s right." Er nickte und lächelte, schien mit seinen Gedanken aber ganz woanders zu sein. Von irgendwo her hörten wir es zwölf Uhr Mittag schlagen.

„Ich brauche unbedingt eine Dusche, bevor wir wieder ins Krankenhaus fahren", sagte ich und riss ihn aus seinen Gedanken.

„Ja, klar, ich zeige dir."

Während ich duschte, machte er uns Frühstück, und als ich fertig war, ging er schnell ins Badezimmer. Neugierig sah ich mich in der Wohnung um. Ein großzügiges Schlafzimmer mit Boxspringbett und Ankleidezimmer! Der andere Raum, ein Gästezimmer, war vollgestellt mit Gitarrenkoffern und anderem Zeug. Ein kleines Gästebad. Ich hätte doch auch dort duschen können. Aber er hatte mir wie selbstverständlich *sein* Bad zugewiesen. Eine hochmoderne große Küche mit Tresen und Barstühlen. Alles riesige, lichtdurchflutete Räume mit bodentiefen Fenstern. Wirklich elitär! Ich war immer stolz auf mein kleines altes Häuschen gewesen, aber jetzt …

*

Josie hatte die Operation gut überstanden, schlief aber noch. Also saßen wir wieder schweigend an ihrem Bett. Nach und nach füllte sich das Krankenzimmer. Wir räumten die zwei einzigen Stühle für Leevis Mutter und seine Tante. Sein Onkel, zwei seiner Cousinen, Mirja und Lauri, waren auch noch gekommen. Gegen drei Uhr schlug Josie ihre Augen auf, blickte in die Runde und fragte mit kratziger Stimme: „Was macht ihr denn alle hier? Habt ihr nichts Besseres zu tun als hier herumzustehen?"

„Wir wollen doch sehen, wie es dir geht Granny", sagte Mirja.

Josie schaute noch einmal von einem zum anderen und meinte dann: „Gütiger Himmel, seht ihr erbärmlich aus, ihr solltet euch mal untersuchen lassen." Einer nach dem anderen brachen wir in erleichtertes Lachen aus. Leevi verabredete mit seiner Familie, dass er und ich noch bei Granny bleiben konnten, weil er dann dringend nach London musste. Der Rest der Sippe verabschiedete sich und Leevis Mutter würde am Abend noch einmal nach Granny sehen. Noch eine knappe Stunde blieben wir. Sie klagte nicht über Schmerzen oder Übelkeit von der Narkose. Für ein paar Minuten waren wir alleine, weil Leevi draußen war um zu telefonieren.

„Mach dir keine Sorgen, Granny", sagte ich, „du wirst schnell wieder auf den Beinen sein. Und dann kommst du mich besuchen. Und um Leevis Finanzen brauchst du dir auch keine Sorgen zu machen. Nachdem ich sein Auto und seine Wohnung gesehen habe", ich rollte mit den Augen. „Selbst wenn ich noch hundert Jahre arbeiten gehe, könnte ich mir das nicht leisten."

Sie winkte ab. „Das Auto gehört ihm doch gar nicht", flüsterte sie verschwörerisch. „Der Hersteller leiht es ihm nur, ich glaube, dafür macht er Werbung für die. Und die Wohnung, die hat er nie im Leben gekauft."

„Aber was ist mit dem Sommerhaus?"

„Ja, das hat er bauen lassen."

„Na also, ich glaube, er verdient so viel Geld, dazu reicht unsere Vorstellungskraft gar nicht aus."

„Hm." Sie grübelte.

„Er ist so glücklich mit dem, was er tut. Ich habe mir im Internet ein paar Mitschnitte von seinen Auftritten angesehen. Du müsstest ihn auf der Bühne erleben. Selig ist ein Hilfsausdruck. Ich glaube, er tut genau das, was er über alle Maßen liebt. Er lebt seinen Traum, was kann es Schöneres geben?"

Josie verdrückte zwei Tränchen, nahm meine Hand und küsste sie.

„Und was ist mit dir? Hast du auch noch Träume?"

Ich nickte. „Oh ja, die habe ich."

„Verrätst du sie mir?"

„Ich wollte schon immer ein eigenes Geschäft haben. Einen kleinen Laden mit Antiquitäten, mit Sachen, die einfach schon etwas erlebt haben, die eine Geschichte mitbringen. Ich liebe alte Kommoden. Alleine in meiner Wohnung stehen sieben komplett verschiedene Stücke herum. Es tut mir richtig weh, wenn ich Holzmöbel sehe, die mit Farbe zugekleistert worden sind. Ich arbeite gerne mit meinen Händen. Es würde mir Spaß machen, die Sachen wieder herzurichten."

„Dann solltest du das tun, Mona. Keiner von uns weiß, wie viel Zeit ihm noch bleibt."

*

Wir hatten uns von Granny verabschiedet und waren auf dem Weg zur Treppe, als uns ein elegant gekleideter, älterer Herr mit Hut und hellem Anzug entgegenkam. Er trug einen beeindruckenden Blumenstrauß in seiner Hand. Wahrhaft ein Meer aus weißen und zart lachsfarbenen Rosen. Als er fast auf unserer Höhe angelangt war, zog er seinen Hut; schneeweißes gelocktes Haar kam zum Vorschein, das sein sonnengebräuntes Gesicht noch mehr strahlen ließ. Was für ein toller Mann! Er grüßte freundlich: „Hyvää päivää!"

Ich nickte ihm lächelnd zu. „Hei!", antwortete ihm Leevi, blieb stehen, drehte sich um und sah ihm nach. Ich tat es ihm gleich.

„Was für eine beeindruckende Erscheinung", sagte ich leise.

„Das er muss sein."

„Wer muss was sein?" Ich verstand mal wieder nur Bahnhof.

„Lauri hat so beschrieben ihn."

Leevi strich sich nachdenklich mit der Hand um den Bart.

„May I introduce: That was Grannys lover."

„Was?", ich riss meine Augen auf und der Mund blieb mir offen stehen. Dieser Mann war höchstens siebzig, und ich machte mir um läppische acht Jahre Altersunterschied Gedanken!

Leevi schloss für einige Sekunden seine Augen und schüttelte sich. Dann legte er seinen Zeigefinger unter mein Kinn, klappte mir meinen Mund wieder zu und hauchte mir einen flüchtigen Kuss auf die Lippen.

„I guess you are right, Granny wird noch nicht sterben so schnell. She is alive, absolutely alive! Most probably more than we are."

Leevi musste dringend nach London. Die Band-Kollegen waren heute Morgen schon geflogen. Sie hatten ein Studio angemietet, das täglich Unsummen verschlang. Jetzt, wo Granny über den Berg war, versuchte er, noch einen Abendflug zu buchen. Er hatte mich eingeladen mitzukommen, aber was sollte ich in London? Er würde Tag und Nacht im Studio sein, und alleine hier in Helsinki zu bleiben war auch doof.

Auf dem Rückweg gingen wir noch einen Happen essen und fuhren dann zur Wohnung zurück.

Leevi musste packen. Ich lehnte am Türrahmen und beobachtete ihn dabei. Routiniert schichtete er seine Sachen in den Trolley. Würde das mein Los für die nächsten Jahre sein? Ihm beim Kofferpacken zuzusehen? Ich wollte mir meine Enttäuschung auf keinen Fall anmerken lassen, aber vermutlich hatte ich mich jetzt sogar mit meinem Schweigen verraten, ich war eine lausige Schauspielerin. Jedenfalls klappte er den Kofferdeckel zu, stand auf, schnappte mich und ließ sich mit mir zusammen auf sein Bett fallen.

„I´m going crazy", flüsterte er zwischen seinen Küssen. „Jetzt ... ich habe dich hier ... and ... I have to go ... ridiculous!" Seine Hand glitt meinen Körper entlang. Unsere Küsse wurden tiefer, leidenschaftlicher, unsere Herzen schlugen schneller. Meine Hände vergruben sich in seinem Haar, streiften seinen Rücken hinunter. Ich musste ihn berühren, seine Haut spüren. Ich sehnte mich so sehr nach ihm! Meine Hände schoben sich unter sein T-Shirt. Ein leises Stöhnen drang aus seiner Kehle, dann küsste er meine Augenlider, schmetterlingszart, und meine Nasenspitze.

„No", hörte ich ihn flüstern.

Erstaunt schlug ich meine Augen auf. Er schüttelte leicht seinen Kopf und presste zwischen zusammengebissenen Zähnen atemlos hervor: „No, ... we don`t do it in a hurry ... I want the whole night ... und ich will genießen jedes second."

Seine Hand zitterte, als seine Fingerspitzen zärtlich über meine Stirn, meine Wange und meinen Hals tanzten. „And I want to wake up with you in the morning."

Das wollte ich auch, aber jetzt doch nicht! Himmelherrgott, war das wieder eine von Grannys „goldenen Regeln"? Zum Teufel damit! Ich wollte wilde Flüche ausstoßen, war aber gerade außerstande zu sprechen.

„Can you say something, please!"

In seiner Stimme schwang Unsicherheit. Mein Hals war so trocken, dass ich zweimal ansetzten musste, bevor ich „I`m speechless!" herausbringen konnte. Er nickte leicht, und da war es wieder, mein heißgeliebtes Lausbubengrinsen, das bei mir alle Sicherungen durchbrennen ließ.

Und auch wenn heute kein Taxi hupte, musste er los.

*

Ich hatte einen Rückflug für den folgenden Tag bekommen, und so blieb ich über Nacht alleine in der Wohnung. Er hatte eine Schublade geöffnet und mir einen Wohnungsschlüssel zugeworfen. „Keep it."

Ich streifte durch die Räume. Sein Ankleidezimmer wäre wirklich der Traum einer jeden Frau gewesen. Sein großes Bett ließ noch die Abdrücke unserer Körper erahnen. Ich strich die Decke glatt. Er hatte gesagt, dass ich in seinem Bett schlafen sollte, er wolle mein Parfüm auf seinem Kopfkissen riechen. Ich war noch hin- und hergerissen. Der Gedanke war verlockend, andererseits fragte ich mich, wie viele Mädels wohl da drin schon … Einfach nicht darüber nachdenken, redete ich mir ein, kochte mir lieber einen Tee und machte mir ein Brot.

Als es finster wurde, zog es mich hinaus auf die Dachterrasse und ich schaute auf die Lichter der Stadt; es war unbeschreiblich schön. Ich fühlte mich so heimisch hier, als wäre ich schon hundert Mal da gewesen. Was für eine Nacht! Ich schloss meine Augen und genoss die klare Luft, die jetzt aber doch recht kühl geworden war. Warum war er nicht da? Er sollte hier sein, hier bei mir.

Urplötzlich spürte ich ihn hinter mir stehen wie heute Mittag, spürte seinen Atem am meinem Hals und seine Küsse, seine Hände glitten unter mein Shirt. Mit seinen Händen, seinen Lippen, mit ihm konnte ich mir einfach alles vorstellen. Ich wusste, es würde ein Feuerwerk geben, sobald diese Hände auch nur meine Haut berührten. Mein Herz donnerte gegen meine Rippen, ich schluckte trocken und musste nach Luft schnappen, bevor ich meine Augen öffnete, hineinging, mich auf dem Sofa zusammenrollte und die Decke über mich zog, um wenigstens für ein paar Stunden Schlaf zu finden.

Eigentlich wollte ich ihn ja zappeln lassen, aber aus dem Alter waren wir doch nun wirklich heraus, oder? Außerdem war hier die Frage, wer mehr zappelte, er oder ich? Mittwochnachmittag würde er in Frankfurt landen. Ich beschloss, nächste Woche Donnerstag und Freitag dreizehn von meinen achtundsechzig Überstunden abzufeiern.

*

Bevor ich ging, sprühte ich noch etwas von meinem Parfüm auf sein Kopfkissen.

Das Taxi hatte ich so rechtzeitig bestellt, dass ich noch einen Abstecher zu Granny ins Krankenhaus machen konnte, bevor ich zum Flughafen musste. Natürlich wollte ich mich persönlich von ihr verabschieden, aber ich musste außerdem unbedingt mit eigenen Augen überprüfen, ob dieses Monstrum von Rosenstrauß wirklich in ihrem Krankenzimmer stand. Das tat er, in voller Pracht! In dieser Familie schienen Überraschungen wirklich an der Tagesordnung zu sein. Granny saß relativ munter in ihrem Bett.

„Mona, meine Liebe", sie streckte mir freudig ihre Hände entgegen.

„Hallo Granny!", ich begrüßte sie herzlich. „Sag mal, was macht der halbe Blumenladen in deinem Zimmer?"

Sie schmunzelte vielsagend und ihre Wangen bekamen einen rosigen Schimmer.

„Die sind von Richard."

„Ah, ein Verehrer?"

„Könnte man so sagen." Ihr Schmunzeln wurde breiter.

„Wo hast du den denn aufgegabelt?"

„Das ist eine tolle Geschichte, die muss ich dir unbedingt erzählen. Komm her zu mir."

Sie klopfte auf ihr Bett und ich setzte mich zu ihr.

„Also, ich treffe mich ja eigentlich jeden Mittwoch mit meiner Freundin Milla in unserem Stammcafé, aber an diesem Mittwoch hatte sie mir abgesagt, sie fühlte sich kränklich und wollte lieber zu Hause bleiben. Sie ist ein bisschen wehleidig, du weißt schon."
Josie verdrehte ihre Augen und zog ihre Augenbrauen hoch. Wehleidigkeit war Josie gänzlich fremd, und ich konnte mir vorstellen, wie genervt sie davon war.

„Leevi ist übrigens auch etwas wehleidig, wenn er krank ist", bemerkte sie beiläufig.

„Sind das nicht alle Männer?"

„Hast du auch wieder Recht. Warum erwähne ich das überhaupt? Jedenfalls langweilte ich mich und hatte außerdem Appetit auf diese köstlichen Kuchenschnittchen, also machte ich mich alleine auf den Weg. Der Kuchen war gut wie immer, die Bedienung freundlich, aber das Publikum, na ja. Ich hatte gerade beschlossen, keinen zweiten Kaffee mehr zu bestellen, als mir dieser elegant gekleidete Gentleman an dem kleinen Tischchen neben der Tür auffiel. Gleich darauf tauchte er aber wieder hinter seiner Zeitung ab. Jetzt bestelle ich doch noch einen weiteren Kaffee. Konnte ich ihn einfach so ansprechen? Und was sollte ich sagen? Es mangelt uns wirklich an interessanten Gesprächspartnern!"

Josie erzählte mit einer solchen Euphorie, dass ich ihr gespannt zuhörte, ohne sie zu unterbrechen.

„Er blickte nicht auf, kein einziges Mal. Und dann erinnerte ich mich an die Filme, in denen die Ladys ihre Handschuhe fallen lassen. Nun, ich hatte keine Handschuhe dabei, aber ich würde vor seiner Nase mein Halstuch elegant zu Boden gleiten lassen. Gesagt, getan. Ich stehe also auf, und auf dem Weg zur Tür lasse ich mein Tuch aus der Hand gleiten. Es segelt direkt vor seine Füße.

„Und, hat er es gleich bemerkt?", fragte ich neugierig.

„Ja, hat er. Er hat sich sofort danach gebückt und es aufgehoben, ist aufgestanden und hat gesagt: „Gnädigste, darf ich Ihnen Ihr Tuch zurückgeben?"

„Ah, wie galant von ihm."

„Ja, nicht wahr?"

Josies seliger Gesichtsausdruck war herzerwärmend!

„Ach, und ein Blick in seine Augen, ich sage dir, es war um mich geschehen."

„Oh ja, das kann ich gut verstehen", lachte ich sie an. „Wir sind ihm kurz auf dem Flur begegnet."

„Wirklich? Du hast ihn gesehen?"

„Ja, er schleppte gerade dieses Monstrum von Blumenstrauß heran."

„Ist er nicht toll?"

„Ja, absolut umwerfend. Ich meine beide. Den Mann und den Blumenstrauß. Ich habe fast meinen Mund nicht mehr zugekriegt."

„Nicht wahr, er sieht phantastisch aus, und er ist so klug und belesen, er liebt Musik und Theater. Einfach perfekt. Ich meine den Mann natürlich. Er kann die spannendsten Geschichten erzählen, er war Kapitän auf einem Kreuzfahrtschiff und spricht fünf Sprachen. Stell dir nur vor, ich wäre an diesem Mittwoch zu Hause geblieben. Ich hätte ihn niemals kennengelernt."

Stell dir nur vor, ich hätte ein anderes Ferienhaus gemietet; ich hätte Leevi niemals kennengelernt, schoss es mir durch den Kopf.

„Ja, wir können für solche Fügungen nur unendlich dankbar sein", sagte ich und drückte sie. „Das ist wirklich eine tolle Geschichte."

„Richard ist so ein Gentleman, ich finde gar keine Worte dafür." Sie griff sich ans Herz. „Ich werde Leevi bei ihm zur Nachhilfe anmelden."

„Oh nein, bitte nicht", sprudelte es entsetzt aus mir heraus. „Ich wollte dich ohnehin bitten, ihn von seinen Versprechen zu entbinden, die er dir gegeben hat. Ich drehe noch durch, wenn er sich weiterhin so gut benimmt."

„Was?" Josie zog zweifelnd ihre Augenbrauen in die Höhe. Sie schien angestrengt zu überlegen und sagte dann gedankenversunken: „So, so, er benimmt sich gut, sagst du. Hm, das hat aber rein gar nichts mit den Versprechen zu tun, die ich ihm abgeluchst habe." Plötzlich grinste sie. „Das liegt ganz alleine nur an dir." Sie tippte mit ihrem Zeigefinger ein paarmal auf meine Schulter.

„Das verstehe ich nicht." Ich war nun wirklich nicht extrem zurückhaltend gewesen.

„Er benimmt sich deshalb so gut, weil du ihm wichtig bist. Er schätzt dich sehr, er hat großen Respekt vor dir, er bewundert, was du tust und getan hast. So habe ich ihn noch nie erlebt, Mona. Er will alles richtig machen. So eine Frau wie dich hatte er noch nie. Er hat sich verändert. Du hast ihn verändert. Er muss dich wirklich aus tiefstem Herzen lieben."

Leevi

Helsinki – London

Okay, gute drei Stunden Flug lagen jetzt also vor mir. Zeit, mich zu sammeln.

Aki hatte schon drei Mal angerufen wegen des Gitarrensolos. Der neue Produzent, Niko, hatte Mika über eine Stunde Schlagzeug spielen lassen. Wir wollten dann aussuchen, was „zu gebrauchen" war. Mist, dass man sich nicht einfach von einem Ort zum nächsten beamen konnte. Drei Stunden waren einfach zu lang. Aber gut, ich war jetzt gefangen in dieser Maschine. Ich war gespannt, wie sich die Zusammenarbeit mit Niko, dem neuen Produzenten, gestalten würde. Eigentlich hatte ich ein gutes Gefühl, trotz des ganzen Durcheinanders der letzten Tage.

Mona war bei mir zu Hause und ich saß in diesem vermaledeiten Flugzeug! Herrgott nochmal! Ich hatte sie schon in meinem Bett gehabt. Zu was für einem Spießer war ich eigentlich mutiert, und wann? Ich flog lieber nach London, anstatt … Oh Mann, oh Mann! Mona hatte mich auch ganz entgeistert angesehen. Aber sie verstand das. Obwohl, es hätte himmlisch werden können.

Raus aus dem Flieger, schnell durch die Passkontrolle, Gepäck geholt, rein ins Taxi, hin zum Studio, rein ins Studio und zum Aufnahmeraum. Pah, was für eine Hektik! Es war mittlerweile ein Uhr nachts. Was Mona wohl gerade machte? Mein Kopfkino sprang schon wieder an. Scheiße, ich musste mich jetzt konzentrieren, und zwar auf etwas ganz anderes. Das hatte ich doch schon immer hingekriegt, das konnte doch gar nicht so schwer sein. Niko brachte wirklich gute Ideen ein. Einige schöne Instrumentalteile hatten die Jungs schon aufgenommen. Wirklich, ich war begeistert. Der Morgen dämmerte bereits herauf, als ich anfing, meine Parts einzuspielen.

Nach einer kurzen Frühstückspause ging es an das Einsingen der Texte. Meine Herren, so etwas hatte ich ja schon seit Ewigkeiten nicht mehr abgeliefert. Als hätte ich einen Doppelknoten in der Zunge. Ich konnte kein einziges Wort mehr deutlich herausbringen und sah die fragenden, zweifelnden, erschrockenen Gesichter hinter der Scheibe am Mischpult. Ich konnte mich einfach nicht konzentrieren. Ich konnte nur noch an Mona denken. Sah sie in meinem Bett liegen. Ihre nackte Schulter lugte unter der Bettdecke hervor. Jetzt vibrierte auch noch mein Handy in der Hosentasche. Eine Nachricht von Mona.

*

Mona

Auf dem Weg zum Flughafen schickte ich eine SMS an Leevi: Das Blumenmeer steht tatsächlich in Grannys Krankenzimmer. Mach dir keine Sorgen. Es geht ihr gut! ;-)

Dreißig Sekunden später kam seine Antwort: Don`t fly! We skip the studio work. I`ll be back Thursday evening. :-* Can`t wait!

Ja, ja, ja! Ich stieß einen Freudenschrei aus, dass der arme Taxifahrer zusammenzuckte.

Ich schrieb zurück: I`ll stay. Can`t wait too! :-*

Oh Gott, mein Herz hüpfte vor Freude! Da ich schon auf dem Weg war, fuhr ich weiter bis zum Flughafen und buchte dort direkt um auf den letzten Rückflug Sonntagabend. So ein Mist, dass ich Montag wieder im Geschäft sein musste! Aber es blieben uns immerhin drei Tage und drei Nächte. Und heute Nacht würde ich es mir in seinem unverschämt großen Bett so richtig gemütlich machen!

Josie staunte nicht schlecht, als ich am Donnerstag schon wieder bei ihr im Krankenhaus auftauchte.

„Mona! Was ist passiert? Ich denke, du bist längst wieder in Deutschland?"

„Ja, es haben sich kurzfristig einige Änderungen ergeben", sagte ich strahlend.

„Wie darf ich das verstehen?"

Erwartungsvoll lächelnd sah sie mich an. Ich setzte mich auf ihren Bettrand. „Leevi kommt heute Abend schon zurück."

„Ah", sie nahm meine Hand und drückte sie. „Ich freue mich so! Wirklich. Wie lange kannst du bleiben?"

„Bis Sonntagabend, Montag muss ich wieder im Geschäft sein", sagte ich traurig.

„Das ist doch immerhin besser als gar nichts, oder?"

„Ja, absolut."

Sie merkte, dass ich mit meinen Gedanken ganz woanders war.

„Na, die paar Stunden wirst du schon noch aushalten", meinte sie trocken.

„Schwerlich", seufzte ich.

Wir lachten und plauderten, aber ich nutzte auch die Gelegenheit, um ihr ins Gewissen zu reden: „Versprich mir, dass du dir einen Herzschrittmacher einsetzen lässt, falls es nötig werden sollte."

„Niemals kommt so ein Ding in meine Brust", protestierte sie. „Wenn mein Herz nicht mehr von selber schlagen will, dann soll es halt stehenbleiben, ist mir auch egal."

Leevi hatte mir schon erzählt, dass sie nicht einmal bereit war, darüber nachzudenken. „Aber wir alle brauchen dich doch noch, Granny."

„Hm", sie verzog ihr Gesicht. „Wer soll mich denn noch brauchen? Leevi hat jetzt dich. Ich kann mich also getrost vom Acker machen."

„Nix da", sagte ich streng, „du kannst dich nicht einfach so verdrücken. Kneifen zählt nicht. Und was ist im Übrigen mit Richard? Er ist doch viel jünger als du."

„Na, mal sehen", brummelte sie, „aber es ist ja alles wieder in Ordnung, das kam sicher nur durch den Sturz." Solche Ausflüchte kamen mir bekannt vor.

Als ich mich verabschiedete, sagte sie ernst: „Wenn du willst, kannst du Leevi sagen, dass ich ihn von allen Versprechen, bis auf die wichtigen, er weiß schon welche, lossprechen." Sie zog mich zu sich und flüsterte mir ins Ohr: „Ein so heißblütiges Temperament hatte ich dir gar nicht zugetraut."

„Du kennst doch den Spruch, Granny, stille Wasser sind tief."

„Oh ja, da ist was Wahres dran. Genießt eure Zeit, und in den nächsten Tagen will ich euch hier nicht sehen. Auf gar keinen Fall, hörst du! Mir geht es gut. Leevi soll sich lieber um dich kümmern und dich glücklich machen." Sie zwinkerte mir verschwörerisch zu. Sie war ein echtes Unikat, unsere Josie!

„Ich werde sehen was ich tun kann", versprach ich ihr.

* * *

☙ **Kapitel 12** ❧

Fünf einzelne Worte,
dreizehn simple Buchstaben, die,
in der richtigen Reihenfolge aneinandergereiht,
ein neues Leben für Mona bedeuten.

i e u A d e o y l l n s I

Ich überlegte, ob ich Leevi am Flughafen abholen sollte, aber er hatte sein Auto dort stehen, es gab also keinen echten Grund, ihn abzuholen, außer dem einen, ihn schneller wiedersehen zu können. Andererseits würden die Jungs auch mit zurückkommen, und dann war es blöde, oder? Nein, ich würde besser in der Wohnung auf ihn warten. Bestimmt war er total erledigt und musste sich erst mal ausschlafen.

Mein Stimmungsbarometer sank schon wieder. Sicher hatte er auch Hunger, wenn er ankam. Klar hatte er Hunger, er war doch immer hungrig. Vielleicht sollte ich etwas kochen? Besser nicht, ich war nicht gerade eine begnadete Köchin, aber zumindest hätte ich etwas einkaufen können. Zu blöde, dass ich nicht früher daran gedacht hatte. Mussten wir eben etwas bestellen.

Würde ich erst wieder etwas Bestimmtes sagen oder tun müssen, bevor … Oh Gott, ich war völlig durchgedreht! Diese Warterei gab mir den Rest. Gerade als ich den Kühlschrank und die Küchenschränke nach etwas Essbarem durchsuchte, hörte ich das Türschloss.

„I`m back!"

„Hallo! Ich bin in der Küche und wollte gerade sehen, was deine Schränke so an Essbarem hergeben. Du bist doch sicher hungrig?"

„No!"

Er schleuderte seine Jacke auf einen der Barhocker und kam mit riesigen Schritten auf mich zu. Seine Mimik war – undurchsichtig!?

„All *I* need", er küsste mich, „is you!"

„Der Song ist aber von Big Trouble", fiel mir spontan ein und ich hatte die Worte noch nicht zu Ende ausgesprochen, als mein Pullover bereits im hohen Bogen ebenfalls auf den Barhocker flog. Er hob mich auf den Tresen, küsste meinen Bauch, meinen Hals.

„I have been waiting for you so long, so, so long, too long."

Seine Fingerspitzen glitten den Rand meines BHs entlang.

„Beautiful", hauchte er, „unbelievable."

Er senkte seine Lippen auf mein Dekolletee, seine Hände waren überall. Mir war glühend heiß, alleine seine Hände auf mir zu spüren war Wahnsinn. Ich griff nach dem Saum seines T-Shirts, um es ihm über den Kopf zu streifen. Als meine Fingerknöchel dabei seine Haut berührten, fühlte ich seine Bauchmuskeln zucken. Oh Gott, er stand genauso unter Hochspannung wie ich.

„Ich habe mich so sehr nach dir gesehnt", flüsterte ich. Meine Hände glitten seine Seiten hinab. Er schmiegte sich an mich, unsere Oberkörper berührten sich, Haut auf Haut. Seinen Körper zu spüren war atemberaubend, es entstanden eine Million Kurzschlüsse, und dann erfüllten sich alle meine Träume der letzten Stunden und Tage und Wochen …

*

Wir lagen nebeneinander und sahen uns an. Unsere Hände trafen sich zwischen uns. Gedankenverloren spielte er mit meinen Fingern, so wie damals am Sommerhaus. Seine Fingerspitzen umkreisten meine, er fuhr mit seinem Zeigefinger jeden meiner Finger entlang, auf und ab, unaufhörlich, es war ein endloses Spiel.

„Wenn ich nicht hätte gefunden dich, would you ever have called me?"

„Puh!" Ich schnappte nach Luft. „Gute Frage! Ich weiß es nicht. - Der Zettel mit deiner Handynummer lag die ganze Zeit über in meinem Timer. Ich habe ihn oft in der Hand gehabt. Ich weiß es wirklich nicht. Nein, vermutlich nicht."

„Why the hell not?" Er schüttelte verständnislos seinen Kopf.

„Weil ich viel zu alt für dich bin. Ich habe dich mit Jaana durch die Wiese toben sehen. Du wärst ein wunderbarer Vater. Du solltest eine junge Frau haben, mit der du dir eine Familie aufbauen kannst."

„Ah, poor children! And poor wife! You know my life. Ich nie bin zu Hause."

„Ja, ich weiß. - Vielleicht habe ich dieses Mal wirklich zu schnell aufgegeben."

„Definitely! You stupid little thing." Er beugte sich herüber und küsste mich. „Imagine, if we missed all that", sagte er kopfschüttelnd. „Es ist egal, ob du bist small or tall, or thick or thin, or how old you are. By the way; you are in a perfect shape. I mean … Puh! You are the one, the right one for me."

„Ah ja, und da bist du dir ganz sicher?"

„Absolutely! I can feel it. In my heart, in my soul, in my bones, in my …", er zwinkerte mir zu, „everywhere."

Ich prustete los.

„Don`t laugh. It`s true! I`m made for you, Mou", sagte er ernst und küsste mich wieder.

„Und du? Wärst du damals einfach so wieder nach Finnland zurückgeflogen?"

„Never ever!"

„Sieh mal einer an. Und wie lange wolltest du noch warten? Das Taxi stand ja schon vor der Tür."

„Du warst faster than me."

Oh, diese Unschuldsmiene! Plötzlich ließ er seine Finger zwischen meine gleiten und unsere Hände verschränkten sich ganz fest. Das war ein so tiefes Gefühl, dass ich für einen Moment meine Augen schließen und tief Luft holen musste.

„Wenn du das damals am Sommerhaus gemacht hättest", sagte ich leise, „hättest du mir endgültig mein Herz gestohlen."

Er nickte. „Deshalb du hast eine fist gemacht?" Seine andere Hand ballte sich zur Faust.

„Ja."

„Das war eine scheiße Gefühl. This has depressed me really a lot."

„Das tut mir leid." Ich rückte näher an ihn heran. „Du weißt doch, ich bin nicht so gut in solchen Sachen."

„In which kind of things?" Er grinste und legte seine Hand auf meine Taille.

„Meine Gefühle zu zeigen."

Lachend zog er mich an sich. „I think these days are gone. Nein, ich bin todsicher, they are completely over."

„Im Ernst! Ich hatte mir geschworen, dass mir keiner mehr mein Herz stehlen wird. Und dann kommst du in mein Leben gepoltert, weckst mich mitten in der

Nacht auf und küsst mir einfach meine Tränen weg. Das war zu viel für mich."

„And now, I have stolen your heart?" Vielsagend zuckte er zwei Mal mit seiner linken Augenbraue.

„Nein, hast du nicht."

„Not?"

„Nein, weil ich es dir schon längst geschenkt habe, du verrückter Kerl." Ich drückte ihm einen Kuss auf seine babyzarte Brust und schob mein Bein über seine Hüfte. „Ich liebe dich." Ich glaube, es glitzerte eine winzige Träne in seinem rechten Auge, als er mit heiserer Stimme sagte: „I love you more, so much more! Du kannst nicht vorstellen wie viel mehr."

Seine Hand glitt von meiner Taille herab bis zu meinem Oberschenkel. „And I love it, wenn du bist *so* shy, as just now." Er rollte sich auf den Rücken und zog mich mit sich.

Am nächsten Morgen traute ich mich gar nicht, meine Augen zu öffnen. Ich spürte Leevi hinter mir, er hatte seinen Arm um mich gelegt. Dieser Traum sollte niemals aufhören. Ich wollte dieses Bett nie mehr verlassen, und ich wollte nie mehr meine Augen öffnen, höchstens, um ihn anzuschauen, um in seine Augen zu schauen. Aber ich wusste auch: Heute ist der erste Tag vom Rest deines Lebens. Ich wusste nicht, wie lange dieser Rest sein würde, und ich wusste auch nicht, wie er verlaufen würde, aber ich spürte deutlich, dass eine neue Zeitrechnung für mich angebrochen war.

*

Irgendwann erzählte ich Leevi von meinem letzten Besuch bei Granny im Krankenhaus. „Ich soll dir übrigens ausrichten, dass sie dich von allen Versprechen entbindet, außer den wichtigen, du wüsstest schon welche, aber ich denke, das hat sich jetzt ja wohl erledigt." Ich grinste ihn an.

„Wenn du sagst das."

„Und außerdem hat sie gesagt, dass sie uns in den nächsten Tagen auf keinen Fall im Krankenhaus sehen will. Du sollst dich lieber um mich kümmern und mich glücklich machen."

„Jesus!", er lachte, „yeah, that`s Granny, live and original. Und, mache ich dich glücklich?", fragte er, plötzlich ganz ernst.

Ich sah ihn lange an, eine Gänsehaut jagte mir den Rücken hinab. War ich jemals glücklich gewesen? - Nein! Niemals. Ich hatte überhaupt nicht gewusst, wie sich Glück anfühlte, und jetzt? Wenn ich ihn nur ansah, konnte ich gar nicht anders als zu lächeln. „Ja, das machst du, und wie du das machst", antwortete ich ihm endlich.

„That`s good. Ich immer muss machen, was Granny sagt. Did I really do *everything* right?", hakte er noch einmal nach. Wieso war er so unsicher? Aber da fielen mir Josies Worte wieder ein: Er will alles richtig machen, hatte sie gesagt.

„Yes, you did. Absolutely. Tausendprozentig!" Ich reckte beide Daumen in die Höhe.

„Yeah!" Er strahle mit der Sonne, dem Mond und den Sternen um die Wette.

Wir kamen wirklich drei Tage lang nicht aus der Wohnung. Getränke waren genug im Haus. Essen brachte uns der Lieferservice von Leevis Lieblingsrestaurant. Unsere Handys schalteten wir aus und weder Radio noch Fernseher ein. Mindestens hundertmal hörten wir uns „All I Need Is You" an. Alles war Magie, wie von einem anderen Stern. Es waren die drei unglaublichsten Tage und Nächte meines Lebens. Er war mein Mr. Right, absolut und uneingeschränkt! So zu lieben und so geliebt zu werden ließ mein Herz vibrieren!

Leevi wollte mich nicht gehen lassen, und ich wollte auch am liebsten hierbleiben. Noch nie in meinem ganzen Leben hatte ich blaugemacht. Vielleicht war es an der Zeit, es einfach mal zu tun? Wenn nicht jetzt, wann dann?

Leevi meinte, es sei genau der richtige Zeitpunkt dafür, definitiv, ohne jeden Zweifel. Aber nein, ich konnte so etwas nicht. Artig packte ich meine Sachen zusammen.

Leevi trödelte ewig herum, dann suchte er angeblich seinen Autoschlüssel, der aber blitzartig auftauchte, als ich mir ein Taxi rufen wollte. Und dann fuhr er wie eine Schnecke, bremste an jeder Ampel, auch wenn sie noch nicht einmal gelb war.

„Da wären wir locker noch drüber gekommen", beschwerte ich mich, „bitte, Leevi, die Zeit wird knapp, kannst du nicht etwas schneller fahren?"

„No, ich muss fahren vorsichtig, ich hatte schon ein paar Tickets, du verstehst?"

Ich schnaufte laut. „Wenn das so weitergeht, wird das Flugzeug ohne mich fliegen." Jedenfalls brauchten wir für die Strecke von gewöhnlich zwanzig Minuten fast eine Dreiviertelstunde! Mit Sicherheit hatte er auch etliche Umwege genommen. Bis wir am Schalter ankamen, war das Boarding bereits beendet.

„Na, ganz toll!", fluchte ich und sah ihn vorwurfsvoll an. Er zuckte entschuldigend mit den Schultern. „I`m so sorry!"

„Oh! Dass du so dermaßen lügen kannst, ohne rot zu werden", sagte ich und boxte auf seinen Bauch. „Die Kollegen warten morgen früh auf mich. Mein Personalchef wird stinksauer sein, mit Recht. Unzuverlässigkeit kann man sich im Berufsleben nicht leisten." Aber was blieb mir jetzt übrig? Ich buchte eben noch einmal um auf Montagabend.

Nach sage und schreibe achtzehn Minuten schloss Leevi die Wohnungstür auf. Ich tippte auf meine Armbanduhr. „Der Rückweg scheint um mehr als die Hälfte kürzer zu sein als der Hinweg."

„Das war emergency. Ich nicht würde survive the night ohne dich." Er kuschelte sich von hinten an mich heran und schlang seine Arme um mich. „Evil strategy, böse, böse."

„Lass los, ich muss meinem Chef wenigstens eine E-Mail schreiben. Im Übrigen hast du am Dienstag deinen Flug nicht verpasst", gab ich zu bedenken.

„That`s right, und das war großes mistake, wirklich." Er beschmuste mich immer noch. Ich wusste ja genau, dass er das ganze Theater nur inszeniert hatte, damit ich ein reines Gewissen haben konnte. Er war so ein Schatz! Und ich war ihm in Wirklichkeit ja auch gar nicht böse. „Du bist süß", sagte ich und küsste ihn.

„Ich nicht bin süß", protestierte er lautstark. „Ich bin ein Mann, ich bin stark and wild, hot tempered."

„Ja, ja", sagte ich und tätschelte seine Wange. „Ist schon recht."

Während ich auf dem Sofa sitzend eine E-Mail an meinen Personalchef und meinen Kollegen schrieb, lugte er mir über die Schulter. Bei der Begründung, warum ich morgen nicht im Büro erscheinen konnte, musste ich dank Leevis kleiner Showeinlage noch nicht einmal lügen. Ich hatte meinen Flieger ja wirklich verpasst.

Er grinste in sich hinein, und dann drehte er die Musikanlage auf: All I Wanna Do Is Make Love To You.

„Du bist so ein Kindskopf!" Ohne von meiner Mail aufzusehen, warf ich ein Sofakissen in seine ungefähre Richtung. Er lachte laut und schwang sich kurz darauf über die Rückenlehne des Sofas, ließ sich neben mich plumpsen und angelte nach meinem Anhänger, einem kleinen Schmetterling.

„Warum eine butterfly?"

„Er ist mir vor vielen Jahren zum Symbol der Freiheit geworden", erklärte ich ihm.

„Verstehe, und außerdem, butterflys sprechen mit dir."

„Genauso ist es."

Er nickte, legte sich den Anhänger auf die Handfläche und sagte zu ihm: „You happy little thing, you are at the nicest place on planet, but", er nestelte an den Knöpfen meiner Bluse herum, „I know, only I know, that there are so many more great places."

„Vorsicht", sagte ich, „wenn du mir zu frech wirst, muss ich dich doch noch bei Grannys Lover zum Gentleman-Kurs anmelden, und dann will ich als erstes auch so einen riesigen Blumenstrauß haben."

*

Auf dem Rückflug dachte ich über das nach, was ich einmal in mein Tagebuch geschrieben hatte.
Ich weigere mich, diese Welt zu verlassen, ohne wenigstens einmal die große Liebe erlebt zu haben.
Es war mir egal, was jetzt noch passieren oder wie es weitergehen würde. Ich hatte erlebt, was ich erleben wollte. Ich würde niemals krampfhaft versuchen, ihn an mich zu binden, er brauchte seine Freiheit für das Leben, das er führte und liebte. Was ich erlebt hatte, konnte mir niemand mehr wegnehmen. Es blieb für alle Ewigkeit in meinem Herzen. Tränen der Erleichterung kullerten mir über die Wangen und eine besorgte Stewardess fragte, ob alles in Ordnung sei.

„Ja", sagte ich, „alles bestens."

Nina, die Gute, hatte während meiner Abwesenheit das Haus gehütet.

Als ich am Montagabend zurückkam, saß sie in meinem Esszimmer und wartete mit Canapés auf mich. Auf dem Fußboden vor ihr befand sich ein üppiger Strauß aus weißen und zart lachsfarbenen Rosen, den sie mangels einer so großen Vase in einen Putzeimer gestellt hatte.

„*Der*", sie deutete auf den Strauß und rollte mit den Augen, „ist heute per Fleurop gebracht worden. Die Karte habe ich nicht angerührt, aber wenn du mir nicht auf der Stelle erzählst, was passiert ist, platze ich vor Neugier!"

Mit klopfendem Herzen öffnete ich den Umschlag und klappte die Karte auf. Nur fünf Worte standen darauf, fünf einzelne Worte, dreizehn simple Buchstaben, die, in der richtigen Reihenfolge aneinandergereiht, eine neue Welt für mich bedeuteten: „All I need is you!" Mir kamen fast die Tränen, und eine heftige Gänsehaut kroch über meinen ganzen Körper, gleichzeitig lachte ich und hielt ihr die Karte unter die Nase. Ein kleiner Freudenschrei entschlüpfte ihr. „Heißt es das, was ich denke?" Ich nickte nur stumm. „Und?", drängte sie mich.

„Was soll ich sagen? Er ist perfekt."

„Wirklich? Oh, ich freue mich so!"

Sie drückte mich. „Ich mag ihn, ehrlich, er ist so ein netter, lustiger Kerl. Er wird dir guttun. Glaube mir. Du musst jetzt endlich mal leben, nachdem du dich so viele Jahre um deine Eltern gekümmert hast. Und? Wie wohnt er? Wie war seine Familie? Waren sie wieder nett zu dir? Mein Gott, nun rede doch endlich mal."

Nachdem ihr Frageschwall geendet hatte, erzählte ich ihr von seiner Wohnung, seiner Familie und der sagenhaften Josie, aber sonst nicht allzu viel.

*

Gut, dass sie die neunzehn dunkelroten Rosen nicht sah, die am nächsten Tag ankamen. Und die dazugehörige Karte hätte ich ihr auch nicht zeigen können.

Neun einfache Worte, sechsundzwanzig Buchstaben, die, in der richtigen Reihenfolge aneinandergereiht, mein Herz zum Rasen brachten.

Er machte wirklich *alles* richtig!

༄ Kapitel 13 ༃

Kangarooland

Das fing ja schon mal gut an. Leevi waren jetzt doch noch einige Termine dazwischen gekommen. Die abgebrochene Studioarbeit in London musste fortgesetzt werden und die Plattenfirma hatte zu einem Treffen eingeladen.

„Diese Woche ich kann nicht kommen, vielleicht next week", sagte er bedrückt am Telefon, „wenn Plattenlabel ruft, you have to jump. Verstehst du?"

„Sicher verstehe ich das, das ist mit jedem Geldgeber so. Hast du eine Ahnung, warum sie euch sprechen wollen? Ich meine, ist das ein gutes Zeichen?"

„Ich kann nicht sagen. Letztes Album, sales numbers waren schlecht, bei erste Album war viel besser. Producer Juho soll auch mitkommen und in London wir haben ja schon kennengelernt neue Producer Niko. Vielleicht es geht darum."

„Na, ja, ihr werdet es erfahren. Ich drücke euch jedenfalls die Daumen, dass das Treffen einen positiven Hintergrund hat."

„Ja, ich hoffe auch. But I miss you a lot!"

„Ich vermisse dich auch. Ganz doll sogar." Wir schickten noch ein paar Küsse durch die Leitung.

Erst in der darauffolgenden Woche kam Leevi am späten Freitagabend bei mir an. Wir blendeten alles andere aus. Jetzt waren nur wir wichtig. Und so kam ich auch erst am Samstag dazu, ihn nach dem Treffen mit der Plattenfirma zu fragen.

„Wir sollen bringen neue Songs. Fresh ideas, andere arrangements und so."

„Und? Kriegt ihr das hin?"

„Ist nicht so einfach", er rieb sich über die Stirn, „ich bin nicht Roboter, wo kann funktionieren auf, ah, wie heißt, pushing a button."

„Knopfdruck", half ich ihm aus.

„Ja, aber wir schaffen schon."

Das war allerdings nur ein Teil der Geschichte. Erst am Sonntagnachmittag fasste er Mut und rückte mit der ganzen Wahrheit heraus.

„Mou, ich muss sagen etwas."

„Was denn?"

Wir hatten gemütlich auf dem Sofa gelegen, aber jetzt setzte ich mich, um ihn anschauen zu können. Er stand auf und lief im Wohnzimmer auf und ab.

„Was willst du sagen?"

„Ist nicht so easy." Er knetete seine Hände, kam zu mir und ging vor mir in die Hocke. „Wir haben Chance für cooperation mit andere, größere Plattenfirma. Sie haben proposal, Vorschlag, Angebot gemacht." Er stockte und sah mich an, legte seine Hände auf meine Oberschenkel. „Sie können arrangieren Treffen mit world best songwriters."

„Wow! Das ist ja toll!", sagte ich begeistert und strahlte ihn an. Aber anscheinend freute er sich gar nicht darüber.

„Ich soll nicht nur schreiben mit professional writers, ich soll auch lernen ein bisschen was von production and basics von composing, vocal coaching."

„Super. Ich lerne immer gerne Neues dazu. Freust du dich denn gar nicht über diese Möglichkeit?"

Er rückte noch dichter an mich heran, küsste und umarmte mich. Dann sah er mich ernst an.

„Ich müsste gehen nach Australia … for one year."

Ich riss meine Augen auf und traute meinen Ohren nicht. „Australien? Du meinst wirklich Australien? Mit Kängurus, Koalabären, Ayers Rock und so?"

Er nickte nur. Ich glaube, mein Herz blieb kurz stehen, dann raste es mit doppelter Geschwindigkeit weiter. Nein! Nein, das konnte doch nicht wahr sein! Er hockte immer noch vor mir und ließ seinen Kopf hängen.

„Can you come with me?", fragte er leise, legte seinen Kopf in meinen Schoß und schlang seine Arme um mich. Ich beugte mich zu ihm hinunter und küsste seinen Nacken. „Du weißt, dass das nicht geht." Er schaute mich an. „Es ist okay", sagte ich und gab ihm einen flüchtigen Kuss, „du musst das machen, das ist eine einmalige Gelegenheit."

Er schüttelte seinen Kopf, seine Augen glänzten. „Ich nicht gehe ohne dich."

„Natürlich tust du das", sagte ich ruppig. „Und jetzt lass mich bitte mal durch, ich brauche frische Luft."

Er stand auf und ich lief die Treppe hinunter, zog mir im Flur meine Turnschuhe an, schnappte meinen Schlüssel, holte mein Fahrrad aus dem Schuppen und fuhr los. Meine Lieblingsstrecke durch die Felder nach Klein-Auheim und dann hinunter zum Main. Ich raste wie eine Irre. Der Schweiß rann mir den Rücken und den Bauch hinab. Erst auf dem Mainweg bremste ich, stieg ab und ließ mich erschöpft auf eine Bank fallen. Es dauerte bestimmt fünf Minuten, bis sich mein Atem langsam beruhigte.

Drei Wochen waren wir jetzt zusammen. Genau genommen sechs Tage, zwei Wochen lang hatten wir uns gar nicht gesehen. Dass mein gerade erst gefundenes Glück *so* schnell schon wieder zu Ende sein würde, hätte ich jetzt doch nicht erwartet. Und was sollte mit den Renovierungen werden? Letzte Woche hatte ich die ersten Angebote der Handwerker eingeholt. Langsam stieg Wut in mir auf.

Als ich zurückkam, saß er im Esszimmer vor seinem Laptop. „Besser?", fragte er mich.

„Ich brauche eine Dusche", sagte ich nur und verschwand im Badezimmer.

Danach setzte ich mich zu ihm. Er klappte sein Laptop zu und nahm meine Hand. „Please, Mou, können wir nicht finden good solution?"

„Wie soll die aussehen?"

„Ich bekomme kleines apartment, wir können gut wohnen da zu zweit."

„Und was soll ich die ganze Zeit dort machen?"

„Du machst holiday."

„Ein Jahr lang?"

„Why not? Nach diese anstrengende Jahre, du hast verdient, oder?"

Ja, das würde mir sicher guttun und Australien musste ein phantastisches Land sein. Aber ich kehrte schnell auf den Boden der Tatsachen zurück. „Das sind Wunschträume, Leevi." Ich stand auf, um mir ein Glas Wasser zu holen. „Du musst mal in der Realität ankommen. Glaubst du, ich verschwinde mal eben so für ein Jahr, verdiene in der Zeit keinen Euro, komme wieder und sage: Hi, Chef, da bin ich wieder. Wer soll sich ein Jahr lang um das Haus kümmern? Im Sommer um den Garten? Im Winter muss Schnee geräumt werden. Letzte Woche waren wie verabredet die ersten Handwerker da. Wie stellst du dir das eigentlich vor? Wie soll das alles hier weitergehen?"

Betroffen schaute er zu Boden.

„Vor drei Wochen wolltest du dieses Haus kaufen, dann die zwei Wohnungen renovieren lassen und mieten, und jetzt? Du brauchst dir nicht einzubilden, dass ich den ganzen Lärm und Dreck hier alleine auf mich nehme."

Leevi schlug sich beide Hände vors Gesicht.

„Mou, diese Angebot kam wie Blitz von Himmel. Ich hatte keine Ahnung."

„Ich weiß." Ich legte meine Hand auf seinen Arm. „Jetzt ist die Situation aber da, also müssen wir Entscheidungen treffen."

Er schnaufte tief und sah mich traurig an.

„Du immer bist so vernünftig. Aber du hast Recht, wir müssen stoppen craftsman, wir brauchen Wohnungen jetzt nicht."

„Ich kümmere mich darum. Trotzdem verstehe ich das alles nicht. Ihr habt bereits zwei Alben herausgebracht, ihr spielt Livekonzerte, ihr könnt Musik machen, also was soll das mit Australien? Du kannst Lieder schreiben, du kannst Gitarre spielen."

„Ja, stimmt schon, aber ich habe nie professional training gemacht, mir fehlen basics. Ich kann nur schreiben, wenn ich habe brainwave. Ich kann nicht erarbeiten und ich kann nicht schreiben Noten."

„Was? Aber wie machst du das mit euren Songs?", ich schaute ihn ungläubig an.

„Ich spiele Jungs vor oder nehme auf."

„Unglaublich. Aber warum muss es Australien sein? Es gibt doch auch in Deutschland Musikhochschulen und Tonstudios."

„A-Records hat irgendwie cooperation mit diese school. I don`t know."

Australien schien also unumstößlich. „Und wie ist das mit dem Visum?"

„Hat alles auf Tisch gelegen. Flugticket and Visitor visa, damit du darfst bleiben bis zwölf Monate."

„Die waren sich wohl sehr sicher, dass du das machen wirst. Gehst du eigentlich alleine oder kommt die ganze Band mit?"

„Nein, nur ich."

„Aber du schreibst doch auch viel mit Aki zusammen, oder?"

„Ja, aber ich bin Boss von Band, ich muss machen diese Job. Plattenfirma zahlt auch nur für one person."

„Wovon lebt ihr in diesem Jahr? Wenn ihr keine Auftritte habt, verdient ihr kein Geld. Ich kann mir das alles nicht vorstellen, wie funktioniert das?"

„Wir verdienen schon durch Verkauf von Album, wenn Songs gespielt werden in Radio and so on. Und wir haben in letzte Jahre gespart ein bisschen. Plattenfirma zahlt alles für mich; Flüge, apartment, expenses. Ich brauche nur kleine pocket money."

„Und wann geht es los?"

„Erste November."

Das war am Freitag! Mir blieb kurz die Luft weg.

„Wie lange kannst du hierbleiben?" Er zögerte mit seiner Antwort.

„Ja, ... ich muss pack my bags und will family noch einmal besuchen, ... Wednesday I think."

Mittwoch. Nicht mal drei Tage! „Ich kann jetzt unmöglich Urlaub nehmen", überlegte ich laut, „wir haben zwei Bewerberrunden für Dienstag und Mittwoch angesetzt. Höchstens den Azubi-Kurs morgen Abend kann ich absagen, damit ich nicht allzu spät nach Hause komme."

„That would be great." Er zog mich auf seinen Schoß.

Wir versuchten jede Sekunde doppelt und dreifach zu genießen. Für Dienstag- und Mittwochvormittag hatte ich Gleitzeit eingetragen. Die Bewerber kamen erst um vierzehn Uhr. Aber viel zu schnell war es Zeit, sich zu verabschieden. Er nahm mich in seine Arme. „Wirst du warten auf mich?"

„Was ist das denn für eine Frage? Natürlich werde ich auf dich warten. Ich habe mein ganzes Leben lang auf dich gewartet, da kommt es auf das eine Jahr jetzt auch nicht mehr an." Ich versuchte stark und heiter zu bleiben.

Er kämpfte mit den Tränen und drückte mich ganz fest. „Du bist crazy! Ich werde anrufen, immer, und du besorgst dir Webcam."

„Ja, mache ich."

Wir küssten uns noch einmal und dann ließ ich ihn gehen. „Lass dich nicht von den Kängurus anknabbern", rief ich ihm noch nach.

Nicht eine einzige Träne hatte ich bisher vergossen. Aber als ich das Taxi nicht mehr sehen konnte, brach alles aus mir heraus, im wahrsten Sinne des

Wortes. Ich weinte noch immer nicht, aber ich musste mich mehrmals übergeben. Zwei Tage lang konnte ich nicht zur Arbeit gehen. Tim musste die letzte Bewerberrunde alleine durchziehen.

„Ja, fieser Virus im Umlauf", sagte er am Telefon, „der halbe Kindergarten von meinem Sohn liegt auch flach."

An meiner Übelkeit war kein Virus schuld, aber das sagte ich Tim nicht.

*

Auch Leevi erzählte ich nichts davon, er war sowieso total betrübt losgeflogen. Granny war fuchsteufelswild geworden und hatte ihm wieder einmal gründlich die Leviten gelesen. Jaana musste einen enormen Zirkus veranstaltet haben, und seine Mom hatte auch geweint.

Als ich am Samstag vom Einkaufen nach Hause kam, war eine Nachricht auf meinem Anrufbeantworter: Er sei gut angekommen und würde sich morgen noch einmal melden. Gegen zehn Uhr rief er an, das war neunzehn Uhr abends bei ihm in Brisbane.

„Hi, Darling."
„Hallo Schatz, na, wie geht es dir?"
„Scheiße."
„Was ist scheiße?"
„Everything. Ich sitze hier in Goonengerry."

„Wo ist das denn?"

„About one hundred and forty kilometers away from Brisbane."

„Und was machst du da?" Keiner hatte ihm vorher so genau gesagt, wie dieses Jahr eigentlich ablaufen sollte.

„Nächste drei months ich soll hier bei diese Studio sein. Ich weiß nicht, was ich da soll machen."

„Da wirst du sicher die anderen Songwriter treffen."

„No! Far from it! Das erst kommt zum Schluss. Nach diese quarter, ich werde gehen zu Schule."

„Was?"

„Ja, ich gehe nach Sydney auf Conservatorium of Music."

„Das ist doch toll", versuchte ich ihn aufzuheitern.

„Hm", knurrte er nur.

„Ach komm, jetzt sei nicht brummelig. Hier regnet es schon wieder bei fünf oder sechs Grad. Bei dir muss das Wetter doch herrlich sein?"

Er moserte trotzdem noch ein bisschen herum.

„Wie machen wir mit anrufen during the week?"

„Tja, lass mal überlegen. Bis ich nach Hause komme, ist es bei dir mitten in der Nacht. Also entweder übers Handy, wenn ich Mittagspause habe, oder morgens, bevor ich losfahre. Um sieben Uhr früh ist es bei dir sechzehn Uhr am Nachmittag. Da wirst du aber sicher noch im Studio sein."

„Ja, ich muss sehen wie geht, das ist scheiße alles!"

Er rief mich jeden Tag in der Mittagspause an, aber im Bistro konnte ich ja auch nicht ungestört telefonieren. Bei einigermaßen gutem Wetter ging ich ein Stück spazieren, um mit ihm reden zu können, aber nach den Gesprächen war ich immer total durch den Wind.

Die Handwerker hatte ich informiert, dass sie vorerst nicht für uns tätig werden sollten.

*

Endlich kam ich dazu, das Aquarell, welches ich in meinem Urlaub gemalt hatte, einzurahmen und aufzuhängen. Immer wieder blieb mein Blick an den zwei gelben Schatten über der Wasserfläche hängen. Da hatte alles angefangen mit uns. Ich konnte mich an jeden Satz, an jedes Wort erinnern, das wir gesprochen hatten.

Den nasskalten, trüben November hasste ich sowieso wie die Pest, und jetzt hockte ich alleine in dem großen Haus herum. Selbst die Stille machte mich rasend. Von Weihnachten will ich gar nicht sprechen. Mir ging es schlecht. Der Spruch: „Es zerreißt mir das Herz" ist keine leere Worthülse, es ist Tatsache. Ich sehnte mich so sehr nach Leevi, dass es mir wahrlich körperliche Schmerzen bereitete. Ich konnte kaum noch schlafen. Mein Herz zappelte dermaßen, dass ich einfach nicht zur Ruhe kam. Oft lag ich um ein Uhr noch wach oder wachte um zwei, drei Uhr schon wieder auf. Ich war fahrig und unkonzentriert, fuhr über eine rote Ampel! Gott sei Dank war es keine Kreuzung und es war nichts passiert, aber ich wurde geblitzt. Das kostete mich neunzig Euro plus einen Punkt, und da hatte ich noch Glück, denn bei Gefährdung eines anderen Verkehrsteilnehmers wäre mein Führerschein für einen Monat weg gewesen.

Bis Ende Dezember hatte ich sechs Kilo abgenommen. Mir schmeckte einfach nichts, ich hatte auch keinen Appetit. Das musste aufhören, ich musste mich abschotten, mein Herz wieder in Eis packen, sonst würde ich daran kaputt gehen.

Mit Frost, Schnee und Eis begann das neue Jahr; nicht nur in der Natur.

Am ersten Sonntag im Januar war ich wieder einmal bei Nina eingeladen, und auch da stocherte ich nur lustlos in meinem Essen herum.

„Schmeckt es dir nicht?"

„Doch, doch!" Ich schrak aus meinen Gedanken hoch.

„Das schaut aber nicht so aus." Sie deutete auf meinen Teller. Wir waren heute alleine. Simon hatte mit seinen Kumpels irgendetwas gefeiert und lag noch im Tiefschlaf.

„Komm, jetzt iss was, du bist eh so dünn geworden." Es war ja klar, dass ihr das auffallen würde. Ich piekste mit meiner Gabel ein Stück Fleisch auf und schob es mir in den Mund. „Ich verhungere schon nicht, keine Angst."

„Es ist doch ganz logisch, dass du traurig bist, weil Leevi weg ist, aber trotzdem musst du etwas essen."

„Ist ja gut", sagte ich genervt, und in der gleichen Sekunde tat es mir leid. „Entschuldige bitte."

„Ich kann doch verstehen, wie frustrierend das ist. Ich meine, bei uns ist es schon schlimm, und wir kennen uns seit sechsundzwanzig Jahren. Außerdem ist Michael kein ganzes Jahr am Stück weg. Und ihr habt euch gerade erst kennengelernt."

„Kann bei mir eigentlich einmal etwas glatt gehen? Immer wieder bewahrheitet sich dieser dämliche Spruch meiner Mutter: *Lach nicht so viel, sonst weinst du heute noch.* Boh, wie ich diesen Satz gehasst habe, und ich hasse ihn immer noch. Ich habe einfach keinen Bock mehr auf diesen ganzen Mist!" Ich knallte mein Besteck auf den Tisch. „Jetzt hocke ich wieder alleine da, noch dazu in einem Dreifamilienhaus, das an allen Ecken renoviert werden muss! Das geht so nicht weiter. Ich brauche unbedingt die Mieteinnahmen. Ich werde einen Zettel im Supermarkt aufhängen, vielleicht kann ich wenigstens die Wohnung im Parterre eine Zeitlang vermieten."

„Das ist doch eine gute Idee. Das machst du. Und wenn du mich brauchst, zum Saubermachen oder wenn du irgendetwas ausräumen willst, wir helfen dir. Simon ist diese Woche auch noch zu Hause."

„Danke! Du bist ein echter Schatz."

„Und jetzt", sie stand auf und zog mich hoch, „fahren wir nach Seligenstadt und machen einen Schaufensterbummel, und dann gehen wir ins Kino. Das wird dich auf andere Gedanken bringen."

Auf dem Weg ins Kino entdeckten wir ein freies Ladenlokal in einem historischen Fachwerkhaus. Achtzig Quadratmeter für eintausend Euro im Monat zu vermieten. Ich blieb stehen. „Sieh mal, Nina, der Laden hier ist frei."

„Ach ja, da war doch immer so ein Schuhmacherladen drin. Der Besitzer war schon sehr alt, bestimmt konnte er das Geschäft nicht mehr betreiben."

„Das wäre genau der richtige Rahmen für mein kleines Antiquitätengeschäft, das mir schon immer im Kopf herumspukt."

Sie kam noch einmal zwei Schritte zurück und drückte ihre Nase an die Schaufensterscheibe. „Ich weiß gar nicht, wie groß das ist, ich glaube, ich war da nur einmal drin."

„Na, achtzig Quadratmeter, steht doch auf dem Schild. Halte mal kurz." Ich gab ihr meine Tasche in die Hand, um besser nach einem Zettel kramen zu können, und schrieb mir schnell die Telefonnummer auf.

Nina riss erstaunt ihre Augen auf. „Du willst wirklich da anrufen?"

„Ja, ich glaube, es wird Zeit für eine neue Herausforderung."

„Das ist jetzt nicht dein Ernst? Überlege dir das lieber zweimal, es sind keine guten Zeiten für den Einzelhandel. Also, ich möchte kein Geschäft haben, wirklich nicht."

Ich hatte die Nummer aufgeschrieben und nahm meine Tasche wieder an mich. Wir gingen weiter. „Das stimmt", sagte ich, „aber ich habe in den letzten Monaten viel dazugelernt. Ich bin es leid zu leiden, egal unter wem oder was. Ich habe schon viel zu viele Chancen verpasst, weil ich einfach zu feige war. Aber damit ist jetzt Schluss! Es wird Zeit, allerhöchste Zeit, endlich mal meine Träume in die Tat umzusetzen, und es gibt keinen Grund zu zögern."

Nina war stehen geblieben und schaute mich mit großen Augen an. „Mona, ich bin sprachlos!"

*

Gleich am nächsten Tag rief ich diese Telefonnummer an. „Claudia Klein. Guten Tag."

„Guten Tag, Frau Klein, mein Name ist Mona Huber, ich habe gestern gesehen, dass Sie einen Laden in Seligenstadt zu vermieten haben, und würde mich gerne darum bewerben."

„Ach ja, schön. Wissen Sie, wir haben eigentlich schon genügend Bewerber für den Laden."

„Ist denn schon etwas entschieden?"

„Nein, entschieden haben wir uns noch nicht, und da wird sich vor Ende Februar auch nichts tun. Wir, mein Bruder und ich, haben das Haus gemeinsam von unserem Onkel geerbt und ich kann das natürlich nicht alleine entscheiden. Was für ein Geschäft betreiben Sie denn?"

„Ich möchte Kleinmöbel und Antiquitäten verkaufen."

„Und wo ist Ihr Geschäft im Moment?"

„Es wäre eine Neueröffnung, ich habe zurzeit noch kein Geschäft."

„Verstehe, ja, gut, geben Sie mir einfach Ihre Telefonnummer, ich werde mit meinem Bruder darüber sprechen."

Ich nannte ihr meine Nummer, hatte aber wenig Hoffnung. Es hatte sich angehört, als wollte sie mich nur möglichst schnell abwimmeln. Deshalb erwähnte ich Leevi gegenüber auch gar nichts davon.

Damit wir uns nicht nur hören, sondern auch sehen konnten, hatte ich meinen PC aufgerüstet, mir eine Webcam und ein Headset gekauft, sodass wir uns jetzt am Wochenende immer über Skype unterhalten konnten.

„Weißt du was passiert ist zu Hause?", fragte er mich ganz aufgeregt.

„Nein, keine Ahnung."

„Daniel hat good Job gemacht. Mirja hat verkündet, dass Baby number three is on the way." Er strahlte übers ganze Gesicht.

„Oh, das ist ja wunderbar. Sag ihr, ich gratuliere ganz herzlich."

„Ja, ich mache."

„Und, wie geht es Granny?"

„Sie nicht mehr spricht mit mir, aber es geht ihr gut, hat Mom gesagt."

Irgendwie vermisste ich seine ganze Familie, obwohl ich sie doch kaum kannte. „Die zwölf Monate werden schnell vergehen, warte mal ab. Jetzt hast du das erste Vierteljahr schon fast geschafft."

„Ich bin so happy, wenn ich endlich kann nach Sydney. Hier ich fühle einfach nicht wohl."

*

Obwohl ich auf den Aushang im Supermarkt geschrieben hatte, dass die Wohnung nur bis Oktober zu vermieten war, hatten sich drei Familien gemeldet, die eigentlich längerfristig eine Wohnung suchten. Na ja, der Preis war verlockend. Fünfhundert Euro für vierundsiebzig Quadratmeter waren wirklich günstig. Aber das alte Bad in diesem hässlichen Gelb war noch drin. Deshalb hatte ich den Preis niedriger angesetzt.

Ungefähr zwei Wochen nach meinem Aushang rief mich Karola aus unserer Straße an.

„Bist du das, Mona?"

„Ja."

„Hast du den Aushang im Supermarkt gemacht?"

„Ja, der ist von mir. Ich habe mit Absicht keinen Namen dazu geschrieben. Man weiß ja nie, welche Typen sich da melden."

„Da hast du vollkommen Recht."

„Hast du Interesse, bei mir einzuziehen?", fragte ich sie lachend.

„Nein, ich nicht, aber wir bekommen zwei Austauschkollegen und die suchen eine nette Unterkunft für neun Monate. Weißt du, das ist so ein neues Programm unserer Firma. Ingenieure von Partnerfirmen kommen eine Zeitlang zu uns und umgedreht."

„Ah, verstehe, tolle Sache. Sie können sich die Wohnung gerne mal anschauen."

„Super! Die kommen Ende Januar und sind erst mal in einem Hotel untergebracht, aber das ist ja nur als Übergangslösung gedacht."

„Die Wohnung ist frei, ruf mich einfach noch einmal an, wenn sie Zeit haben und sich alles anschauen wollen. Es würde mich wirklich freuen, wenn das klappt, da weiß ich wenigstens, dass es keine Betrüger oder Mietnomaden sind."

„Ich melde mich auf jeden Fall. Bis dann."

Der Zeitraum passte perfekt zu meinen Plänen. Wenn die Ingenieure mir sympathisch waren, würden sie die Wohnung bekommen.

Die zwei Männer, der Italiener Matteo und Lukas aus der Schweiz, besichtigten am siebenundzwanzigsten Januar die Wohnung. Karola hatte sie hergebracht und sie waren begeistert. Die zwei Schlafzimmer waren perfekt, die große Küche mit direktem Zugang zum Garten gefiel ihnen sowieso, und die Möbel wollten sie auch behalten. Nur das Wohnzimmer mochten sie nicht, da wollten sie sich gerne ein gemeinsames Arbeitszimmer einrichten.

Ich versprach, das Zimmer auszuräumen. Über das Badezimmer verloren sie kein Wort. Die Sache war abgemacht, sie würden zum ersten Februar einziehen.

Und noch eine gute Nachricht erreichte mich in den letzten Januartagen: Ich sollte mich bei den Vermietern des Ladens persönlich vorstellen.

*

Sydney

Leevi ging es seit dem ersten Februar besser. Er blühte regelrecht auf in Sydney und lernte neue coole Leute an der Musikhochschule kennen. Es war ein international zusammengewürfelter Haufen und sie sprachen alle Englisch miteinander. Ganz begeistert war er von einem siebzehnjährigen Japaner, der ganze Partituren für ein Orchester schreiben konnte. Als wir wieder einmal skypten, fragte er besorgt: „Bist du krank?"

„Nein, bin ich nicht."

„Du bist ganz pale, ah, blass."

„Im Gegensatz zu dir leben wir hier noch im Winter", antwortete ich etwas gereizt.

„That`s right. Du müsstest hier sein, Mou, ist wunderschön, wirklich. Wir fahren nur ein paar kilometers zu Bondi Beach. Das ist coolster Surfspot in Australia. Fantastic! Really, really fantastic."

„Dass dir dieser Lebensstil gefällt, kann ich mir vorstellen. Surfen, Strandpartys, Gitarre spielen am Lagerfeuer und heiße Beachgirls." Gott, ich war eifersüchtig auf das schöne Leben, das er führen konnte, und ich war mal wieder sauer auf mich selbst, weil ich nicht mit ihm gegangen war. Ich könnte mir selber in den Hintern beißen.

„Ja", er grinste, „es gibt schon heiße Ladys hier. Aber du weißt, ich bin good boy. Always!"

„Ja, ja, schon klar. Fühle dich zu nichts verpflichtet." Ich rang mir ein Lächeln ab, aber er ging auf meine Bemerkung gar nicht ein.

„I miss you a lot. Kannst du nicht kommen?"

„Nein, ich kann nicht kommen, ich habe mich um einen Laden beworben. Vielleicht klappt es jetzt endlich mit meinem eigenen Geschäft."

„Eine Geschäft? Was willst du mit eine Geschäft?"

„Ich wollte schon immer selbstständig sein, ich möchte Kleinmöbel und Antiquitäten verkaufen."

„Was? Du hast nie gesagt etwas davon."

„Wir kennen uns ja auch noch nicht so wahnsinnig lange, oder?"

„Ja, aber wie soll gehen mit deine Job und eigene Laden?"

„Das weiß ich auch noch nicht, ich muss ja erst mal abwarten, ob ich den Laden überhaupt bekomme. Es gibt schon jede Menge Bewerber dafür."

„Okay. - Aber du fehlst mir Mou."

„Bitte Leevi, hör auf damit. Es ist so schon schwer genug."

Ich wurde immer zorniger auf ihn, weil er mich alleine gelassen hatte, obwohl ich ja gesagt hatte, dass er gehen soll. Ach Gott! Ich war wirklich ein verdrehtes Schwanzstück. So hatte mich meine Oma immer genannt, wenn ich mich mal wieder nicht entscheiden konnte, was ich eigentlich wollte.

*

Erst bei unserem nächsten Skypedate erzählte ich Leevi von meinen Mietern: „Seit ein paar Tagen wohnen übrigens zwei nette Männer bei mir."

„Was?"

Auf dem Bildschirm konnte ich sehen, wie er seinen Kopf neigte und seine Stirn in Falten legte.

„Ja, ich habe die Erdgeschosswohnung vermietet. An zwei Ingenieure."

Er überlegte kurz, dann grinste er: „Ah, you are kidding me. Das du sollst nicht immer machen mit mir." Er lachte und drohte mir mit dem Zeigefinger.

„Ich mache keinen Spaß. Ich habe die Wohnung wirklich vermietet."

„Was? Aber wir wollen doch nehmen Wohnung."

„Ihr seid aber nicht hier und ich brauche die Mieteinnahmen. Keine Sorge, die ziehen Ende Oktober wieder aus."

„Aber wenn sie nicht machen? Dann wir haben keine Wohnung. Du hättest nicht machen sollen."

„Ich habe es aber gemacht." Ich wurde gerade ein bisschen sauer.

„Das ist nicht fair, du hast versprochen uns", protestierte er weiter, „und in Sommer Handwerker hätten schon anfangen können, damit alles ist ready wenn wir kommen."

„Aha, daher weht der Wind. Das hast du dir ja fein ausgedacht. Ihr kommt und setzt euch ins gemachte

Nest. Ich habe es dir schon einmal gesagt, Leevi, ich werde die Renovierungen nicht alleine durchziehen, vergiss es. Und ich werde auch ganz sicher nicht mit dir darüber diskutieren, was ich machen darf und was nicht. Es ist mein Haus und ich kann damit machen was ich will. Wir haben keinen Mietvertrag abgeschlossen und ihr zahlt auch keine Miete. Und erzähl du mir nichts von fair." Mit dem letzten Wort drückte ich die Taste und unterbrach die Verbindung. Oh Gott! Das alles zerrte dermaßen an meinen Nerven. Jedenfalls herrschte erst einmal Funkstille. Er war beleidigt und ich auch.

Es hört sich furchtbar an, aber er wurde mir fremd. Diese wunderbare Nähe, die zwischen uns gewesen war, verschwand immer mehr, und das hatte nichts mit der halben Welt zu tun, die zwischen uns lag.

Es vergingen sieben lange Tage und Nächte, bevor er anrief.
Sonntagabend gegen zwanzig Uhr klingelte mein Telefon. Das war fünf Uhr früh bei ihm in Australien! Durch unsere Sommerzeit hatten wir jetzt nur noch neun Stunden Zeitverschiebung.
„Hi, Darling."
„Hi."
„How are you?"
„Ich weiß selber nicht, wie es mir geht."

„I want to say sorry. Natürlich du kannst machen mit deine Haus whatever you like."

„Mir tut es auch leid. Ich wollte dich nicht so anschnauzen."

„Ich bin idiot, as always. Natürlich du brauchst Geld von Wohnung. Klar. Ich habe nicht nachgedacht darüber."

„Es geht nicht nur darum, Leevi. Mir wird das alles zu viel." Mein Selbstschutzinstinkt zeigte Wirkung.

„Was? Wie meinst du das?"

„Konzentriere du dich mal voll und ganz auf deinen Job in Australien. Ich glaube, die ganze Angelegenheit ist nämlich wichtiger für dich und die Band als du zugibst."

„Ja, sicher ist wichtig und ist good sign. Sie sehen Zukunft mit uns. Sonst sie würden never invest so much money." Es trat eine kurze Pause ein. „Don`t worry, ich werde machen good job. Next week ich starte mit vocal coaching. Dann ich werde singen wie Nachtigall", versuchte er einen Scherz zu machen, aber mir war nicht zum Lachen zumute. Wieder Schweigen.

„Mou, was ist los?"

„Wir kennen uns doch erst seit so kurzer Zeit, und jetzt bist du so lange weg."

„I know, das ist harte Probe, aber wir schaffen. I love you so much!"

Gott, warum machte er es mir so schwer? „Ich kann das nicht mehr Leevi, bitte, warten wir die Zeit ab, und wenn du zurück bist, werden wir weitersehen."

„Ich verstehe nothing. Machst du gerade Schluss mit mir?"

„Gib uns eine Auszeit."

„Was? Warum?"

Es tut mir einfach zu weh, dich zu sehen oder auch nur zu hören und dich nicht berühren zu können, wäre die Wahrheit gewesen, aber die konnte, die wollte ich ihm nicht sagen.

„Bitte ruf mich nicht mehr an."

„Okay. Gut. Wenn du willst so." Jetzt war er auch sauer.

„Ich wünsche dir viel Erfolg."

༄ Kapitel 14 ༄

Du hast niemals ausgelernt.

🌢

Frühjahr / Sommer

Leevi

Drei Tage lang hatte ich darüber nachgedacht, was Mona gesagt hatte, aber ich wurde nicht wirklich schlau daraus. Meine Mou, warum sagte sie so gemeine Sachen zu mir? Vielleicht hatte ich mich in ihr getäuscht? Vielleicht hatten wir uns alle in ihr getäuscht? Granny würde es mir sicher erklären können, aber ich wollte sie nicht anrufen, sie war ohnehin immer noch wütend auf mich.

Am Konservatorium musste ich meine Gedanken wirklich zusammennehmen, um dem Unterricht folgen zu können. Die Band-AG machte mir am meisten Spaß. Wir hatten ein rockiges Stück geschrieben, und jetzt kam noch das vocal coaching dazu. Unsere Lehrerin, Mrs. Brown, war sehr alt und sehr streng.

„Wenn du noch drei, vier Jahre so weiter singst", blaffte sie mich an, „hast du deine Stimmbänder vollends ruiniert. Wie lange singst du schon so?"

Ich musste kurz überlegen.

„Nun, wir haben nicht den ganzen Tag Zeit." Ungeduldig klopfte sie mit ihrer Stimmgabel auf dem Rand des Notenständers herum. Ihre Art erinnerte mich so enorm an Granny, dass ich grinsen musste.

„Habe ich einen Scherz verpasst?"

„Nein. Sechsundzwanzig Jahre", antwortete ich ihr jetzt schnell.

„Kein Wunder, dass da nur Gekrächze rauskommt."

Meine erste Hausaufgabe bestand darin, vierundzwanzig Stunden zu schweigen. Ich hielt mich daran und fuhr auch nicht mit den anderen zum Strand, obwohl sie mich drängten, das schöne Wetter noch auszunutzen. Jetzt im April spürte man schon den Herbst. Es war immer noch schön und warm, für finnische Verhältnisse sowieso, aber die Einheimischen empfanden das eben anders.

Nach meinem langen Schweigetag musste ich ein Übungsstück bei meiner Gesangslehrerin singen. „Deine Stimme hat sich erholt, hörst du das?", fragte sie mich.

„Ja, das stimmt, es fühlt sich auch irgendwie anders an in meiner Kehle."

„Sehr schön. Dann zum nächsten Schwachpunkt: Warum brüllst du eigentlich so?"

„Tue ich das?"

„Ja, das ist furchtbar. Außerdem fehlt dir Luft. Wie ist es um deine Kondition bestellt?"

„Wie bitte?"

„Wie viel Kilometer kannst du joggen oder Rad fahren?"

„Ich jogge ab und zu. Fünf Kilometer vielleicht."

„Gut. In zwei Wochen läufst du zehn Kilometer. Von mir aus kannst du auch schwimmen. Bevor du deine Kondition nicht verbessert hast, brauchst du nicht wiederzukommen."

„Aber ich habe nicht so viel Zeit, ich bin nur bis Ende Oktober hier."

„Das ist nicht mein Problem." So ließ sie mich einfach stehen.

Ich stand morgens um halb sieben auf. *Ich* stand *freiwillig* morgens um halb sieben auf! *Unfassbar!* Ging eine Stunde joggen, flitzte unter die Dusche und saß um acht in meinem Hörsaal oder Klassenzimmer. Mich hatte der Ehrgeiz gepackt, anders konnte ich mir diese Disziplin nicht erklären. Am Nachmittag stand ich bei meiner Gesangslehrerin auf der Matte.

„Was willst du hier?"

„Ich will meine Unterrichtsstunde haben."

Sie brummelte ein bisschen herum, aber dann sagte sie: „Also schön. Aber wehe, du brüllst wieder so, da schmeiße ich dich gleich hinaus."

Ich brüllte nicht und sie zeigte mir gute Atemübungen, mit denen ich viele Passagen bedeutend leichter singen konnte. Meinem Gefühl nach freundete ich mich langsam mit ihr an. Sie war zwar immer noch unnachgiebig, gemein und streng zu mir, aber ich mochte sie. Nicht zuletzt, weil sie mich dermaßen an Granny erinnerte. Jesus! Ich nannte sie nicht Mrs. Brown, sondern nur Coach und setzte meine Gesangsstunden erfolgreich fort.

☙ Kapitel 15 ❧

*Nehmen wir das Schicksal
eben selbst in die Hand.*

Mona

Meine zwei Mieter erwiesen sich als echte Engel. Wenn sie zu Hause waren und sahen, dass ich mein Auto vor der Garage abstellte, um Getränkekisten oder andere Einkäufe auszuladen, kamen sie heraus und halfen. Heute war es Matteo, der die kleine Treppe zum Hof heruntereilte. „Warten Sie, Mona, ich mache das, das ist doch viel zu schwer für Sie." Er nahm mir die Wasserkiste ab.

„Dankeschön."

„Gerne. Gleich in den Keller damit?"

„Ja, Sie können die Außentreppe schon hinuntergehen, ich mache von innen auf." So schleppte er mir zwei Wasserkisten, Waschpulver, Weichspüler und eine Tasche mit Konservendosen in den Keller.

„Lukas ist gerade beim Kochen, essen Sie doch mit uns. Wir würden uns freuen."

„Gerne, aber bitte machen Sie sich keine Umstände." Ich freute mich wirklich über die spontane Einladung. Musste ich wenigstens nicht wieder alleine essen.

Es gab Schinkenspätzle nach einem Rezept von Lukas Großmutter. Er war bei ihr in den Schweizer Bergen aufgewachsen und erzählte den ganzen Abend davon. Es war so gemütlich, gemeinsam mit ihnen in der großen Küche zu sitzen und zu reden. Immer öfter passten sie mich abends ab, wenn ich nach Hause kam, und baten mich zum Essen herein. Ich muss zugeben, das gefiel mir richtig gut. Und so bekam ich auch wieder ein paar Pfund mehr auf die Rippen.

*

Ende Februar wurde ich noch einmal von Frau Klein, der Vermieterin des Ladens, angerufen und eingeladen, mich in den Räumlichkeiten des ehemaligen Schuhmacherladens einzufinden. Jetzt lernte ich sie zum ersten Mal persönlich kennen. Ebenso ihren Bruder, Herrn Weber, der mich freundlich in Empfang nahm. Netter Typ, zirka eins achtzig groß, braunes Haar, braune Augen, Jeans, weißes Hemd und blaues Sakko. In dem Raum waren zehn Stühle in einem Kreis aufgestellt. Die Hälfte davon war bereits besetzt. Was sollte das werden?

„Frau Huber, bitte nehmen Sie doch Platz." Ich setzte mich auf einen der schlichten Holzstühle und wartete gespannt. Es kamen noch zwei Frauen dazu, dann ging es los. Frau Klein begrüßte noch einmal alle und bat uns, am besten der Reihe nach unsere Geschäftsideen kurz vorzustellen. Die zwei Damen, die zum Schluss gekommen waren, wollten ein Café betreiben. Einer der Männer wollte hier eine Kneipe einrichten. Außerdem waren noch ein Obstgeschäft, ein Schmuckladen, ein Schnäppchen-Markt und ein Kosmetikstudio im Angebot. Und natürlich mein Antiquitätengeschäft.

„Vielen Dank", sagte Frau Klein, „ich würde mich gerne kurz mit meinem Bruder beraten. Bitte haben Sie noch etwas Geduld." Sie verschwanden in einem Nebenzimmer. Es dauerte bestimmt zwanzig Minuten, ehe die zwei wieder auftauchten. Frau Klein ergriff das Wort: „Unsere Entscheidung ist gefallen. Wir würden dem Schnäppchen-Markt, der durch Herrn Rechtsanwalt Reinhard vertreten wird", sie hob ihre rechte Hand und schaute in seine Richtung, „gerne den Mietvertrag anbieten. Für die anderen tut es mir leid. Vielen Dank, dass Sie sich hierher bemüht haben."

Na super! Hatte sich diese Idee also ganz schnell zerschlagen. Wir rafften unsere Sachen zusammen und verabschiedeten uns zerknirscht. Ich schenkte es mir nachzufragen, die Antwort konnte ich mir denken. Man wurde dann sowieso nur mit Höflichkeitsfloskeln abgespeist, aber Herr Weber kam mir hinterhergerannt.

„Frau Huber, einen Moment bitte."
Ich blieb stehen.
„Ich habe noch eine Frage. Wie würde es in Ihrem Laden riechen?"
„Nach Holz und Bienenwachs", kam meine Antwort unverzüglich, „im Winter nach Zimt und im Sommer nach Zitrone, im Frühling nach Hyazinthen und Maiglöckchen." Ja, ich würde immer frische Blumen im Laden haben. Herr Weber lächelte mich an.
„Wissen Sie, ich erinnere mich immer noch an den Geruch nach Leder und Leim, wenn ich als Kind meinen Onkel hier besucht habe."
„Das kann ich gut verstehen, solche Eindrücke vergisst man nie."
„Ihre Idee gefällt mir viel besser, und es würde einfach perfekt zu dem ganzen Ambiente hier passen, aber meine Schwester möchte lieber an eine bereits bekannte Ladenkette vermieten. Vielleicht können wir sie aber trotzdem noch umstimmen? Ich würde mir gerne so einen Schnäppchen-Markt mal ansehen, wissen Sie, ob hier in der näheren Umgebung so ein Markt schon existiert?"
„Ich glaube, als ich neulich in Hanau auf dem Weg zum Marktplatz war, bin ich an so einem Laden vorbeigekommen. Es standen rote Verkaufskörbe mit Brotdosen aus Plastik, Geschenkpapier und solchen Dingen auf dem Bürgersteig. Das könnte so ein Laden gewesen sein."

„Den würde ich mir gerne mal anschauen. Hätten Sie am Samstag Zeit?"

„Ja, die nehme ich mir."

Also nahmen wir am Samstag unsere Recherchearbeit auf. Ich dirigierte ihn in das Parkhaus. Von da aus war es nicht weit zu Fuß. Auf der Leuchtreklame über dem Eingang stand in roten Buchstaben Schnäppchen-Markt.

„Kommen Sie, wir sehen uns da drinnen mal um", sagte Herr Weber. Es roch nicht sonderlich gut und es gab nur so Krimskrams. Ich kaufte eine Rolle Geschenkpapier. Eine freundliche Verkäuferin saß an der Kasse, aber die zwei Damen, die die Regale auffüllten, erledigten ihre Arbeit mit missmutigen Mienen.

„Also so etwas", sagte Herr Weber und deutete auf das Schaufenster, als wir wieder auf dem Bürgersteig standen, „will ich auf gar keinen Fall in dem Laden meines Onkels haben. Das muss ich meiner Schwester ausreden, unbedingt. Wollen wir noch irgendwo einen Kaffee trinken gehen?"

„Oh", sagte ich zitternd vor Kälte, „da müssten wir noch ein ganzes Stück bis zum Marktplatz laufen und es ist schweinekalt. Ich mache Ihnen einen anderen Vorschlag: Sie fahren mich nach Hause, dann mache ich uns da einen Kaffee."

„Sehr gerne."

Wir verplauderten bestimmt eine Stunde. Als er sich verabschiedete, schaute er sich noch einmal um. „Eine wirklich schöne Wohnung haben Sie."

„Oben geht es noch weiter, kommen Sie, ich zeige es Ihnen." Ich verpasste ihm einen schnellen Rundgang, und er war begeistert. „Optimal gelöst und mit der kleinen Loggia ganz schnuckelig, wirklich."

„Es ist vollkommen ausreichend für mich, obwohl ich gerne die ganze Hofeinfahrt überbaut hätte, aber das wurde nicht genehmigt."

„Keine Vollbebauung, habe ich Recht?"

„Ja, genau, Sie kennen sich gut aus."

„Es ist mein Beruf, ich bin Architekt", sagte er lachend.

„Toller Beruf, hat mich immer schon interessiert."

„Ernsthaft?"

„Ja, wirklich. Ich würde gerne mal ein Haus bauen, bisher habe ich nur umgebaut."

„Ich habe gerade ein großes Projekt in Wiesbaden, wenn Sie wollen, zeige ich es Ihnen mal."

„Ja, warum nicht?"

„Prima. Ich melde mich auf jeden Fall bei Ihnen."

Mir ging dieser Schnäppchen-Markt in Hanau nicht aus dem Kopf. Wer könnte darüber etwas wissen? Na klar, unsere alte Englischtruppe! Die Englischkurse lagen jetzt schon, ich musste rechnen, neunundzwanzig Jahre zurück, aber wir trafen uns hin und wieder immer noch, telefonierten zu Geburtstagen und schickten uns Weihnachtskarten. Der Reihe nach rief ich alle an. Bei Fred hatte ich Glück.

„Ja, ich weiß, welchen Laden du meinst, da hat die Uschi sogar mal gearbeitet, aber nicht lange."

„Aha, und warum hat sie wieder aufgehört?"

„Das sind doch Ausbeuter ohne Ende! Für sechs Euro fünfzig die Stunde hat sie dort geschuftet."

„Das gibt es ja nicht. Du hast mir sehr geholfen, Fred, ich rufe sie gleich mal an."

Uschi bestätigte mir die Geschichte, außerdem sei ihr ständig übel gewesen in dem Laden. Was ich nur allzu gut verstehen konnte, mir hatte nach den paar Minuten der Gestank noch eine ganze Weile in der Nase gekitzelt. Heute war es schon zu spät, aber morgen würde ich Herrn Weber anrufen.

„Aha, das ist doch interessant. Hat Ihre Freundin rechtliche Schritte unternommen?", hakte Herr Weber nach.

„Nein, hat sie nicht. Sie pflegt ihren kranken Mann und ich kann verstehen, dass sie keine Nerven dafür hat, vor Gericht zu ziehen."

„Trotzdem reicht mir das an Beweisen", sagte Herr Weber, „ich werde meine Schwester davon in Kenntnis setzen, auf keinen Fall bekommen diese Leute unseren Laden."

„Aber haben Sie nicht schon einen Vertrag mit dem Schnäppchen-Markt gemacht?"

„Nein, ich habe nicht unterschrieben."

Zwei Tage später wurde ich noch einmal in den Laden bestellt.

„Also schön", Frau Klein nickte, „unter den jetzt bekannten Umständen möchte ich, möchten wir lieber an Sie vermieten. Sie bekommen den Laden." Innerlich jubilierte ich, behielt aber mein Pokerface.

„Dann würde ich sagen", schaltete sich Herr Weber ein und klatschte in die Hände, „bereiten wir den Mietvertrag vor."

„Oh, langsam, nicht so eilig. Da müsste erst noch der Mietpreis geklärt werden", gab ich zu bedenken.

„Der ist nicht verhandelbar", bemerkte Frau Klein sofort pikiert. Ich ging nicht auf ihre Bemerkung ein.

„Sechshundert Euro könnte ich zahlen."

„Hah!" Frau Klein stieß einen kleinen Schrei aus. „Diese Suppe hast du uns eingebrockt, Stefan, jetzt kannst du auch zusehen, wie du damit klarkommst. Ich will jedenfalls monatlich meinen Anteil von fünfhundert Euro sehen." Sie schüttelte mir rasch die Hand. „Auf Wiedersehen, Frau Huber."

Herr Weber kam auf mich zu. Er schmunzelte ein bisschen. „Einigen wir uns auf neunhundert?"

„Siebenhundert", ich streckte meine Hand aus.

„Achthundert."

„Siebenhundert, das ist mein letztes Wort."

„Okay, abgemacht", gab er sich geschlagen. „Ich kann mit einer schönen Frau einfach nicht verhandeln."

„Wie werden Sie das Ihrer Schwester beibringen?", fragte ich ehrlich besorgt.

„Das lassen Sie mal meine Sorge sein. Sie tut nur so garstig, in Wirklichkeit verzeiht sie ihrem kleinen Bruder alles."

*

Als nächstes stand mir ein schwerer Gang bevor. Ich hatte meine Kündigung geschrieben und saß bei meinem Chef im Büro.

„Sie wollen kündigen? Aber warum das denn? Sie sind doch immer so engagiert bei der Sache, ich habe gedacht, Ihre Arbeit macht Ihnen Spaß?"

„Das tut sie auch, absolut, ich liebe meine Arbeit mit den Auszubildenden."

„Aber dann verstehe ich es erst recht nicht", er hob ratlos beide Hände.

„Ich habe mir immer einen eigenen kleinen Laden gewünscht und jetzt habe ich die Gelegenheit, einen geeigneten Raum anzumieten."

„Oh, so ganz alleine, das ist doch ein einsames Geschäft. Überlegen Sie sich das gut, der Trubel hier wird Ihnen fehlen, glauben Sie mir", versuchte er mich umzustimmen.

„Es fällt mir wirklich nicht leicht, Herr Richter. Das können Sie mir glauben, aber wenn ich es jetzt nicht wage, wann dann? Ich bin auch keine zwanzig mehr." Er schaute mich eine Weile an.

„Auf der einen Seite verstehe ich Sie ja, und für die Sachbearbeitung finden wir jemanden, das ist kein Problem, aber für die Auswahl und Schulung der Auszubildenden möchte ich Sie auf keinen Fall verlieren. Was wäre denn, wenn Sie in Teilzeit kommen?"

„Das würde ich sehr gerne, aber auf zwei Hochzeiten gleichzeitig tanzen, ich weiß nicht. Wie soll das zeitlich aussehen?"

„Sie kommen zu den Schulungen und, wenn es mit den Bewerberrunden wieder losgeht, sind Sie halt öfters da."

Hätte ich seit Leevis Abreise nach Australien nicht diese Heulblockade, hätte ich sicherlich mit den Tränen gerungen.

„Und was sagen Sie dazu?"

„Ich bin sprachlos. Das wäre perfekt, wirklich, ich meine, zurzeit ist im Ausbildungsbereich wenig zu tun. Mit den Einführungsveranstaltungen bin ich durch und Ende März ist der letzte Kurstermin, dann geht es erst im Sommer wieder los."

„Fein, dann sind wir uns ja einig."

Auf so eine perfekte Lösung hatte ich nicht im Traum zu hoffen gewagt, ein riesengroßer Stein war mir vom Herzen gefallen. Es wurde wirklich zügig gehandelt, sodass ich ab ersten März eine neue Kollegin einarbeiten konnte.

Gleichzeitig kümmerte ich mich um den Laden, um die Beschaffung erster Möbelstücke und verschiedener Accessoires. Wenn es hochkam, schlief ich vielleicht vier, fünf Stunden pro Nacht, aber ich konnte wenigstens wieder schlafen und es blieb auch keine Zeit zum Grübeln. Überhaupt schien sich gerade alles zum Besseren zu fügen. Ich war nicht mehr alleine in meinem Haus, hatte zwei nette Mieter, die ganz wild darauf waren, mich durchzufüttern, und bald würde ich auch noch meinen eigenen Laden haben.

Auf einem Trödelmarkt in Hanau erstand ich für zwanzig Euro eine Schubladenkommode. Sie war klein und leicht, sodass ich sie gut alleine transportieren konnte.

Gleich am Sonntag kramte ich voller Euphorie meine uralte Jeanslatzhose und ein altes Sweatshirt heraus und machte mich an die Arbeit. Die Kommode war scheinbar nicht nur mit einer, sondern gleich mit mehreren Schichten Farbe zugekleistert worden. Ich legte Schutzbrille und Mundschutz an und quälte mich mit meiner Schleifmaschine durch drei Schichten Farbe. Während ich in einer enormen Staubwolke vor mich hin arbeitete, ging mir Etliches durch den Kopf. In Zukunft, wenn es mehr werden würde, könnte ich Daniel gut gebrauchen. Im Mai würde ihr Baby auf die Welt kommen. Wie es ihnen wohl ging? Und Granny? Ich vermisste sie alle, traute mich aber auch nicht anzurufen. Leevi hatte seiner Schwester bestimmt von unserem Streit erzählt, ich schämte mich für mein blödes Verhalten, und ich wollte Mirja auf keinen Fall in die Zwickmühle bringen, für jemanden Partei zu ergreifen.

Ich überlegte, wer mir in Zukunft vielleicht sonst noch helfen konnte. Da fiel mir Alfred Kuhn ein. Herr Kuhn war der Vater einer alten Schulkollegin von mir. Er hatte jahrelang einen kleinen Antiquitätenladen in unserem Ort betrieben und auch Restaurationen durchgeführt. Jetzt war er Rentner, aber noch fit und sehr aktiv in unserem Heimat- und Geschichtsverein. Ihn würde ich im Hinterkopf behalten.

Nach und nach trug ich ein paar Schätzchen für meinen Laden zusammen. An dem Raum selbst war nicht viel zu machen, außer die Wände neu zu streichen. Meine Mieter und Simon hatten ihre Hilfe schon angeboten, somit war die Sache in einer Samstagsaktion erledigt. Regale oder Ähnliches wollte ich gar nicht haben. Der Laden sollte wie ein Wohn- oder Esszimmer aussehen.

ೞ Kapitel 16 ಋ

„Sweet Home"

Mona

Am ersten April eröffnete ich mein Geschäft, das „Sweet Home". Und es war kein Aprilscherz!

Nina hatte darauf bestanden, sich um das Catering zu kümmern. Unglaublich viele Kollegen, Freunde, Nachbarn, meine Mieter, die Kuhns hatte ich in weiser Voraussicht eingeladen, Uschi und noch einige mehr vom alten Englischkurs und natürlich auch fremde Leute waren gekommen, sodass ich Simon noch einmal losschicken musste, um für Getränkenachschub zu sorgen.

Ich war überwältigt! Die Besitzer des Obstladens gegenüber hatten einen riesigen Obstkorb angeschleppt, mindestens zehn Grün- und Topfpflanzen und etliche Blumensträuße hatte ich bekommen. Herr Weber hatte einen besonders schönen gebracht; dicke, fette Ranunkeln in Creme-weiß mit dunkelrotem Rand, farblich passende Gerbera und dunkelrote Rosen. Außerdem interessierte er sich für die große Holztruhe.

Karin, eine Kollegin, die vor ein paar Monaten in Rente gegangen war, hakte sich bei mir ein.
„Ach, das ist so schön hier bei dir. Wenn du mal Hilfe brauchst, ich würde gerne in deinem Laden arbeiten. Mir fällt zu Hause jetzt schon die Decke auf den Kopf."
„Wirklich? Du bist ein Geschenk des Himmels!" Ich drückte sie. „Ich werde bestimmt eine Aushilfe brauchen. Wenn ich neue Sachen ankaufen muss, kann ich nicht gleichzeitig hier und bei DORA sein, sobald dort die Bewerberrunden wieder losgehen." Was konnte mir Besseres passieren? Eine Person, die ich seit Jahren kannte und der ich absolut vertraute. Ein Glücksfall! „Gib mir deine Handynummer, ich rufe dich an, wenn es soweit ist."

Am Abend war ich erledigt aber glücklich. Mit so einem Andrang hatte ich nicht gerechnet. Aber trotzdem hatte jemand ganz extrem gefehlt.

Nachdem die ersten Neugierigen den Laden aufgesucht und inspiziert hatten, wurde es ruhiger. Nina kam vorbei, wann immer sie konnte, um mir etwas Gesellschaft zu leisten, und immer öfter tauchte Herr Weber bei mir auf. „Ich bin mir unsicher, ob die Truhe wirklich in meinen Flur passen könnte", überlegte er laut. „Darf ich ein Bild machen?"

„Sicher, machen Sie nur. Sie können sie auch mal zur Probe mitnehmen, wenn Ihr Auto groß genug ist."

„Ich habe gute Beziehungen zu Handwerkern, es wäre kein Problem, mir irgendwo einen Kleinbus auszuleihen. Apropos Handwerker, Sie wollten sich doch mal mein Projekt in Wiesbaden ansehen. Wie wäre es am Sonntag?"

„Ja, am Nachmittag vielleicht?"

„Sagen wir sechzehn Uhr? Ich hole Sie ab. Und packen Sie ihre Gummistiefel ein."

Es war ein beeindruckender Bau, sechs Etagen, reines Wohnhaus, das Dach war schon eingedeckt, aber es waren noch keine Fenster drin.

„Mich interessiert immer die oberste Etage", sagte ich. „Darf ich hinaufgehen?"

„Sicher, kommen Sie nur!" Er reichte mir die Hand, weil wir über einen Stapel Bretter steigen mussten. Ab der vierten Etage geriet ich ins Schnaufen. „Wird es später mal einen Aufzug geben?"

„Ja, natürlich, bis zu den Tiefgaragen."

Es war eine tolle Wohnung, groß und hell mit vielen großen Dachfenstern, eins sogar bodentief, dass man es zu einem kleinen Balkon aufklappen konnte. „So was wollte ich zu Hause auch haben", sagte ich und probierte es gleich aus. Und die Loggia musste ich natürlich besichtigen. Ich kniete mich hin, um einen Blick unter die letzte Ziegelreihe werfen zu können. Herr Weber packte mich erschrocken an der Taille. „Um Gottes willen, was machen Sie denn da?"

„Ich kann es nicht erkennen", sagte ich und beugte mich noch ein Stück weiter hinunter, „ist da ein Traufgitter angebracht worden?"

„Kommen Sie erst mal weg von der Kante", er zog mich hoch und ich klopfte mir den Staub von meiner Jeans.

„Ein Traufgitter, wegen Vogeleinflug meinen Sie?"

„Auch wegen den Vögeln, ja, aber auch wegen eines eventuellen Marders."

„Wegen eines Marders? Ich weiß nur, dass die gerne mal die Autokabel anknabbern."

„Vor zwei Jahren ist bei mir ein Marder so unter die Ziegel gekommen. Er hat da oben gehaust, sodass ich Monate lang nicht in meiner Wohnung schlafen konnte. Außerdem hat er die ganze Dämmung zerstört und mir eine Dachsanierung von sechsundfünfzigtausend Euro beschert."

„Ach du liebe Güte!"

„Ja, ich habe die Dachdecker nicht eher weggelassen, bis auch noch der kleinste Ritz mit einem Lüftungsband zugemacht war."

„Welche Versicherung zahlt das?"

„Gar keine. Ich hatte noch ein paar Anlagen und einen Bausparvertrag, das musste ich alles einsetzen."

„Aber wie ist das Viech überhaupt da hinaufgekommen?"

„Die laufen die Hauswände hoch, das ist kein Problem für die."

„Also so etwas habe ich auch noch nicht gehört. Gut, dass Sie mir das erzählt haben, ich werde noch einmal mit den Dachdeckern sprechen."

Nach unserer Besichtigung wollte er mich zum Essen einladen. Ja, ich war hungrig und ja, warum auch nicht. „Okay", sagte ich nach kurzem Zögern.

„Wo wollen wir hingehen? Was mögen Sie gerne?"

„Irgendwie ist mir heute nach Italienisch."

„Mir auch, das trifft sich gut."

Er fuhr uns zu einem italienischen Restaurant nach Frankfurt. „Ich habe lange in Frankfurt gewohnt, da kenne ich mich am besten aus", begründete er seine Wahl. Während des Essens erfuhr ich, dass er seit sechs Jahren geschieden war und sich vor vier Jahren ein Haus in Heusenstamm gebaut hatte.

„Und Sie? Sie wohnen doch nicht ganz alleine in dem großen Haus?"

„Nein. Ganz unten habe ich vermietet, eine Wohnung in der ersten Etage steht zurzeit leer, und den Rest bewohne ich. Meine Wohnung haben Sie ja gesehen." Ich konnte mir vorstellen, worauf die Fragestunde hinauslaufen würde und fügte noch hinzu: „Mein Freund ist zurzeit beruflich in Australien." Mein

Freund, wie komisch sich das anhörte. Eine viel zu geringe Bezeichnung für das, was ich trotz allem noch für ihn empfand. Noch nie zuvor hatte ich mich einem Menschen so nahe und tief verbunden gefühlt, und jetzt war das alles kaputtgegangen. Er war so weit weg, und was für gemeine Sachen ich zu ihm gesagt hatte. Das alles tat mir unendlich leid. Ich war eben wirklich ein verdrehtes Schwanzstück.

*

Des Öfteren brachte mir Stefan, ich hatte ihm das Du angeboten, um die Mittagszeit etwas Warmes zu Essen in den Laden oder nachmittags Kuchen. „Und, hast du schon deinen Sommerurlaub geplant?", fragte er mich.

„Nein, der fällt wieder mal aus. Ich kann den Laden doch nicht absperren, wo ich gerade erst eröffnet habe. Das mache ich nicht."

„Workaholic?"

„Nein, aber ich fände das ziemlich unprofessionell."

„Du scheinst auch nie auszugehen. Hast du keine Hobbys?", fragte er nach.

„Früher habe ich leidenschaftlich gerne getanzt, aber die Zeiten sind vorbei."

Er lächelte. „Da kommt mir doch eine wunderbare Idee, du begleitest mich morgen zu dem Architekten-Ball."

„Oh nein, danke", lehnte ich lachend ab, „ich hätte gar nichts Passendes anzuziehen. Du hast recht, ich war wirklich schon lange nicht mehr aus."

„Also, dann nutzen wir doch die Gelegenheit. Ich würde mich wirklich sehr freuen."

„Nein, danke, lass mal, ich habe wirklich keine Lust dazu."

Als er drei, vier Tage später mit Obstkuchen in meinen Laden kam, fing er wieder mit dem Tanzen an. „Lass uns doch nach einer Tanzschule suchen, das würde sicher Spaß machen, und noch dazu hält es fit."

„Meine alte Tanzschule in Offenbach gibt es nicht mehr."

„Dann suchen wir uns eben eine neue, wo liegt da das Problem?"

Er ließ nicht locker und suchte uns eine Tanzschule in Hanau aus. Ich kramte meine alten Tanzschuhe aus der hintersten Ecke meiner Kleiderkammer hervor. Jeden Freitagabend hatten wir jetzt Kurs. Weil es aussichtslos war, in der Innenstadt einen Parkplatz zu finden, parkten wir im Parkhaus und kamen auf dem Weg zur Tanzschule an unserem Schnäppchen-Markt vorbei. „Sieh mal, Stefan", sagte ich erstaunt, „der Laden ist ja leer." Wir blieben stehen und schauten noch einmal genauer durch das Schaufenster.

„Ja, alles leer, sogar die Regale sind schon weggeschafft worden. Vielleicht sind sie Pleite gegangen? Gut, dass wir an dich vermietet haben."

„Ja, das finde ich auch." Bester Laune setzten wir unseren Weg fort.

Da Stefan kein schlechter Tänzer war, durften wir gleich im Fortgeschrittenenkurs anfangen. Es herrschte eine nette Atmosphäre. Wir waren insgesamt nur zehn Tanzpaare, somit gab es kein Gedränge auf dem Parkett. Es dauerte nicht lange, bis mich der Tanzlehrer zu Seite nahm. „Dies ist nicht Ihr erster Tanzkurs, habe ich Recht?"

„Haben Sie", sagte ich mit erhitztem Gesicht und noch etwas außer Puste nach diesem Jive.

„Sie tanzen hervorragend. Hätten Sie Lust zu hospitieren? Ich trainiere einen Silberkurs und bräuchte dringend weibliche Unterstützung."

Ich lehnte dankend ab, dazu hatte ich wirklich keine Zeit, aber es war großartig, wieder zu tanzen. Es ist einfach ein ganz besonderes Lebensgefühl. Man fühlt sich so leicht und beschwingt, wenn man über das Parkett fegt. Nur eine Sache daran war nicht perfekt; der Tanzpartner.

*

Stefan wurde häufig zu Partys, Geschäftseröffnungen und Vernissagen eingeladen. Er ließ nicht locker und fragte mich immer wieder, ob ich ihn nicht begleiten wollte. Es wurde langsam unhöflich, jedes Mal abzulehnen, und so sah ich mich gezwungen, meine Garderobe aufzurüsten.

Noch nie hatte ich ein Cocktailkleid oder Ähnliches besessen und um ganz ehrlich zu sein, fühlte ich mich auch nicht sonderlich wohl darin. Ich kam mir regelrecht verkleidet vor. Mir ging es besser in meiner zwanzig Jahre alten Latzhose mit Sägemehl auf meinen Händen von irgendeiner Schmiergelarbeit. Aber egal, da musste ich jetzt durch. Vielleicht konnte ich gewinnbringende Kontakte knüpfen? Bei diesen Leuten saß der Geldbeutel locker.

Heute war Stefan zu einer Vernissage in Bad Homburg eingeladen und nahm mich mit. Er hatte schon zum dritten Mal beteuert, dass ich ganz toll aussah in dem Kleid.

Zuerst dachte ich, auf einer Trauerfeier gelandet zu sein. Viele Gäste ganz in Schwarz gekleidet, leises Stimmengemurmel, klackende Absätze auf dem Marmorboden. Es wurde über einen spanischen Maler gesprochen, den ich nicht kannte, deshalb hielt ich mich heraus. Eine Frau, die Stefan mir als Clarissa Sentino vorgestellt hatte, fragte mich nach einer Weile: „Und was machen Sie beruflich?" Ich erzählte von meinem Laden.

„Oh, das ist ja interessant. Wo ist denn Ihr Geschäft?"

Eilig zückte ich meine Visitenkarte, erklärte ihr den Weg und lud sie herzlich ein, mich doch einmal zu besuchen. Ansonsten passierten keine Highlights, ich musste wirklich aufpassen, dass mir selbst im Stehen die Augen nicht zufielen. Ich konnte mir nicht vorstellen, dass ich mich mit Leevi an meiner Seite, jemals dermaßen gelangweilt hätte. Ganz ehrlich, diese Stunden hätte ich lieber mit der Restaurierung eines entzückenden Beistelltischchens verbracht, welches in meinem Schuppen auf mich wartete. Dem armen Kerlchen fehlten ungefähr zwanzig Zentimeter vom linken Hinterbein. Keine Ahnung, was ihm zugestoßen war. Alfred Kuhn hatte seine kleine Werkstatt noch, ihn würde ich um Hilfe bitten.

Ich weiß, ich sollte mich glücklich schätzen, dass sich Stefan dermaßen um mich bemühte und versuchte mir zu helfen, wo es nur möglich war, aber wie gesagt, ich konnte einfach nicht aus meiner Haut. Mir waren Kunden, die vier, fünf Mal in meinen Laden kamen, immer wieder um etwas herumschlichen und dann irgendwann den Mut fassten, nach einer An- oder Ratenzahlung zu fragen, tausend Mal lieber als diese High Society Gesellschaft. Damit konnte ich nicht reich werden, das war mir schon klar, aber so war ich halt.

Aber dann passierte doch noch etwas Interessantes. Auf einer Kunstausstellung ein paar Wochen später in Frankfurt lernte ich eine außergewöhnliche Glaskünstlerin aus Dublin kennen, Maggie soundso, den Nachnamen konnte ich mir nicht merken. Ihre Ausbildung hatte sie in Murano absolviert. Ein kleines zierliches

Persönchen mit einem trockenen Humor und wilden rotgoldenen Korkenzieherlocken rund um ihr hübsches Gesicht. Sie schuf Vasen, Schalen, Leuchter und Skulpturen von unglaublicher Schönheit und enormer Ausdruckskraft. Wir unterhielten uns auf Englisch.

„Du entwirfst atemberaubend schöne Stücke, Maggie", sagte ich zu ihr. „Ich habe einen kleinen Laden, könntest du dir vorstellen, mir einige Kunstwerke zu verkaufen?"

„Was ist das für ein Laden?", fragte sie neugierig.

Ich erzählte ihr ein wenig davon. Sie legte ihre Stirn in Falten und musterte mich ganz unverhohlen, schien mich regelrecht abzuscannen. Ich musste lachen. „Stimmt etwas nicht mit mir?"

„Nein, ich glaube, es ist alles in Ordnung mit dir, du gefällst mir. Eigentlich mache ich keine Auftragsarbeiten, aber was möchtest du denn gerne von mir haben?"

Wir einigten uns auf zwei Vasen und zwei Schalen.

„Ich nehme aber keine Wünsche an, was Höhe oder Durchmesser betrifft."

„Nein, das überlasse ich ganz der Künstlerin."

Sie lachte. „Das sind mir die liebsten Kunden. Ich weiß nämlich vorher selber nicht, was zum Schluss dabei herauskommt."

„Sag mal, könntest du mir vielleicht ein kleines Video schicken? Von deiner Arbeit, wie zum Beispiel so eine Vase entsteht."

„Wozu soll das gut sein?"

„Es wäre etwas Besonderes, wenn ich den Kunden zeigen könnte, wie das Kunstwerk entstanden ist."

Sie überlegte. „Das ist eine ziemlich gute Idee, obwohl ich eigentlich niemanden in meine Werkstatt lasse."

So kam ich mit Maggie ins Geschäft. Es könnte allerdings etwas dauern, warnte sie mich vor, sie konnte nur arbeiten, wenn sie wirklich Muße dazu hatte. So waren sie eben, die Künstler. Leevi konnte seine Songideen auch nicht auf Knopfdruck produzieren.

Ich ließ den Laden abends länger geöffnet, und tatsächlich verliefen sich auch einige Kinobesucher zu mir. Das eine oder andere Möbelstück verkaufte ich ja, aber der Laden lief trotzdem noch schleppend, und so hatte ich nichts Besseres zu tun, als mich fast den ganzen Tag lang durchs Internet zu klicken. Ich suchte nach Kleinanzeigen, Haushaltsauflösungen, Floh- und Trödelmärkten, um neue, interessante Sachen zu entdecken. Durch puren Zufall ploppte so ein Werbefenster bei mir auf. Es ging um eine Haushaltsauflösung mit Versteigerung auf einem Weingut in der Champagne nahe Reims. In Gedanken stellte ich mir vor, wie es da wohl aussehen konnte. Vermutlich rustikal eingerichtet mit schweren vollen Holzmöbeln. Ja, das wären sicher Sachen, die mir gefallen konnten. Und schon war ich auf der Suche nach einem Flug. Ich konnte nur bis Paris fliegen, Charles de Gaulle Airport, und dann ging es weiter mit der Bahn. Dreihundertsechsundzwanzig Euro. Okay, ich würde jetzt alles auf eine Karte setzen und meine restlichen Moneten zusammenkratzen, um dort ein paar exklusive Möbel oder was auch immer zu erwerben. Ich erzählte Stefan von Frankreich. „Darf ich mitkommen?"

„Willst du auch Möbel kaufen?" Ich schaute ihn erstaunt an.

„Nein, aber die Champagne ist unglaublich schön, und das berühmte Anwesen der Pommerys wollte ich schon immer mal besichtigen. Vielleicht können wir einen Abstecher dahin machen?"

„Na ja, wenn du Zeit hast, kannst du mitkommen", willigte ich ein.

Ich war wieder einmal hin und hergerissen, auf der einen Seite war es schön, nicht alleine reisen zu müssen, aber ich wollte auch vermeiden, dass Stefan sich irgendwelche Hoffnungen machte. Denn egal was passiert war, ich liebte Leevi nach wie vor. Ich vermisste ihn so sehr, alles an ihm. Natürlich wollte ich wissen, ob es ihm gut ging und welche Fortschritte sein Studium in Sydney machte, aber ich brachte es einfach nicht fertig, ihn anzurufen oder ihm zu schreiben. Mindestens zweihundert Mal hatte ich schon den Cursor meines PC`s oder Laptops auf das Lesezeichen mit seiner Facebookseite gerichtet, dann aber doch nicht angeklickt. Ich hätte es nicht ertragen können, ihn zu sehen. Seine zwei CD`s hatte ich weggeräumt. Bloß seine Stimme zu hören überstieg bei weitem alles, was ich auszuhalten imstande war.

Stefan kam also mit nach Frankreich. Er ersteigerte eine Kiste Wein. Ich kaufte einen großen Holztisch, zehn Stühle, Geschirr, Besteck und Tischwäsche. Es würde alles mit einer Spedition nach Seligenstadt geliefert werden. Da wurde mir noch einmal ganz klar: Jeder Tisch, jeder Stuhl, jeder Teller, jede Tasse könnte uns unendlich viele Geschichten erzählen.

Wir hatten keine Hotelzimmer reserviert und suchten uns jetzt vor Ort ein kleines Hotel für die Übernachtung. Jedenfalls hatten wir gut gegessen und vielleicht auch ein Glas Champagner zu viel getrunken, als wir uns die Treppe zu den Zimmern hinauf begaben und vor meiner Zimmertür stehen blieben. „Gute Nacht, schlaf gut", sagte ich und sperrte meine Zimmertür auf. Stefan griff nach meiner Hand.
„Eigentlich ist die Nacht doch viel zu schön, um sie mit Schlafen zu vergeuden, findest du nicht?"
Ich lachte nur, ging flugs in mein Zimmer und machte die Tür hinter mir zu. Mist! Genau so eine blöde Verwicklung hatte ich vermeiden wollen.

Wir trafen uns am nächsten Morgen im Frühstücksraum. Ein halbes Croissant hatte ich schon verzehrt, als er auftauchte. „Guten Morgen, Mona."

„Guten Morgen. Hast du gut geschlafen?" Schitt! Falsche Frage! Ich Idiot!

„Nein, aber neben dir hätte ich sicher gar nicht geschlafen."

Ich schnaufte tief. „Bitte Stefan, lass das. Ich mag solche Anspielungen nicht. Wir sind Freunde, und so soll es auch bleiben."

„Schade, du bist eine sehr begehrenswerte Frau, Mona, aber ich will dich natürlich nicht drängen. Gestern, das war so ein herrlicher Tag mit dir und ein perfekter Abend, da sind wohl die Gäule mit mir durchgegangen. Entschuldige bitte."

Er sah mich aufrichtig an und streckte seine Hand nach meiner aus.

„Schon gut, ich verzeihe dir", sagte ich versöhnlich und drückte seine Hand.

Auf einem Hügel in Reims erwartete uns das eindrucksvolle, schlossähnliche Anwesen der Pommerys. Keine Ahnung, wie viel Hektar das sein konnten. Unglaublich jedenfalls! Die Besichtigungstour führte auch hinab in die riesigen Kellergewölbe.

„Zweihundert Jahre alte Kreidebrüche werden durch achtzehn Kilometer lange Stollen verbunden", erklärte uns der Guide. Diese mystisch anmutenden Gewölbekeller lagen dreißig Meter unter der Erde und boten Platz für 25 Millionen Flaschen! Natürlich ließen wir uns die anschließende Verkostung nicht entgehen und erfuhren auch noch alles über die Champagnerherstellung. Danach traten wir die Heimreise an.

❦ Kapitel 17 ❧

Beach Girls

Leevi

Am fünften Mai war es endlich soweit, die erste Songwriter Session war angesetzt. Ich fuhr in ein Studio etwas außerhalb von Sydney. Natürlich war ich aufgeregt. So eine Session war immer eine komische Situation. Man traf da auf wildfremde Leute, jeder stellte sich kurz vor, und dann ging es los. Heute erwarteten mich Mike aus Nashville, er verkörperte auch voll und ganz den Country Style mit seinem Outfit, und Key aus New York. Key war in der R&B-Ecke zu Hause. Es war interessant, ja, aber wir brachten kein wirklich gutes Ergebnis zustande. Vielleicht konnten sie auch mit einem Rock-Pop-Typen wie mir nichts anfangen. Keine Ahnung, warum uns A-Records so zusammengewürfelt hatte. Vielleicht steckte dahinter der großartige Plan, etwas noch nie Dagewesenes entstehen zu lassen, aber es hatte jedenfalls nicht funktioniert.

So verging die Zeit. Mirjas Baby würde jetzt bald zur Welt kommen. Ich rief sie an. „Hi Schwesterchen, wie geht es dir und meinem zweiten Neffen?"

„Wie kannst du dir so sicher sein, dass es ein Junge wird?", konterte sie sofort.

„Ich vertraue Daniel, er wird seinen Job schon ordentlich gemacht haben", lachte ich. Es war schön, ihre Stimme zu hören und sie ein bisschen zu necken.

„Um was wetten wir?", fragte sie mich.

„Wenn du verlierst, schuldest du mir eine deiner sensationellen Kirschtorten."

„Okay, und worauf darf ich mich freuen, wenn du verlierst? Weil es ja definitiv ein Mädchen wird."

„Ich spendiere dir einen Wellnesstag."

„Ach, das ist ja langweilig", meinte sie wenig begeistert, „lass uns lieber die Autos tauschen."

„Was? Bist du wahnsinnig? Ich kann doch unmöglich mit deiner Schrottkarre herumfahren."

„Doch, kannst du. Das ist ja gerade der Spaß dabei", begründete sie ihren gemeinen Plan.

„Also schön, wenn du so viel Freude daran hast, meinetwegen, für einen Tag."

„Nein, mindestens zwei Wochen."

„Eine."

„Prima, du kannst dann schon mal volltanken, falls es dir irgendwann mal wieder einfallen sollte, nach Hause zu kommen."

Nach Hause. So traumhaft schön es hier auch war, ich vermisste mein Zuhause.

„Oh Gott, Jaana ist am Hoftor", hörte ich Mirjas Stimme, „wir legen besser auf, sonst macht sie wieder Theater."

„Sagt mir Bescheid, wenn der Kleine da ist", konnte ich gerade noch durchrufen, bevor sie auflegte. Elias verstand das alles noch nicht, aber Jaana hatte geheult und getobt, als ich mich verabschiedet hatte. Ich würde ihnen ein Päckchen schicken mit ein paar Stofftieren. Einem Känguru, einem Koalabären und noch etwas für den Allerkleinsten, der bald kommen würde. Unvorstellbar, dass ich ihn erst auf meinen Arm nehmen konnte, wenn er schon fast ein halbes Jahr alt war.

Mit den Jungs telefonierte ich hin und wieder. Sie wollten natürlich auch wissen, ob es voran ging. Zweimal pro Woche trafen sie sich. Aki hatte ein paar neue Songs geschrieben und sie probierten verschiedene Varianten aus.

Takumi, unser Wunderkind aus Japan, hing ständig bei mir herum.

„He, Leevi, weißt du eigentlich, dass eine Kopfprämie auf dich ausgesetzt ist?"

„Wieso? Ist die Polizei hinter mir her?"

„Quatsch, aber die Beach Girls." Er grinste von einem Ohr zum anderen und jonglierte mit drei Orangen herum. Ja, die Beach Partys waren super und die Girls echt heiß, aber nichts für mich. „Hör auf, mich zu verarschen und hilf mir lieber suchen."

„Was suchst du eigentlich?" Er legte die Orangen in die Schale zurück.

„Das Buch, das wir für den Unterricht bei Prof. Edwin brauchen."

„Na, so groß ist deine Bude ja nicht, es wird schon wieder auftauchen."

Letztendlich fand ich es unter einem Kissen auf dem Sofa. „Los, lass uns gehen, wir sind sowieso schon spät dran", trieb ich ihn an und scheuchte ihn aus meinem Appartement. Wir gingen immer zu Fuß, es war nicht weit bis zum Konservatorium.

„Was ist nun mit den Beach Girls? Welche ist deine Favoritin? Also ich finde Sandy ja am besten. Zwei bedeutende Argumente sprechen für sie." Er machte eine eindeutige Handbewegung.

„Ah, hör bloß auf damit, ich mag das nicht."

„Was! Du magst keine Mädchen?" Er boxte mir in die Seite. „Na ja, dann such dir eben eine andere aus. Es laufen schon Wetten, wer dich zuerst rumkriegt."

„Bring deine Hormone unter Kontrolle, Takumi, sonst zauberst du heute nicht eine einzige Note aufs Papier", ermahnte ich ihn. Er lachte mich aus. Nein, im Ernst, ich interessierte mich viel mehr für Marcella, die alle nur Ella nannten. Eine Italienerin aus unserer Kompositionsklasse. Anfang dreißig, schätze ich. Ihre traurigen braunen Augen versteckte sie immer hinter einer dicken Hornbrille. Ihr langes Haar trug sie meistens als geflochtenen Zopf oder sie hatte es zu einem strengen Knoten aufgesteckt. Ich hielt sie für ausgesprochen klug, obwohl sie im Unterricht kaum etwas sagte. Aber sie schrieb alles eifrig mit und, wenn sie gezielt etwas gefragt wurde, wusste sie es immer. Wie früher schon suchte ich mir stets einen Platz in der letzten Reihe, von dem aus ich alles genau beobachten konnte. Sie kam niemals mit uns zum Strand, und immer, wenn man ihr begegnete, steckte sie ihre Nase in irgendein Buch. Und dann traf ich sie in der Cafeteria. Sie saß alleine an einem Tisch, hatte drei aufgeschlagene Bücher ausgebreitet und schrieb fleißig in ihr Notizheft.

„Hallo Marcella, darf ich mich zu dir setzen?", sprach ich sie einfach an.

Sie sah auf und rückte ihre Brille zurecht. „Oh ja, klar."

„Danke. Was studierst du da gerade?"

„Nur ein paar Unterlagen zur Musikwissenschaft."

„Worum geht es da genau?"

„Es geht um die physikalischen, physiologischen, psychologischen und soziologischen Aspekte der Musik: Musikpsychologie einschließlich Musiktherapie, Musiksoziologie, Musiktheorie, sowie die Entwicklung der Tonsysteme und der Musikinstrumente, die Musikinstrumentenkunde", erklärte sie mir, „aber den Kern des musikwissenschaftlichen Studiums bildet die Musikgeschichte. Sie erforscht die Entwicklung der Musik von der Antike bis in unsere Gegenwart. Die Beschäftigung mit Leben und Werk führender Musikerinnen und Musiker gehört hierzu ebenso wie das

Studium des Wandels der Stile und die Auseinandersetzung mit einzelnen Gattungen und historischen Epochen. Und die Musikethnologie gehört auch noch dazu."

"Wow! Die Hälfte der Wörter kann ich nicht mal aussprechen." Sie lachte verlegen und schob ihre Brille ein Stück weiter nach oben.

„Aber das ist sehr wichtig für jeden Songschreiber. Wegen Plagiaten und so."

„Ich weiß, hättest du Lust, mir mal mehr darüber zu erzählen oder mir zu helfen?"

„Wie soll diese Hilfe aussehen?"

„Wenn meine Songs fertig sind, könntest du sie dir mal anhören?"

„Sicher, das mache ich gerne."

„Prima! Kommst du heute mal mit zum Strand?"

„Nein", sie schüttelte energisch ihren Kopf.

„Ach komm, das ist immer lustig, wirklich."

„Nein, danke."

„Warum nicht?", ließ ich nicht locker.

„Ich mag das Meer nicht so gerne, es macht mir Angst."

„Oh, da bildest du aber eine Ausnahme. Die meisten Menschen lieben doch das Meer und den Strand."

Sie schaute mich nicht an, als sie sagte: „Meine Eltern sind bei einem Fährunglück ums Leben gekommen."

Ich schwieg betroffen und drückte ihre Hand. „Das tut mir Leid, ehrlich. Aber vielleicht können wir ja mal etwas anderes zusammen unternehmen?" Sie nickte schüchtern und zuckte mit ihren Schultern.

„Okay, dann gehe ich mal, ich will dich nicht länger stören. Wollen wir uns morgen gegen fünfzehn Uhr hier treffen?"

Sie nickte wieder. „Ja, okay."

Als ich am nächsten Nachmittag wirklich pünktlich die Cafeteria betrat, wartete sie schon auf mich. „Sorry, bin ich zu spät?"

„Nein, alles gut, ich gehe ja nicht zum Gesangsunterricht, deshalb hatte ich schon früher frei."

„Hast du keine Lust zu Singen?"

„Nein, das ist nichts für mich", sagte sie verlegen und rückte wieder ihre Brille zurecht. Das war echt eine Macke von ihr.

„Du würdest bestimmt wundervoll singen und hast eine schöne, melodische Sprechstimme", versuchte ich sie zu ermutigen.

„Nein, sicher nicht. Also, wie kann ich dir helfen?"

„Die Songs sind ja noch lange nicht fertig, aber vielleicht kannst du mir ein paar Tipps geben, worauf ich achten sollte."

„Ja, das ist echt schwer. Es gibt Urteile, da waren die ersten acht Noten bei einem Lied eins zu eins identisch und schon war das Gericht der Meinung, dass eine Urheberrechtsverletzung vorliegt. Das müsste bei euch auch im Urheberrecht geregelt sein. Die urheberrechtlich geschützten Tonfolgen, unter Musikern auch Loops genannt", zitierte sie wie aus einem Lehrbuch auswendig gelernt, „werden gerne mehrfach hintereinander geschnitten und mit einem neuen Text versehen. Aber auch hier haben Richter einem französischen Künstler Schadenersatz zugesprochen, weil andere die Musik einfach ungefragt benutzt haben. Zudem müssen dann alle Tonträger vernichtet werden und es gibt Schadensersatzansprüche in Millionenhöhe."

Gespannt hatte ich ihr zugehört. „Ja ja, ich weiß, aber so etwas kann ja auch ganz unbeabsichtigt passieren."

„Sicher, aber wie willst du das beweisen?"

„Da hat man schlechte Karten, schon klar. Aber woher kennst du dich so gut aus auf diesem Gebiet? Ich meine, du bist keine Musikerin, du bist keine Sängerin, aber teilweise doch bei uns in den Kursen."

Sie lächelte ein bisschen und rückte wieder ihre Brille zurecht. „Ich habe Jura studiert. Meine Nonna wollte es so, also habe ich ihr den Gefallen getan, aber meine Leidenschaft ist es nicht. Es ist einfach Tradition in unserer Familie. Die Kanzlei für Familienrecht hat meine Urgroßmutter gegründet."

Es war komisch, die schüchterne Ella von Leidenschaft sprechen zu hören. „Aber was machst du jetzt hier?"

„Nach dem erfolgreich abgeschlossenen Studium hat mir Nonna eine Reise spendiert und ich habe mir Australien ausgesucht. Das ist schön weit weg und außerdem möchte ich mich auf Urheber- und Medienrecht spezialisieren."

„Sorry, ich bin ein bisschen langsam im Kopf, aber ich verstehe immer noch nicht, was du dann auf einer Musikhochschule machst?"

„Ich wollte einfach mal hineinschnuppern in die Welt des Komponierens und der Musik."

„In deinem Urlaub?"

Sie nickte nur voller Begeisterung.

„Du gibst mir Rätsel auf, wirklich, aber wenn du eigentlich hier bist, um Urlaub zu machen, dann solltest du auch etwas von dem Land sehen. Ich werde ein paar Ausflüge für Takumi und mich planen. Kommst du mit?"

„Ich weiß nicht", sagte sie verlegen und zog sich wieder in ihr Schneckenhaus zurück, aber ich würde sie schon noch überreden.

Mit der Klasse besuchten wir eine Aufführung in dem legendären Opernhaus von Sydney. Aber ich wollte noch mehr von dem Land sehen, wenn ich schon einmal da war. Also organisierte ich ein paar Wochenendausflüge und schleppte außer Takumi auch noch Marcella mit. Wir klapperten etliche Sehenswürdigkeiten nacheinander ab, machten Fotos auf der Harbour Bridge, besuchten einen Wildlife Park und streichelten Kängurus. Es war mir tatsächlich gelungen, sie zu überreden, nicht nur zu den Ausflügen, sondern auch zum Gesangsunterricht. Unser Coach erkannte sofort ihr Talent und spornte sie an. Sollte ich jemals ein Duett schreiben, würde sie es mit mir singen, das hatte ich ihr versprochen.

*

Eines Abends klopfte es an meiner Tür. Ich öffnete, und da stand Sam vor mir. Knappes Top, noch knappere Shorts.

„Leevi, was verkriechst du dich hier? Los, komm mit zum Strand."

„Heute nicht, ich will noch etwas fertig machen." Ich deutete auf meinen Chaos-Schreibtisch.

„Wir bekommen heute einen sagenhaften Sonnenuntergang und der wartet ganz sicher nicht, bis du Zeit hast. Los jetzt." Sie packte meine Hand.

„Also schön, aber ich bleibe nicht lange", gab ich mich geschlagen.

In ihrem Auto fuhren wir zu einem Strandabschnitt, den ich noch nie zuvor gesehen hatte.

„Wow! Das ist traumhaft hier!" Und menschenleer. Wir liefen hinunter und setzten uns in den noch warmen Sand. Was für ein Naturschauspiel! Das sich zwar jeden Tag wiederholte, aber eben doch immer wieder anders war. Ich schaute wie gebannt auf diesen orangeroten Ball, der langsam im Meer verschwand, und ich dachte an Mona. Sie müsste jetzt hier sein. Sie würde ihren Kopf an meine Schulter lehnen und ich würde ihr einen Kuss aufs Haar drücken. Ich drückte Sam, die sich bei mir eingehakt und ihrem Kopf an meine Schulter gelehnt hatte, einen Kuss aufs Haar. Sie reagierte sofort, küsste mich und streichelte meinen Nacken hinab. Im Nu hatte sie sich auf mich gesetzt und mir das T-Shirt ausgezogen. Sie küsste und liebkoste mich, ihre Hand glitt in meine Shorts. Ich verlor die Kontrolle.

Auf dem Rückweg klärte ich die Sache sofort auf.
„Das war ein Fehler, Sam. Das hätte nicht passieren dürfen. Ich bin nicht verliebt in dich."
„Ich weiß, du hast mich Mou genannt."
Ich schlug mir die Hand vors Gesicht. „Oh Gott, ich…"
„Alles gut", sagte Sam und legte mir ihre Hand auf den Arm. „Man kann doch ein bisschen Spaß haben, ohne gleich verliebt zu sein, und sag jetzt bloß nicht, dass es dir Leid tut. Du bist doch noch eine Weile hier. Von mir aus können wir das gerne wiederholen."
Ich nahm meine Hand vom Gesicht. „Nein, das sollten wir nicht. Verstehe das bitte nicht falsch, du bist ein tolles Mädchen, aber das war ein Ausrutscher."
Sie hielt den Wagen vor meinem Appartementhaus an und sah mich an.
„Ist okay, ich verstehe das, aber sei vorsichtig mit Ella, sie könnte das nicht verkraften."

„Marcella und ich sind Freunde, da ist nie etwas anderes gewesen."

„Vielleicht sieht sie das aber anders?"

Ich stieg aus, ging in mein Appartement und ließ mich aufs Bett fallen. Meine Güte, was hatte ich jetzt wieder angerichtet! Konnte ich denn rein gar nichts richtig machen?

ଓଃ Kapitel 18 ଃ୦

Die Geschichtenjägerin

$

Wie versprochen waren meine Frankreicheinkäufe angeliefert worden. Jetzt standen diese sündhaft teuren Sachen in meinem Laden herum, hatten meine letzten Ersparnisse verschlungen, aber mehr Kunden kamen deshalb trotzdem nicht. Ich sollte mehr Werbung machen, aber das würde mich auch wieder Geld kosten. Eine Homepage hatte ich von Anfang an betrieben. Nun legte ich auch noch ein Facebook-Profil an, auf dem ich immer von den neuen Sachen berichtete und Fotos dazu einstellte.

Diesen Monat würde es echt eng werden auf meinem Konto. Ich hatte Albträume von fetten roten Zahlen auf meinem Kontoauszug. Aber dann kam mir noch eine Idee: Ich kannte doch das Team, das die Werbekampagnen für DORA machte, die rief ich einfach mal an und fragte nach Frau Braunfels. Ich wurde verbunden. „Hallo, Frau Braunfels, hier spricht Mona Huber, nicht von DORA, aber daher kennen wir uns."

„Ja, natürlich, ich habe Sie schon lange nicht mehr gesehen."

„Das stimmt, ich bin nur noch stundenweise in der Firma, weil ich seit ein paar Monaten einen eigenen Laden habe. Deshalb rufe ich Sie auch an."

„Aha, sollen wir Werbung für Sie machen?"

„Das wäre wunderbar, aber das kann ich mir leider nicht leisten", sagte ich ehrlich, „aber kommen Sie doch einmal bei mir vorbei, wenn Sie in der Nähe sind, ich habe ausgefallene Sachen hier: Möbel, Geschirr, vieles mit sehr interessantem Hintergrund, ich könnte mir Werbeaufnahmen für Speisen und Getränke oder zum Beispiel auch für Schmuck sehr gut vorstellen."

„Ich bin immer knapp mit der Zeit, das wissen Sie ja, könnten Sie mir ein paar Bilder von Ihrem Laden und Ihren Sachen per E-Mail schicken?"

„Gerne, ich muss mir nur eben schnell Ihre E-Mail-Adresse notieren."

*

Der Laden wollte trotz aller Bemühungen nicht recht in Schwung kommen, und die Bank hatte den Dauerauftrag für die Miete nicht ausgeführt. Ich ging an meine letzte Reserve und gab Stefan die Miete in bar.

„Wirklich, Mona, das muss nicht sein, du kannst uns das Geld auch später geben, es ist doch klar, dass man anfangs rote Zahlen schreibt. Das ist ganz normal, du darfst jetzt nicht aufgeben."

„Natürlich werde ich nicht aufgeben, wie kommst du denn auf diese Idee?", motzte ich ihn an.

„Ich meine ja nur, du musst Geduld haben."

Und dann kam Frau Richter zu mir in den Laden. Die Frau meines Chefs.

„Frau Richter, das ist aber schön, dass Sie mich mal besuchen." Wir gaben uns die Hand.

„Ich hatte keine Ahnung, dass Sie hier einen Laden haben, mein Mann erzählt mir ja nichts, ich habe es eben erst erfahren, als ich in der Firma war. Da musste ich doch gleich einmal vorbeischauen."

„Das freut mich wirklich. Kann ich Ihnen etwas anbieten? Kaffee, Tee, Wasser, Saft?"

„Zu einem Kaffee sage ich nicht nein." Sie setzte sich an den großen Esszimmertisch und legte ihre Tasche neben sich auf den Stuhl.

„Ich mache nur rasch den Kaffee, schauen Sie sich in aller Ruhe um." Ich freute mich wirklich, sie zu sehen. Wenn wir uns begegnet waren, hatten wir uns immer nett unterhalten. Als ich mit unserem Kaffee zurückkam, hatte sie sich bequem zurückgelehnt. „Das ist so gemütlich hier, gar nicht wie in einem Laden, eher wie in einer Wohnung."

„Genau so wollte ich es haben", sagte ich erfreut.

„Außergewöhnliches Geschirr, das Sie hier aufgedeckt haben." Sie nahm einen der Teller in die Hand und betrachtete ihn genauer.

„Ich habe den Tisch, die Stühle, das Geschirr, Besteck und noch etwas Tischwäsche erst kürzlich in der Champagne erworben. Es stammt von einem alten Weingut."

„Ah, deshalb die Weinreben. Ich habe mich schon über das Dekor gewundert."

„Man erzählt sich, dass die ehemalige Besitzerin des Gutes so um 1890 zu dem Kreis der berühmten Champagnerwitwen zählte. Wie zum Beispiel auch Louise Pommery. Bestimmt sagt Ihnen der Name etwas."

„Sicher, Pommery ist doch eine bekannte Marke."

„Jedenfalls hat ihr Mann das Gut von seinem Onkel geerbt. Sie wollten es gemeinsam bewirtschaften, aber dann kam ihr Mann durch einen tragischen Unfall ums Leben. Zu dem Zeitpunkt war sie schon schwanger. Nachdem sie ihre Tochter zur Welt gebracht hatte und die Geschäfte immer schlechter gingen, hat sie den mutigen Schritt gewagt und sich an der Champagnerherstellung versucht. Das machte sie zur Champagnerkönigin."

Frau Richter hatte aufmerksam gelauscht. „Das ist ja eine tolle Geschichte. Kann man die Sachen auch ausleihen?"

„Ausleihen? Das Geschirr meinen Sie?"

„Alles, so wie es jetzt eingedeckt ist."

„Auch die Möbel?"

„Ja."

„Aber ich kann die Möbel nicht zu Ihnen bringen. Wie sollte ich die transportieren? An dem Tisch heben sich zwei starke Männer fast einen Bruch."

„Ich schicke drei Leute vorbei, die es abholen. Im Laufe der nächsten Woche bekommen Sie alles wieder zurück. Ich brauche die Sachen nur für Samstagabend. Wir haben einige besonders wichtige Gäste aus Tunesien zu Besuch. Mein Gott, sie waren schon so oft bei uns, ich weiß wirklich nicht mehr, was ich ihnen noch Ausgefallenes auftischen soll."

„Gut. Wären Sie denn bereit, die Haftung zu übernehmen? Ich meine, falls etwas von dem Geschirr zerbricht. Ich kann es nicht einfach nachkaufen."

„Wenn etwas kaputtgehen sollte, werden wir uns finanziell schon einig werden. Also, was sagen Sie?"

„Die Möbel leiden natürlich auch durch den Transport."

Sie legte mir ihre goldene Kreditkarte auf den Tisch. „Sind Sie mit sechshundert Euro einverstanden?" Ich war total verblüfft. Sechshundert Euro und ich würde die Sachen nächste Woche wieder zurückhaben. Das war gerade ein Traum.

„Sehen Sie, Frau Huber, ich habe genug Geschirr zu Hause. Ich möchte es nicht kaufen, ich möchte unseren Gästen am Samstagabend nur diese Geschichte erzählen, während sie von diesen Tellern essen, aus diesen Gläsern trinken und auf den Stühlen sitzen, auf denen einst die Champagnerkönigin gesessen hat. Sagen wir achthundert, das ist aber mein letztes Wort."

„Einverstanden!" Ich nahm schnell ihre Kreditkarte an mich, bevor sie es sich noch anders überlegte, und ging zu meiner Kasse.

„Bis die Fahrer kommen, verpacke ich das Geschirr."

„Fein. Sie haben mir den Tag gerettet, Frau Huber. Ich werde Sie weiterempfehlen."

„Vielen Dank, das ist sehr freundlich. Und bitte grüßen Sie Ihren Mann von mir."

Weg war sie. Meine Güte, das konnte wirklich eine neue Geschäftsidee sein. Ich musste mich um einen entsprechenden Vertragsentwurf kümmern und ich würde die Kunden eine Kaution hinterlegen lassen. Ja, so könnte es tatsächlich funktionieren.

Am Nachmittag rückten drei meiner DORA-Kollegen mit zwei Transportern an, um die Sachen abzuholen. Sie fluchten ordentlich, bis sie den schweren Tisch hinaus und auf die Ladefläche geschafft hatten. Ich versorgte sie mit Kaffee und Gebäck und wir plauderten noch ein bisschen. Ich bangte um meine Sachen, bis alles sicher verstaut war. „Und bitte vorsichtig fahren", legte ich ihnen noch ans Herz.

In der Nacht hatte ich wieder Albträume. Dieses Mal sah ich aber keine roten Zahlen, sondern einen Suppenteller, der auf einen groben Steinboden fiel und in tausend Einzelteile zersplitterte.

Frau Richter rief mich Montagvormittag an. „Der Abend war ein voller Erfolg! Unsere Gäste waren total begeistert von der Geschichte. Wenn sie das nächste Mal kommen, sollen wir unbedingt einen Trip in die Champagne mit ihnen unternehmen."

„Das freut mich, dass Sie einen gelungenen Abend hatten", sagte ich ehrlich erleichtert.

„In der Tat, und keine Sorge, es ist alles heil geblieben. Es wird allerdings Nachmittag, bis die Männer die Sachen zurückbringen können."

„Das macht nichts. Wenn Sie morgen erst dazu kommen, ist es auch nicht schlimm." Aber am Nachmittag stand alles wieder wohlbehalten in meinem Geschäft. Nachdem ich den Tisch wieder schön eingedeckt hatte, stellte ich ein kleines Schild auf: Unverkäuflich, aber leihbar.

In den nächsten Wochen machte sich der große Bekanntenkreis von Frau Richter bemerkbar. Es kamen immer mehr Interessenten in den Laden, die gezielt nach dem Geschirr fragten. Ich musste mir eine Excel-Tabelle anlegen, um den Überblick nicht zu verlieren, und ich ließ mir extra Styropor-Kästen anfertigen, um das Geschirr und die Gläser sicher verpacken zu können. Gerne wurden auch Etageren, wertvolle Gläser und Silberbestecke ausgeliehen. Nach und nach verdiente ich mit dem Verleih fast mehr Geld als mit dem Verkauf.

*

Ziemlich schnell wurde mir klar, dass sich die Kunden mehr für die Geschichten hinter den Sachen interessierten als für die Gegenstände selbst: Sie fragten nie nach dem Porzellan mit dem Weinrebendekor, sondern immer nach dem Geschirr der Champagnerkönigin. Ich rahmte einige Bilder, die ich auf dem alten Weingut gemacht hatte, und stellte sie mit auf den Tisch. Dann besorgte ich mir Plexiglasaufsteller, in die man ein DIN-A5-Blatt schieben konnte, und gestaltete Informationsblätter zu den verschiedenen Artikeln. Aber ich brauchte mehr Gegenstände mit einem so außergewöhnlichen Hintergrund.

Also studierte ich die einschlägigen Rubriken mit Haushaltsauflösungen und gebrauchten Möbeln und begab mich auf die Jagd. Natürlich machte ich auch viele Wege vergeblich, aber hin und wieder konnte man doch ein Schnäppchen ergattern. So zum Beispiel in einer Nachbargemeinde.

Ein übergroßes knallbuntes Bild war mir da sofort ins Auge gefallen, nicht gerahmt, ein Farbgekleckse auf Leinwand aufgezogen. Es hatte irgendetwas Besonderes. Ich kaufte es für zwanzig Euro und traf auf der Treppe eine Nachbarin.

„Guten Tag", grüßte ich die Dame freundlich und hielt das Bild zur Seite, damit sie durchgehen konnte.

„Haben Sie das Bild gekauft?", fragte sie mich.

„Ja, so ist es, haben Sie den Herrn gekannt?"

„Ja ja, wir haben zweiundzwanzig Jahren übereinander gewohnt." Ich stellte das Bild ab und rückte meine Tasche zurecht, die mir gleich von der Schulter gleiten würde. „Wissen Sie zufällig auch etwas über das Bild?"

„Ja, er hat es selber gemalt. Dazu muss man wissen, dass er als Jugendlicher sein Augenlicht verloren hat, und erst vor ein paar Jahren konnte man ihm helfen, sodass er wenigstens wieder Schatten, hell und dunkel, erkennen konnte. Das Erste, was er getan hat, war, dieses Bild zu malen."

„Unglaublich! Vielen Dank, dass Sie mir das erzählt haben. Auf Wiedersehen." Es erwies sich immer als sehr ergiebig, mit den Nachbarn zu sprechen.

Ich räumte alles andere aus meinem Schaufenster und hängte nur dieses Bild hinein. „Farbexplosion", schrieb ich auf das Schildchen darunter. Binnen einer Woche hatte ich es für eintausend Euro verkauft! Fast ärgerte ich mich, dass ich es mir nicht selber mit nach Hause genommen hatte. Es war von einer Ausdruckskraft, die ich mit Sicherheit nie mehr finden würde. Es hätte hervorragend in Leevis große Wohnung gepasst. Leevi! Ich verbot mir an ihn zu denken, aber trotzdem war er ständig in meinem Kopf. Warum gab es eigentlich keinen Schalter, mit dem man das einfach ausknipsen konnte? Hoffentlich ging es ihm gut. Ob er überhaupt noch in Australien war? Vielleicht hatte er die Arbeit abgebrochen und war längst zurückgekehrt? Ein Blick auf seine Facebookseite konnte leicht zur Klärung beitragen. Aber ich traute mich nicht. Jetzt nicht, hier im Geschäft. Heute Abend, zu Hause, in aller Ruhe würde ich es mir anschauen.

Zwei Stunden schlich ich um den PC herum, bevor ich es tat. Ich klickte seine Seite an. Mein Herz raste wie verrückt. Das letzte Bild zeigte zwei Personen vor der Harbour Bridge. Einen schmalen Teenager, das musste dieser hochbegabte Japaner sein, von dem er erzählt hatte, und eine junge Frau mit großer Brille und aufgesteckten dunklen Haaren. „Sightseeing with Takumi and Marcella", hatte er nur dazu geschrieben. Ich scrollte weiter zurück. Eine Gruppe junger Leute am Lagerfeuer. „Beachparty at Bondi Beach. So cool!", stand darunter. Und noch weiter zurück kam ein Bild von ihm mit zwei Männern in einem Tonstudio. Das musste noch von Goonengerry sein. „Studiowork with Cooper and Riley." Also war er wohl noch in Australien. Auch wenn die Bilder und seine spärlichen Kommentare nicht besonders aufschlussreich waren, fühlte ich mich auf seltsame Weise beruhigt und schlief gut in dieser Nacht.

*

Frau Braunfels rief mich an. Sie planten eine Werbekampagne für ein Nobelrestaurant, und da war ihr mein Geschirr eingefallen. Der Sternekoch würde verschiedene Speisen und Desserts mit Champagner zubereiten, und die sollten dann auf dem Geschirr der Champagnerkönigin präsentiert werden. Sie würde einen Kurierfahrer schicken, um die Sachen abholen zu lassen. Mit einem Mal lief der Laden so, wie ich es mir gewünscht hatte. Es war ein erhebendes Gefühl, kleine Erfolge verzeichnen zu dürfen. Mein Laden war zu meinem zweiten Zuhause geworden. Ich liebte es, meine Kunden zu beraten und ihnen die eine oder andere Geschichte zu erzählen. Ich war glücklich mit dem, was ich tat. Aber Leevi hätte eben hier sein müssen, dann wäre wirklich alles gut.

*

Gerade schnitt ich eine frische Zitrone auf, als an einem heißen Augusttag ein Paar mittleren Alters in meinen Laden geschlendert kam. „Wir möchten uns nur etwas umschauen", sagte der Mann.

„Gerne. Wenn Sie Fragen haben, nur zu. Möchten Sie vielleicht etwas trinken?"

Der Mann warf einen Blick auf seine Frau. „Ein Glas Wasser. Das wäre sehr nett."

„Kommt sofort." Ich ging in die Teeküche, um das Wasser zu holen, und stellte es auf dem gedeckten Esszimmertisch ab. Der Mann nahm das Glas und reichte es seiner Frau. Er sprach leise auf sie ein und ich zog mich diskret zurück. Eine ganze Weile hielten

sie sich bei mir auf. Die Frau schien Gefallen an einer bunten Kette zu finden, die ich über eine Glasvase drapiert hatte, in der noch ein großer linierter Zettel steckte. „Entschuldigung", sprach mich der Mann an, „was soll diese Kette kosten?"
„Zweihundertdreißig Euro." Ich stand von meinem Stuhl hinter dem Kassentresen auf und ging zu ihnen.

Die Kette war sicher nicht besonders wertvoll, aber ein ausgefallenes Stück. Die verschiedenen bunten Halbedelsteine waren nicht wie gewöhnlich nacheinander aufgezogen, sondern in ein Lederband geknüpft. Ich hatte sie für fünfzig Euro erstanden.

„Die Kette", begann ich die Geschichte darum zu erzählen, „stammt von einer Frau, die leider sehr jung verstorben ist." Ich sah, wie der Mann nach der Hand seiner Frau griff. „Ihre Freundin hat sich um ihren Nachlass gekümmert, ihr habe ich die Vase und die Kette abgekauft. Sie hat mir erzählt, dass sie bei aller Tragik und Trauer doch sehr froh ist, weil sie und ihre Freundin es noch geschafft hatten, alle Punkte auf ihrer Wunschliste abzuarbeiten. Die Wunschliste steckt noch in der Vase, genau so, wie sie sie zu Lebzeiten auch aufbewahrt hat."

„Wir nehmen beides", sagte der Mann, „die Kette und die Vase."

„Sehr gerne, da mache ich ihnen einen Paketpreis von zweihundertfünfzig Euro. Einzeln wären die Sachen teurer gewesen."

Ich nahm alles an mich und ging zum Tresen. Das Paar war mir zur Kasse gefolgt. „Rechnen Sie dreihundert Euro ab. Diese Geschichte ist Gold wert."

„Oh nein", wehrte ich sein großzügiges Angebot ab, „die Geschichten, die sich hinter jedem einzelnen Gegenstand verbergen, gibt es bei mir gratis dazu." Ich lächelte meine Kunden an und tippte zweihundertfünfzig Euro in die Kasse. Der Mann überreichte mir seine Kreditkarte, ich steckte sie in das Buchungsgerät und beim Zurückgeben warf ich einen Blick auf den Namen: Manfred Seewald. „Besten Dank, Herr Seewald!" Ich streckte ihm die Tüte entgegen und begleitete meine Kunden noch bis zur Tür.

„Vielen Dank für Ihren Einkauf", ich reichte zuerst der Dame und dann Herrn Seewald die Hand, „einen schönen Tag wünsche ich Ihnen noch und viel Freude an diesen zwei schönen Stücken."

Zum ersten Mal sagte jetzt auch die Frau etwas.

„Wir haben zu danken, und ich wünsche Ihnen, dass sich auch alle Ihre Wünsche erfüllen mögen." Sie hatte Tränen in den Augen und blickte schnell zu Boden. Herr Seewald hakte sie unter und führte sie hinaus.

Diese zerbrechliche Frau, dieses Paar, das so liebevoll und fürsorglich miteinander umging, hatte mich zutiefst angerührt. Man konnte förmlich spüren, dass sie etwas ganz Großartiges miteinander verband. Und zum ersten Mal nach ungefähr zehn Monaten brannten meine Augen.

*

Drei Tage später stand Herr Seewald noch einmal in meinem Laden. Ich erinnerte mich sofort an ihn.

„Herr Seewald, guten Tag", ich gab ihm die Hand, „wie schön, Sie wiederzusehen."

„Guten Tag, Frau Huber. Ich habe nur eine Frage. Würden Sie auch ein ganzes Hotel ausstatten?"

Hatten mir meine Ohren gerade einen Streich gespielt? „Ein ganzes Hotel?", wiederholte ich ungläubig. Herr Seewald nickte.

„Grundsätzlich gerne, ja, sicher, aber Sie wissen ja, dass das hier alles Einzelstücke sind."

„Ja, genau so wollen wir es haben. Es muss auch nicht alles antik sein, es soll nur jeder Raum anders gestaltet werden, gerne auch mit modernen Möbeln."

„Also, ich bin keine Innenarchitektin, aber ich traue mir das durchaus zu."

„Wissen Sie, meine Frau und ich sind die neuen Besitzer des nahegelegenen Hotels, vielleicht haben Sie das Baugerüst schon gesehen? Es wird gerade kernsaniert. Wir haben es zu einem Zeitpunkt gekauft, als meine Frau noch nichts von ihrer Krankheit wusste, sonst hätten wir uns so eine Aufgabe nicht aufgebürdet. Aber jetzt wollen wir erst recht an diesem Traum festhalten. Sie haben uns neulich so gefesselt mit dieser Geschichte und auch mit den anderen Hintergründen zu Ihren Möbelstücken, dass wir auf die

Idee kamen, aus unserem Hotel einen Ort zu machen, der Geschichten erzählen kann."

Noch während ich Herrn Seewalds Ausführungen lauschte, bekam ich eine dicke Gänsehaut. Dieses war bei mir immer ein sicheres Zeichen dafür, dass sich etwas ganz Großartiges hinter einer Idee verbarg. „Ich verstehe", sagte ich, „das ist eine ganz wunderbare Idee! Diese ungemütlichen Hotelzimmer hängen den Leuten wirklich schon zum Hals heraus. Ich bin mir sicher, dass Sie damit großen Erfolg haben werden, gerade hier in Seligenstadt. Selig sei die Stadt genannt, da ich meine Tochter wiederfand", zitierte ich die Worte von Kaiser Karl dem Großen. „Dieses Thema müssen wir unbedingt aufgreifen."

Herr Seewald lachte, „ich sehe schon, Sie haben mich genau verstanden. Kommen Sie doch morgen einfach mal am Hotel vorbei, ich bin den ganzen Tag dort, dann zeige ich Ihnen die Räumlichkeiten. Was meinen Sie, bis wann können Sie uns einige Ihrer Ideen präsentieren?"

„Ich messe morgen schon mal aus und dann bringe ich meine Ideen zu Papier. Das wird nicht lange dauern. In meinem Kopf findet gerade ein Feuerwerk statt!" Ich strahlte ihn voller Begeisterung an.

„Die groben Arbeiten werden sich bestimmt noch bis November oder Dezember hinziehen und zwischen den Jahren passiert sowieso nichts." Er gab mir seine Visitenkarte. „Also sehen wir uns morgen, und dann rufen Sie uns einfach an, wenn Sie etwas zusammengetragen haben?"

„Das mache ich, ganz bestimmt!"

Als Herr Seewald den Laden verlassen hatte, stieß ich einen Freudenschrei aus. Oh mein Gott! Das war ein Projekt nach meinem Geschmack. Ich war Feuer und Flamme für diese Idee, noch dazu würde es mich finanziell voll und ganz sanieren. Ich musste mich selber bremsen, um nicht in übereifrige Euphorie zu verfallen. Meine Gedanken überschlugen sich schon wieder. Wie konnte ich den Seewalds meine Ideen am besten präsentieren? Ich suchte im Internet nach einer entsprechenden 3D-Software und wurde auch fündig, es gab sogar eine kostenlose Version. Bis zwei Uhr in der Nacht versuchte ich, mich durchzukämpfen, aber es war nicht so einfach.

Am nächsten Tag suchte ich das Hotel auf und notierte alle Maße. Danach machte ich mich gleich wieder an die Arbeit. Ein Zimmer würde ein Traum aus Tausend und eine Nacht werden, mit Himmelbett und zahllosen Seidenkissen. Ein anderes asiatisch angehaucht, mit Futon und chinesischen Schriftzeichen an der Wand. Eines der Gästezimmer würde ich mit einem schwarzen Lederbett ausstatten. Das wäre ganz sicher nach Leevis Geschmack. Und natürlich musste auch ein historisches Schlafgemach, wenn möglich mit offenem Kamin, dabei sein. Und für den Speisesaal hatte ich auch schon eine geniale Idee. Aber ich kam mit diesem verdammten 3D-Programm nicht zurecht und rief Stefan zu Hilfe.

„Ich bin noch auf einer Baustelle, aber am späten Nachmittag kann ich dir helfen."

Er kam zu mir in den Laden. „Was hast du vor? Wozu willst du dieses Programm benutzen?", fragte er erstaunt.

Ich erzählte ihm alles. Er lachte laut. „Entschuldige bitte, aber das ist nicht dein Ernst, oder?"

„Natürlich ist das mein Ernst, was denkst du denn?"

„Mona, bei aller Liebe, du bist weder Innenarchitektin noch Raumausstatterin oder Ähnliches. Wie willst du das alles bewerkstelligen?"

„Das lass mal meine Sorge sein. Ich habe dich lediglich um Hilfe mit diesem vermaledeiten Programm gebeten."

„Verzeihung, ich wollte dir nicht auf den Schlips treten."

„Nein, schon klar, du traust es mir nur nicht zu, so ein Projekt zu wuppen. Aber eins kannst du dir mal merken; es liegt keine Ehre darin, sich vor großen Aufgaben zu drücken." Ich hasste solche Klugscheißer und war sauer. Leevi hätte völlig anders reagiert. „How cool is that?", hätte er strahlend und mit blitzenden Augen gesagt, mich durch die Luft gewirbelt und sich mit mir gefreut. Er konnte sich genauso für eine Sache begeistern wie ich.

„Na komm, ich erkläre dir die Details von dem Programm", hörte ich Stefan sagen. Aufmerksam lauschte ich seinen Ausführungen. Es war aber trotzdem ein Scheißprogramm, weil es nicht das machte, was ich wollte. Ich komplimentierte Stefan aus dem Laden und fuhr nach Hause.

Meine zwei Ingenieure würden sich vielleicht auch damit auskennen, aber die waren nicht zu Hause. Wenn man Männer schon mal brauchen konnte, waren sie nicht da, war ja klar. Auch gut, also holte ich einfach sämtliche Kataloge aus meinem Schrank und schnitt entsprechende Bilder aus. Das war extrem unprofessionell, aber wie sollte ich es jetzt anders bewerkstelligen? Ganz klar war jetzt aber schon, dass ich einen Top-Schreiner brauchen würde, nicht nur einen vermutlich. Natürlich dachte ich sofort an Daniel. Alfred würde bestimmt auch mithelfen. Meine Güte, Mirjas und Daniels Baby war jetzt schon drei Monate alt! Und unsere sensationelle Granny. Hoffentlich ging es allen gut! Die Gedankenmühle fing wieder an zu rattern. Ich dachte sowieso schon wieder viel zu viel, ich hatte den Auftrag ja noch gar nicht in der Tasche.

Nach zwei Tagen war alles fertig. Vielleicht war es unüberlegt, aber ich rief Herrn Seewald an.
„Na, Sie sind ja von der schnellen Truppe", sagte er und lachte.

Wir trafen uns am nächsten Nachmittag bei ihnen zu Hause. Die Seewalds hatten ein tolles Haus direkt am Main. Frau Seewald saß auf dem Sofa und begrüßte mich. Sie sah noch schlechter aus als damals in meinem Laden. Nachdem wir einige Höflichkeiten ausgetauscht hatten, ging es zur Sache.

„So, Frau Huber, dann lassen Sie mal sehen, was Sie sich ausgedacht haben", Herr Seewald rieb sich die Hände, „und hauen Sie uns vom Sofa." Ich klappte meinen Laptop auf und brachte das Super-Programm zum Laufen. „Wie schon erwähnt, bin ich ja kein Profi auf dem Gebiet, vermutlich kann ich es Ihnen mit Worten besser erklären als mit diesem Programm. Also, erst mal zu den Schlafzimmern der Gäste." Ich zählte meine Ideen auf und zeigte ihnen auch, ohne mich dafür zu schämen, meine Mappe mit den ausgeschnittenen Bildern. „Und für den Speiseraum hätte ich auch eine ausgefallene Idee. Wie wäre es, wenn wir diesen ebenfalls in drei oder vier kleinere Räume aufteilen würden? Also nicht durch Mauern abtrennen, sondern durch Elemente, die man bei Bedarf komplett entfernen kann, um wieder einen großen Saal daraus zu machen?"

„Wie sollen diese Elemente aussehen?", fragte Frau Seewald, deren Neugierde ich offensichtlich geweckt hatte.

„Auf keinen Fall so hässliche Faltschiebetüren, vielleicht etwas aus Milchglas, mit hübschen Ornamenten. Das würde eine helle Atmosphäre schaffen und man könnte auch einige Schatten und Umrisse der Nachbarräume erkennen, das stelle ich mir richtig spannend vor", führte ich meine Vorstellung weiter aus. Frau Seewald nickte und lächelte mich an, Herr Seewald hingegen fragte: „Und in welchem preislichen Rahmen soll sich das alles bewegen?"

„Ich habe noch keine Preise zusammengestellt. Ihre Anfrage hat mich dermaßen begeistert … "

„Wir werden natürlich noch weitere Angebote einholen. Bis dahin bräuchten wir schon eine Kalkulation von Ihnen."

„Natürlich, selbstverständlich", ich kam mir unsagbar dumm vor, „ich werde Ihnen eine Aufstellung zukommen lassen." Frau Seewald hatte Mitleid mit mir. „Geld ist nicht alles", sagte sie, „Ihre Ideen begeistern mich."

„Wirklich? Das freut mich. Vielen Dank!"

„Fein", Herr Seewald stand auf, „schönen Dank, dass Sie sich die Mühe gemacht haben, dann warten wir auf Ihre Kostenaufstellung. Ich begleite Sie noch zur Tür."

Gleich am nächsten Tag schickte ich Herrn Seewald meine Kalkulation per E-Mail und erhielt prompt einen Rückruf: „Vielen Dank für Ihre Aufstellung, Frau Huber. Wir melden uns ganz bestimmt wieder bei Ihnen, aber wir wollen die anderen Angebote noch abwarten."

Danach passierte erst mal lange Zeit gar nichts. Ich wurde nervös, wollte aber auch nicht aufdringlich erscheinen und entschied mich deshalb, nicht bei den Seewalds anzurufen. Ab ersten September war ich ohnehin wieder öfters bei DORA, um mich um die neuen Azubis zu kümmern. Leevis vorletzter Monat in Australien war angebrochen. Ob er sich melden würde, wenn er zurück war? In den letzten Wochen hatte ich wieder gekniffen und nicht mehr auf seine Facebookseite geschaut. Aber nach wie vor musste ich unentwegt an ihn denken.

Ende September kamen die Seewalds zu mir in den Laden. „Ihre Ideen sind unschlagbar, Frau Huber. Wir würden uns freuen, wenn Sie die Ausstattung der Hotelzimmer übernehmen würden."

Es dauerte einen Moment, bis mein Hirn ihre Worte umgesetzt hatte. „Ist das Ihr Ernst?" Ich blickte zwischen Herrn und Frau Seewald hin und her. „Ich soll die Hotelzimmer einrichten?"

Frau Seewald nickte eifrig. Mein Gott, sie war noch dünner geworden, aber im Augenblick strahlte sie. „Nicht nur die Gästezimmer", sagte sie, „auch den großen Saal. Ich finde Ihre Idee mit diesen Milchglasscheiben sehr aufregend."

„Wie gesagt, der Umbau wird sich noch hinziehen", ergriff Herr Seewald wieder das Wort, „aber ab Januar wird es schon losgehen mit der Auswahl von Fußbodenbelägen, Wandgestaltung und so weiter."

„Kein Problem, ich werde da sein", sagte ich eifrig, „und vielen Dank, dass ich das machen darf."

ଓଃ Kapitel 19 ଚ

Grand strides

♪

Leevi

In den letzten Monaten war viel passiert. Die Songwriter Sessions waren mal mehr, mal weniger erfolgreich verlaufen, aber dann traf ich auf Magnus aus Schweden. Die Zusammenarbeit mit ihm war einfach nur genial. Wir hatten den Songs, die ich an Janis Flügel in Spanien geschrieben hatte, den letzten Schliff verpasst und zahlreiche neue zusammen geschrieben. Natürlich liebte man jeden einzelnen Song wie ein Baby, aber meine Favoriten waren: „I Hate", ein absolut rockiges Stück bei dem ich meine ganze Wut hinaus schreien konnte. (Das hatte ich in weiser Voraussicht meinem Coach lieber nicht vorgesungen.) Und einen absoluten Partykracher: „Beach Boys". Aber dann gab es auch noch nachdenklicher Songs wie: „Ambition", „Searching", oder eine sehr schöne Ballade, „Miss You", klar, wovon der Text handelte. „Live", mochte ich auch besonders gerne, darin ging es darum, dass man sein Leben leben musste, genau jetzt, in diesem Augenblick. Und natürlich „Magic In You". Takumi hatte ein Orchesterarrangement dazu geschrieben: Wow! Einfach unglaublich! Mir stellten sich immer noch sämtliche Haare auf, wenn ich nur daran dachte. Ein paar Proben hatten wir schon gemacht und heute wollten wir es vor Publikum ausprobieren. Ich war wahnsinnig aufgeregt. Ich brauchte meine Jungs, sie müssten jetzt hier sein und Mona natürlich. Neben unseren Professoren saßen auch etliche Studenten aus anderen Jahrgängen in der Aula.

Der erste Hammer der Inszenierung war, dass nicht alle Musiker auf ihren Plätzen saßen. Am Anfang hörte man nur Streicher, die aus allen Richtungen des Saals auf die Bühne kamen, dann setzte das Klaviersolo ein. Normalerweise würde ich kurz darauf anfangen zu singen, aber das ließen wir aus. Wir wollten nur das Orchesterarrangement auf die Zuschauer wirken lassen. Danach stieg das ganze Orchester ein. Ich spielte Gitarre, Takumi dirigierte. Der Schlussteil endete mit überragenden Gitarrenklängen und den Streichern. Nachdem die letzten Töne verklungen waren, blieb es still im Saal. Ich schaute zu Takumi und zog hilflos fragend meine Schultern nach oben. Aber dann wurde, zuerst noch zögerlich, geklatscht, bis es sich zu einem gewaltigen, nicht enden wollenden Applaus gesteigert hatte. Unsere Zuhörer standen auf. Mein Herz hämmerte wie verrückt, ich war nassgeschwitzt und hatte Tränen in den Augen. Takumi grinste und nickte mir zu, ich fiel ihm um den Hals.

In den nächsten Tagen wurden wir ständig darauf angesprochen. Unsere Lehrer bestürmten uns, dass wir das Stück unbedingt auf der Abschlussfeier spielen sollten. Und mein Coach befragte mich auch dazu:

„Hast du das Stück geschrieben?"

„Ja, aber Takumi hat es arrangiert."

„Wirklich beeindruckend. Gibt es einen Text dazu?"

„Ja."

„Ich möchte ihn hören."

„Nein, Coach, das geht wirklich nicht." Ich schüttelte meinen Kopf. Sie schaute mich skeptisch an.

„Was soll das heißen, das geht nicht. Du kannst ihn nicht singen, oder wie soll ich das verstehen?"

„Jemand ganz Besonderes hat große Teile des Textes geschrieben. Jemand, den ich sehr vermisse."

Sie legte ihren Kopf leicht schräg und sagte unerbittlich: „Das ist mir egal, los jetzt, lass hören."

„Ich brauche wenigstens meine Gitarre dazu."

„Wir haben jetzt aber keine Gitarre hier, du kannst das Klavier nehmen."

„Ich kann nicht so gut Klavier spielen", versuchte ich mich herauszureden, aber sie ließ nicht locker.

„Leevi Tervo!", schimpfte sie, „hör sofort mit dem Gejammer auf, schwing deinen Hintern auf den Klavierhocker und fang an. Andere Leute wollen heute auch noch an die Reihe kommen."

Pah! Sie war so energisch wie Granny, sie hätten Schwestern sein können. Es gab kein Entrinnen, also klimperte ich die Melodie und sang den Text dazu. Sie war gerührt! Unser knallharter Coach war gerührt, das konnte ich ihr ansehen, aber sie sagte total cool: „Endlich mal ein Stück, das deiner Stimme alles abverlangt. Daraus lässt sich was machen, daran werden wir in den nächsten Wochen arbeiten. Hart arbeiten. Zunächst wirst du wieder mal für einen Tag schweigen."

Ich wurde das Gefühl nicht los, dass der Coach das eingefädelt hatte, denn einige Tage später kam die Chorleiterin auf mich zu und fragte nach den Noten und dem Text. Es war wohl schon abgemachte Sache, dass wir das Lied auf der Abschlussfeier spielen sollten und der Chor wollte mitsingen. Mir war absolut nicht wohl bei dem Gedanken. Es war Monas Lied. Sie sollte es als Erste hören, niemand sonst. Aber ich konnte den Stein, der ins Rollen geraten war, jetzt nicht mehr aufhalten, dazu war es zu spät.

Ich probte. Mit dem Orchester, mit dem Chor. Mein Coach ließ mich die Tonleiter rauf und runter singen und trieb mich zu Höchstleistungen an. So wie jetzt hatte ich noch nie zuvor singen können.

Schon zwei Nächte vor der Abschlussfeier schlief ich schlecht. Alle möglichen Ausreden gingen mir durch den Kopf. Ich würde ein bisschen herumkrächzen und behaupten, ich hätte eine Halsentzündung oder besser noch eine Stimmbandentzündung. Aber als ich auf der Bühne stand, gewann doch der Profi in mir Oberhand. Ich setzte zum richtigen Zeitpunkt ein und sang meinen Text, aber ich sah nicht das Publikum, ich sah nur Mona vor mir sitzen in ihrem blau geringelten Sleepshirt, wie damals in ihrem Ferienhaus. Von der letzten Strophe konnte ich gerade noch: „It`s magic in you" singen, aber „It`s magic with us" brachte ich nicht mehr heraus, meine Stimme brach weg, es war aus. Das Orchester spielte die letzten Noten und dann ging, Gott sei Dank, der Scheinwerfer aus, der auf mich gerichtet war.

Tosender Applaus brach los, es wurde gepfiffen und gegrölt, und dann verfielen alle in „We want more"-Rufe. Wir spielten das Stück noch einmal, der Chor stimmte ein, aber ich konnte nicht mehr singen.

Hinter der Bühne wartete der Coach auf mich. Sie klopfte mir auf den Rücken. „Gut gemacht!"

„Das war nicht sehr professionell", sagte ich unzufrieden.

„Das macht nichts, aber das Stück berührt die Menschen, jeder sieht seine eigene Geschichte darin, das ist ein wichtiger Aspekt."

„Danke Coach", sagte ich gerührt.

„Eines muss ich aber noch wissen. Dieser Jemand, der große Teile des Textes geschrieben hat, ist eine Frau, habe ich Recht?"

Ich konnte nur nicken.

„Dachte ich es mir doch. Kein Mann wäre dazu in der Lage." Mrs. Brown legte ihre Hand auf meinen Arm und sagte ganz leise: „Ich beneide sie."

Ich wusste nicht, wen sie mit „*sie*" gemeint hatte, mich oder die Texterin. Aber das war auch egal, denn das war mit Abstand das Netteste, was sie jemals zu mir gesagt hatte. Sprachlos blieb ich zurück.

Marcella hatte unseren Auftritt aufgenommen. Ich wollte sie unbedingt dazu bringen, mit mir zu singen, aber sie wollte partout nicht auf die Bühne. Jetzt schickte sie mir das Video. Ich konnte nicht aufhören, es mir anzusehen und vor allen Dingen anzuhören.

∞ **Kapitel 20** ∞

Tanzen ist wie schweben, aber …

Peer bedrängte mich. „Mona, am vierten Oktober findet unser Herbstball in der Stadthalle statt. Es ist Tradition, dass ich den Ball mit einer Tanzschülerin eröffne, und das musst du dieses Jahr machen. Ich lasse dich hier nicht weg, bevor du nicht ja gesagt hast."

Stefan redete auch auf mich ein. „Natürlich machst du das, das ist doch eine tolle Sache."

„Also schön", sagte ich, „aber bildet euch bloß nicht ein, dass ich mir extra ein Kleid dafür kaufe." Ich tanzte immer in Hosen. Damit hatte ich eine neue Diskussion ausgelöst.

„Das geht ja mal gar nicht", sagte Peer, „immer versteckst du diese endlos langen Beine unter Hosen. Damit ist jetzt Schluss. Ich gebe dir die Adresse von einem Laden, der Turnierkleider verleiht. Unsere Turniertänzer kaufen sich auch nicht ständig neue Kleider, die werden ausgeliehen, gereinigt und wieder zurückgegeben."

Er ging, um Stift und Zettel zu holen und notierte mir eine Adresse in Hanau.

„Ich überlege es mir", knurrte ich übellaunig. Was ich partout nicht leiden kann, ist, wenn irgendjemand glaubt, mir sagen zu müssen, was ich zu tun und zu lassen habe.

Es wurde ein Drama, bis ich ein Kleid gefunden hatte. Achtzig Prozent der Kleider waren in Babyrosé- und Fliedertönen. Diese Farben mochte ich ja überhaupt nicht. Ein hellblaues hatte ich ins Auge gefasst, aber das machte mich etwas blass. Blieb noch eins in Türkis und eins in einem kräftigen Hummerrot. Das in Türkis gefiel mir besser, aber es war obenherum etwas zu weit, ich hätte mehr Busen haben müssen, um es perfekt auszufüllen. Also entschied ich mich für das Hummerfarbene und nahm auch gleich noch die passenden Schuhe dazu, ich konnte ja schlecht meine schwarzen dazu tragen.

Nina und Michael wollten uns gerne begleiten. Sie hatten auch schon seit Ewigkeiten nicht mehr getanzt und Michael war gerade für ein langes Wochenende zu Hause. Ich stürzte mich also in diese Wolke aus Tüll und Spitze. Stefan trug Smoking. Natürlich war das passend für den Abend, aber ich hatte immer noch diese Macke aus meinen Bankzeiten, ich mochte einfach keine Männer in schwarzen Anzügen.

Die Stadthalle bot wirklich einen festlichen Rahmen für den Ball. Nachdem die jungen Tanzpaare eingezogen waren wie beim Wiener Opernball, war es Zeit für den Eröffnungstanz. Ich war jetzt doch ein bisschen aufgeregt. Diese riesige freie Tanzfläche, rundherum die Tische mit den prächtig gekleideten Gästen. Das Licht ging aus. Drei Spots, die sich auf einem Punkt am Rand der Tanzfläche trafen, erhellten diesen Kreis. Peer trat mit einem Mikrofon in der Hand in den Lichtkegel.

„Und nun, meine sehr verehrten Damen und Herren, liebe Tanzsportfreunde", sagte er strahlend, „ist es mir eine ganz besondere Freude, den heutigen Ball mit einer äußerst begabten Schülerin eröffnen zu dürfen. Sie trainiert erst seit ein paar Monaten bei uns. Überzeugen Sie sich selbst davon, wie gekonnt sie jetzt gleich einen langsamen Walzer mit mir tanzen wird."

Dass ich zuvor schon viele Jahre getanzt hatte, verschwieg der Schlauberger dem Publikum natürlich. Er streckte seinen Arm nach mir aus, und ich trat ebenfalls in das gleißende Licht. Wir nahmen Tanzhaltung an. Es war so still im Saal, dass ich den Schlagzeuger einzählen hörte, und dann erklangen die ersten Töne von: „If You Don`t Know Me By Now". Oh, ich liebte diesen Song von Simply Red, es war mein zweitliebstes Lied für einen langsamen Walzer. Wir setzten die ersten Schritte, tiefe, weitgreifende Schrittfolgen. Ich stand sicher in Peers Arm, alle Aufregung war verflogen. Mühelos spulten wir alle Tanzfiguren - Kreisel, Wischer, Flechte, Chassés - ab und durchschritten dabei die gesamte Tanzfläche. Es war himmlisch! Vier Minuten alles vergessen; vier Minuten schweben! Mit den letzten Tönen der Musik brach Applaus los, und es folgten Zugabe-Rufe. Peer nickte der Kapelle zu. Sie spielten noch einmal, und wir tanzten noch einmal. Danach brachte er mich an unseren Tisch. Stefan stand sofort auf und küsste mich auf die Wange. „Du hast ganz wunderbar getanzt", sagte er sichtlich angerührt und strahlte mich an.

Nina drückte mich: „Das war traumhaft schön, wirklich." Michael klopfte mir auf die Schulter: „Gut gemacht. Oder auch nicht. Jetzt quält mich meine Frau so lange, bis ich genauso gut tanzen kann."

Stefan tanzte natürlich mit mir und Michael, ebenso ein paar Tanzfreunde aus unserem Kurs. Dann brauchte ich erst mal eine Pause. Nina und ich entschuldigten uns. Wir wollten uns rasch die Nase pudern gehen. Auf dem Weg zu den Toiletten hakte sich Nina bei mir ein. „Was für ein wundervoller Abend, findest du nicht?"

„Ja, sehr schön."

„Das Kleid steht dir übrigens ausgezeichnet."

„Meinst du?" Ich schaute an mir hinab, „ich fühle mich nicht wirklich wohl darin."

„Blödsinn, du siehst toll aus, und du weißt schon, dass dich Stefan total anhimmelt?"

Ich warf ihr einen skeptischen Blick zu.

„Im Ernst. Sag bloß, das merkst du nicht? Ich meine, Leevi ist ein lustiger Kerl, ich mag ihn, das weißt du. Aber Stefan", sie geriet richtig ins Schwärmen, „das ist ein gestandener Mann, so elegant und souverän, er würde dir die Welt zu Füßen legen."

Mit Absicht rempelte ich meine Hüfte an ihre.

„Hör bloß auf damit, du alte Kuppeltante." Aber sie ließ sich nicht beirren.

„Er hat sich gut mit Michael unterhalten. Michaels Firma muss in Italien ein neues Produktionsgebäude errichten, ich glaube, Stefan will mal hinfliegen, um ihnen ein Angebot zu unterbreiten. Stell dir nur vor, wir könnten mitfliegen und es uns in Mailand so richtig gutgehen lassen. Wir würden die Boutiquen unsicher machen und die Schuhgeschäfte plündern, durch die kleinen Gässchen flanieren und in gemütlichen Straßencafés sitzen. Wäre das nicht himmlisch? Wir könnten das Leben in vollen Zügen genießen."

Ich verdrehte meine Augen. „Deine Phantasie geht mit dir durch. Ich frage mich, wie der Abend noch enden soll, wenn du jetzt schon betrunken bist."

„Bin ich gar nicht", begehrte sie auf, „außer Wasser habe ich noch nichts getrunken."

Wir hatten die Toiletten erreicht und mussten zum Glück nicht Schlange stehen. „Mach und geh aufs Klo", wies ich sie lachend an. Vor den Waschbecken trafen wir uns wieder. Ich war gerade dabei, meine Hände abzutrocknen, und sogleich bereit zurückzugehen, aber meine allerliebste Freundin musste erst noch ihren Lippenstift nachziehen und tatsächlich ihr Näschen pudern. „Komm jetzt", sagte ich ungeduldig und öffnete schon mal die Tür, „ich bin zum Tanzen hier und nicht, um dir beim Schminken zuzusehen."

„Ich komm ja schon", sagte sie, musste aber doch noch schnell zwei ihrer Löckchen in Form zupfen, bevor sie hinter mir hergestöckelt kam. „Also eins muss ich dir ja mal sagen, dass du immer so nüchtern und unromantisch bist, gefällt mir gar nicht."

„Du weißt genau, dass ich nicht so ein Modefreak bin wie du."

„Das hat doch damit nichts zu tun, ich meine, du musst dir auch mal ein bisschen Mühe geben, Stefan nett zu finden."

„Ich finde ihn nett."

„Na, dann eben mehr als nett." Sie verlor gerade die Geduld mit mir. „Ma, du weißt eh wie i des moan, jetzt stell di halt net goar so deppert on."

Ich lachte laut. Wenn Nina ihren Dialekt auspackte, konnte es schon mal recht deftig zugehen.

Nina und Michael hatten sich schon verabschiedet. Michael war müde, er war heute erst aus Italien zurückgekommen. Stefan und ich saßen noch mit den anderen Kursteilnehmern zusammen. Die Stimmung wurde ausgelassener. Die nächste Champagnerflasche wurde geköpft, die Männer zogen ihre Sakkos aus und rollten die Hemdsärmel auf, ein passenderes Outfit für die heißen lateinamerikanischen Rhythmen, die jetzt gespielt wurden.

Gegen halb zwei löste sich dann aber auch der harte Kern auf. Wir liefen die große Eingangstreppe hinunter, und da passierte es: Mit meinem glatten Absatz rutschte ich auf der Steintreppe aus. Stefan reagierte sofort und fing mich auf. Ich lag in seinen Armen und wollte mich gerade wieder aufrappeln, als er mich küsste. Es war nicht unangenehm, wirklich nicht, aber sonst passierte gar nichts in mir.

„Komm mit mir, Mona", flüsterte mir Stefan ins Ohr, „und lass uns die Nacht noch schöner beenden als sie ohnehin schon angefangen hat." Er nahm mich an der Hand. Wie ferngesteuert ging ich mit ihm zu seinem Auto und er fuhr uns zu sich nach Hause.

War es richtig mit ihm zu gehen? Auf keinen Fall hatte er Leevis Herzlichkeit, Witz und Charme aber er war kein Abenteurer, in ihm würde ich einen zuverlässigen Partner finden. War das nicht wichtiger als ein paar Schmetterlinge im Bauch zu haben und einer Liebe nachzujagen, die ohnehin niemals funktionieren konnte? Ohne Zweifel war es vernünftiger. Ich mochte ihn ja auch, er war ein ehrlicher, attraktiver, gebildeter Mann. Ihm hatte ich es zu verdanken, dass ich den Laden überhaupt bekommen hatte.

Vorsichtig schob er mich vor sich her in sein Haus. Im Wohnzimmer warf er seine Smokingjacke achtlos zu Boden, trat hinter mich und zog mir ebenfalls meine Jacke aus. „Mach deine Augen zu Mona, entspann dich, ich kümmere mich um alles", hörte ich ihn sagen. Er küsste meinen Nacken bis zu meinen Schultern, seine Hände fuhren um meine Taille, er drückte sich an mich. Ich hielt meine Augen krampfhaft geschlossen. Meine Gedanken rasten weiter. Vielleicht hatte Nina Recht, ich musste mir einfach ein bisschen mehr Mühe geben. Gerade schob er einen Träger meines Kleides über meine Schulter.

„Du bist so aufregend, Mona!" Im nächsten Augenblick kniete er vor mir und öffnete die kleinen Schnallen an meinen Tanzschuhen. „Steig aus deinen Schuhen, ich will dich ganz ausziehen, und ich will mich an dir berauschen wie an dem Champagner. Das wollte ich schon in Reims."

Er wollte sich an mir berauschen. Super! Aber was wollte ich? Ich holte tief Luft. Vielleicht war es doch klüger, seinem Verstand zu folgen?

Also schön, würde ich mir eben Mühe geben.

ca Kapitel 21 හි

Und plötzlich ist alles wieder anders.

Oktober Leevi

Aufgeregt wie vor unserem allerersten Auftritt fuhr ich zu Mona. Ich hatte meinen Rückflug extra mit Zwischenstopp in Frankfurt gebucht, um sie kurz sehen zu können. Mir blieben nur zwei Stunden Aufenthalt. Mit klopfendem Herzen stieg ich aus dem Taxi.

Das Garagentor war geschlossen, also musste sie zu Hause sein. Ich klingelte bei ihr. Alles blieb ruhig. Ich sah hinauf zu dem Fenster an der Treppe. Vielleicht war sie ganz oben und musste erst herunter in den Flur kommen, wo sich die Sprechanlage und der Türöffner befanden. Oder sie hatte die Türklingel gar nicht gehört - das passierte manchmal, wenn man im oberen Stockwerk war. Also klingelte ich noch einmal. Nichts. Oh, bitte, lieber Gott, lass sie da sein! Gerade wollte ich das Handy herausholen, um sie anzurufen, als ich einen Mann im Hof entdeckte. Er trug eine Gießkanne in der Hand und wässerte die Hortensien! Wer zum Teufel war das? Und warum goss er Monas Blumen? Er hatte mich jetzt auch entdeckt und kam zum Hoftor.

„Hallo, wollen Sie zu uns?"

Wieso sagte er uns? Ich fing an zu schwitzen. „Ich möchte zu Mona Huber."

„Sie ist schon vor einer ganzen Weile mit dem Fahrrad weggefahren, sie wird sicher bald wieder da sein. Kommen Sie doch herein und warten Sie auf sie", sagte er freundlich, griff in seine Hosentasche und schloss das Hoftor auf. Er hatte einen Schlüssel zu Monas Haus!

„Ich bin Matteo Mazzini", er reichte mir die Hand.

„Hallo, Leevi Tervo", machten wir uns bekannt.

„Kommen Sie, ich mache Ihnen einen Espresso, solange Sie auf Mona warten."

Er führte mich ums Haus herum und in die Küche im Erdgeschoss. Das musste einer der Mieter sein.

„Bitte setzen Sie sich doch. Espresso oder lieber etwas anderes?"

„Eine Milchkaffee, I would prefer."

„Amerikaner?"

„No, Finne."

„Italiener." Er lächelte mir freundlich zu. Toller Mann. Sympathisch, gepflegt, augenscheinlich teuer gekleidet. Während er die Kaffeemaschine bediente, bemerkte er: „Wusste gar nicht, dass man in Finnland so braun werden kann."

„Ich komme straight from Australia."

„Wow, da fliegt man doch bestimmt dreißig Stunden, oder?"

„Ja, fast."

„So, bitteschön." Er stellte einen perfekten Latte Macchiato vor mir ab.

„Vielen Dank." Ich löffelte gleich etwas von dem Milchschaum herunter.

„Haben Sie Hunger? Ich mache Ihnen gerne etwas zu essen."

„Nein, danke." Keinen Bissen hätte ich jetzt hinuntergebracht. Er machte sich einen Espresso und setzte sich zu mir.

„Sie sind Mieter von Mona?", fragte ich ihn.

„Ja. Mein Kollege Lukas und ich haben uns hier eingemietet. Das war ein Glückstreffer in doppelter und dreifacher Hinsicht. Wir sind Karola unendlich dankbar, dass sie uns diese Wohnung vermittelt hat. Wir haben ja keine Möbel mitgebracht und hier war alles vorhanden. Sogar Geschirr, Bettwäsche, Handtücher, einfach alles. Der große Garten, die ruhige, aber doch zentrale Lage, in fünfzehn Minuten sind wir in der Firma. Na ja, und dann noch bei so einer charmanten und herzensguten Vermieterin unterzukommen, das ist doch mehr als perfekt. Wir hätten es wirklich nicht besser treffen können. Lukas ist übrigens auch noch unterwegs."

„Mit Mona?"

„Nein, er ist mit dem Auto in den Spessart gefahren, zu Arbeitskollegen, er hat sich gleich mit ihnen angefreundet. Wissen Sie, er vermisst seine Berge. Er kommt aus der Schweiz."

„Aha."

„Und Sie haben Urlaub gemacht in Australien?"

„No, ich war beruflich da." Er wusste nicht, wer ich war. Mona hatte nichts von mir erzählt. Er wusste auch sicher nicht, dass wir ab November die Wohnungen haben wollten. Sie hatte mich aus ihrem Leben gestrichen. Mein Puls raste wie verrückt. Ich nahm einen Schluck von meinem Milchkaffee und Matteo nippte an seinem Espresso.

„Sie kennen Mona schon länger?", versuchte er mich auszufragen.

„Ja, wir haben uns kennengelernt in Finnland, sie hat Urlaub gemacht …"

„Oh, ich glaube, das war sie." Er stand auf und trat einen Schritt auf die Treppe hinaus. „Mona, du hast Besuch!", rief er, kam zurück und deutete hinaus. „Das war sie."

Wie in Trance stand ich mit wackeligen Knien auf und ging diese fünf Stufen hinunter die mir wie zwanzig vorkamen.

*

Oktober Mona

Es war Sonntag, der zwölfte Oktober. Ich kam am späten Nachmittag von meiner Fahrradrunde zurück und brachte gerade mein Rad in den Schuppen, als ich Matteo nach mir rufen hörte: „Mona, du hast Besuch!"

Das kann nur Nina sein, dachte ich mir, schloss schnell die Schuppentür ab und lief auf das Haus zu. Matteo verschwand von dem Podest und dann ... kam Leevi die kleine Treppe herunter.

Mich traf fast der Schlag. Ich blieb wie angewurzelt stehen. Er sah umwerfend aus! Braun gebrannt, Dreitagebart, sein Haar von der Sonne viel heller als sonst und viel kürzer als früher. Mindestens zehn Kilo musste er abgenommen haben. Sein Gesicht bedeutend markanter. Wow! Die Schmetterlinge in meinem Bauch hatten sich die ganze Zeit über nur ausgeruht, jetzt schlugen sie wieder wild mit ihren seidig zarten Flügeln. Ich musste mir kurz die Hand auf den Magen drücken und war nicht in der Lage, irgendetwas zu sagen. Er kam weiter auf mich zu. Ohnehin noch etwas außer Atem von meiner Fahrradfahrt ratterte mein Herz wie verrückt.

„Mou!" Seine Stimme bebte, seine Augen schwammen. Er nahm mich einfach in seine Arme und ich war angekommen. Ich war zu Hause. Er war mein Zuhause. Bei ihm konnte ich einfach so sein wie ich war. Alles war sofort wieder da, alles war sonnenklar; er war mein Mr. Right, daran bestand nicht der leiseste Hauch eines Zweifels. Nach acht Monaten zum ersten Mal wieder seine Stimme zu hören, und dann sagte er „Mou" so rauchig tief und innig, da brach jeder Bann und jeder Damm, mir liefen die Tränen.

„Please, Mou. Please, give me a second chance", flüsterte er.

Vorsichtig machte ich mich von ihm los und wischte mir die Tränen weg. „Lass uns reingehen."

„Ich habe nur kurze Stopp. Taxi kommt gleich wieder. Aber ich musste sehen dich."

„Wie bitte? Du tauchst hier nach fast einem Jahr auf, bittest mal eben schnell zwischen zwei Flügen um eine zweite Chance und verdrückst dich gleich wieder? Das glaube ich nicht!"

„Du musst verstehen, wir müssen jetzt dringend arbeiten an Songs, normal ich wäre straight from Australia geflogen nach Hause."

„Dann buchst du eben um und fliegst morgen weiter."

„No, geht leider nicht."

Seine Worte drangen zwar zu meinem Hirn vor, aber ich konnte sie nicht verstehen, ich konnte ihn nicht verstehen. Unsagbare Wut stieg augenblicklich in mir auf.

„Fein, dann flieg doch nach Hause. Lass dich bloß nicht von mir aufhalten. Ich brauche keinen Mann, der mal eben schnell eine Zwischenlandung bei mir macht."

In diesem Moment hörte ich einen Diesel vorfahren. „Das wird dein Taxi sein. Verpass deinen Flug nicht."

Mit versteinerter Miene setzte er sich Richtung Hoftor in Bewegung, drehte sich nicht mehr um, stieg in das verdammte Taxi ein und fuhr weg.

Ich stürzte ins Haus, rannte die Treppe nach oben, knallte die Tür zu und heulte vor Wut.

ଔ Kapitel 22 ଓ

Verwirrungen

Leevi

Als ich meine Wohnung in Helsinki betrat, war ich seit sechsunddreißig Stunden auf den Beinen. Im Flur stellte ich mein Gepäck ab, ging kurz ins Bad, und dann ließ ich mich auf mein Bett fallen und wachte für die nächsten zwölf Stunden nicht mehr auf.

Sobald ich zu mir kam, kreisten meine Gedanken um Mona, bis ich wieder einschlummerte. Erst das stürmische Läuten meiner Türklingel ließ mich hochfahren. Wer zur Hölle war das? Mühsam quälte ich mich aus meinem Bett und wankte zur Wohnungstür. Ah, ich hörte schon ihre Stimmen, es waren die Jungs. Kaum hatte ich die Klinke heruntergedrückt, flog mir auch schon die Tür gegen den Ellenbogen. „Auah!" Ich rieb mir über die schmerzende Stelle.

„Oh, entschuldige bitte", Aki stürmte herein.

„Haha, unser altes Haus ist endlich wieder da, komm her, lass dich knutschen." Er fiel mir um den Hals und küsste mich auf beide Wangen.

„Hey, was soll das?", wehrte ich ihn ab.

„Hi", Henrik und Mika folgten, umarmten und drückten mich und schleppten zwei Kisten Bier herein.

„Wo ist Rasmus?", fragte ich die Jungs.

„Der liegt mit Fieber im Bett", gab mir Henrik die gewünschte Auskunft. Aki saß schon am Esszimmertisch und biss gerade herzhaft in einen Apfel, den er sich von der Obstschale genommen hatte. Mom, die Allerbeste, hatte bestimmt das Obst gebracht und auch meinen Kühlschrank aufgefüllt.

„Fühlt euch ganz wie zu Hause", sagte ich, immer noch total benebelt, „ich brauche erst mal eine Dusche."

Bis ich zurückkam, hatten sie mir Kaffee gekocht und Henrik briet mir zwei Spiegeleier. Gerade kam auch das Toastbrot aus dem Toaster geschossen.

„Hier", sagte Henrik und brachte mein Frühstück, „iss erst mal was. Du bist zwar braungebrannt, siehst aber trotzdem furchtbar aus."

„Oh, vielen Dank", sagte ich, „das ist echt freundlich. Schließlich habe ich mir in den vergangenen Monaten auch für euch den Arsch aufgerissen."

„Ja, Mann, hast du", Mika klopfte mir besänftigend auf die Schulter. „Wenn der Jetlag erst mal vorbei ist, sieht die Welt schon wieder ganz anders aus." Noch während ich meine Spiegeleier aß, wurde ich schon mit Fragen bestürmt: Wie viele Lieder ich geschrieben hatte und mit welchen Co-Writern, welchen Style die Songs hatten, hart, rockig oder soft, welche Texte es gab, ob sie schon komplett fertig waren und, und, und. „Es gibt trotzdem noch viel zu tun", sagte ich, „wir müssen gleich morgen loslegen."

Einheitliches Kopfnicken. Natürlich musste ich auch sonst alles erzählen, von der Hochschule, von der Studioarbeit und so weiter, und Bilder wollten sie sehen, obwohl ich ihnen immer mal ein paar Impressionen aufs Handy geschickt hatte. Wie üblich wurde gescherzt, was insbesondere meine Mitschülerinnen und die Beachpartys betraf.

Wir bestellten Pizza und leerten nicht nur die zwei Kisten Bier, sondern auch noch drei Flaschen Wein und einen Rest Whisky. Gegen Mitternacht bestellten sich Henrik und Mika ein Taxi und verabschiedeten sich. Aki schlief auf meinem Sofa. Ich hatte mich mit Absicht betrunken und torkelte zu meinem Bett.

*

Es war glockenhell und ich fror. Ich spürte einen kalten Luftzug. Welcher Idiot hatte mein Fenster sperrangelweit aufgerissen? Mühsam blinzelte ich. Meine Mom stand neben meinem Bett, die Hände in die Hüften gestemmt.

„Seit zwei Tagen bist du zu Hause und hältst es nicht für nötig, dich mal zu melden? Und jetzt finde ich dich hier, halb tot und vergammelt in deinem Bett!"

„Oh", ich drehte mich auf den Rücken und legte mir meinen Unterarm über die Augen. „Mom, bitte."

„Ich setz dir einen Kaffee auf", hörte ich sie sagen und in die Küche gehen. Plötzlich stieß sie einen Schrei aus.

„Meine Güte Aki, hast du mir einen Schrecken eingejagt."

Aki, an den hatte ich gar nicht mehr gedacht. Ich hatte überhaupt an gar nichts gedacht in den letzten Stunden und dafür war ich wirklich dankbar, aber jetzt kam alles doppelt und dreifach schlimm wieder an die Oberfläche. Ich hörte meine Mom in der Küche herumklappern. Nach einer Weile rief sie: „Steh jetzt sofort auf, Leevi, und leiste deinem Saufkumpan wenigstens Gesellschaft. Ich bin jetzt weg, ich muss zur Arbeit, der Kaffee läuft schon durch."

Mit einem lauten Rums fiel die Eingangstür ins Schloss. Also rappelte ich mich auf und schlich in die Küche. Aki saß auf einem Hocker und hatte seinen Kopf auf dem Tresen abgelegt. „Morgen", murmelte ich.

„Morgen."

So warteten wir schweigend, bis der Kaffee fertig war. Dann schenkte ich uns zwei Becher ein, stellte einen vor Akis Kopf ab und setzte mich. Gleich beim ersten Schluck verbrannte ich mir prompt den Mund.

„Scheiße, ist der heiß!" Und meine Jeans hatte ich auch noch eingesaut. Ganz toll, wirklich super! Ich holte erst mal zwei Gläser Wasser und Kopfschmerztabletten, für jeden gleich zwei, eine würde nicht viel ausrichten können, und schob Aki seine Ration zu. „Danke." Wir spülten die Tabletten mit reichlich Wasser hinunter. „Meine Herren", sagte Aki, „so einen Filmriss hatte ich schon lange nicht mehr."

„Von mir aus braucht er gar nicht mehr aufzuhören."

„Wie meinst du das?" Aki rappelte sich auf und lehnte sich zurück um mich ansehen zu können. „Warum bist du eigentlich so schlecht drauf? Du hast jede Menge neue Songs mitgebracht, wir starten jetzt noch mal so richtig durch."

„Ja, ja. Aber der Preis dafür war zu hoch."

„Ich kann deinen Hirnwindungen nicht folgen, Leevi, sag, was du meinst oder rechne nicht mit einer Antwort von mir."

„Mona hat mich zum Teufel gejagt."

Er fing an zu lachen, ließ es aber schnell wieder bleiben. „Soll das heißen, wir können nicht bei ihr einziehen?"

Wie selbstlos mein bester Freund doch war.

„Das kannst du vergessen, Leevi, wir werden nicht wieder eingepfercht in irgendwelchen Hotelzimmern hausen, oh, nein, nein, nein! Du hast gesagt, dass Mona einen großen Garten hat, in dem wir grillen können, dass man Fahrradtouren machen und mit einem Boot auf dem Main herumfahren kann. Gib mir ihre Nummer ich rufe sie an. Wo ist dein Handy?" Er schaute sich um.

„Den Teufel wirst du tun, du rufst sie nicht an."

„Gut, dann musst du das wieder hinbiegen. Hey, komm schon, die kriegt sich wieder ein. Ganz sicher, du wirst sehen." Er hielt mir seinen Kaffeebecher entgegen, um mit mir anzustoßen. Ich tat ihm den Gefallen. „Ich weiß nicht, ich habe kein gutes Gefühl."

„Nicht aufgeben, Mann! Schick ihr Blumen, Pralinen, Schmuck. Lad sie ein nach Hawaii. Lass ein Flugzeug über ihrem Haus kreisen und setz deinen ganzen Charme ein, das zieht doch sonst auch immer."

„Bei Mona nicht. Sie ist anders."

Aber Schmuck war ein gutes Stichwort, der Ring musste längst angekommen sein. Darum musste ich mich als Nächstes kümmern.

„Dann schreib ihr. Schreib ihr einen Brief, dass ihr die Tränen kommen. Oder schreib ihr ein Lied und dann schickst du es ihr. Das ist doch eine geniale Idee, das wird sie umhauen."

Er hatte ja keine Ahnung, wie viele Briefe ich in Australien schon angefangen und dann wieder weggeworfen hatte. Und ihr Lied hatte ich auch im Gepäck. „Magic In You". Mit Takumis Orchesterarrangement, einfach unglaublich! Das würde eine ganz neue Richtung in unsere bisherige musikalische Arbeit bringen.

Als Aki sich auf den Heimweg machte, ging ich mit ihm hinunter. Ernesti hatte heute Dienst am Empfang.

„Guten Tag, Herr Tervo. Lange nicht gesehen", er reichte mir die Hand, „geht es Ihnen gut?"

„Hallo Ernesti. Ja, ja, alles in Ordnung. Jetlag, Sie verstehen schon."

„Natürlich."

„Sagen Sie, ist ein Päckchen für mich abgegeben worden?"

„Ein Päckchen? Nicht dass ich wüsste. Aber jede Menge Post habe ich für Sie gesammelt." Er öffnete einen Schrank hinter sich und stellte eine große Plastiktüte vor mir auf dem Tresen ab. „Hier, alles für Sie."

„Ach du grüne Neune! Da hat sich ja einiges angesammelt."

„Kann man wohl sagen."

Meine Tüte fest umarmt trabte ich zurück zum Aufzug. An einen Nachsendeauftrag hatte ich bei meiner überstürzten Abreise natürlich nicht gedacht. Ich stand immer noch vollkommen neben mir und fühlte mich schrecklich! Da mein Esszimmertisch noch unter Flaschen und Pizzakartons von gestern begraben war, kippte ich kurzerhand die ganze Tüte auf das Sofa. Reklame, Kataloge, Zeitschriften, Briefe, aber kein Päckchen. Shit! Der Ring war doch hoffentlich nicht verlorengegangen? Nach einem Jahr einen Nachforschungsantrag zu stellen war wohl sinnlos. Ich kramte weiter, und dann entdeckte ich einen gepolsterten Umschlag. Ja, da konnte er drin sein. Ungeduldig zerrte ich an der Umschlagkante, aber sie ließ sich nicht so einfach aufreißen, ich musste erst eine Schere holen, um an den Inhalt heranzukommen. Dann fischte ich eine kleine weiße Schachtel heraus. In dieser Schachtel befand sich ein dunkelblaues Samt-Etui. Ich drückte auf den kleinen Knopf an der Vorderseite, und da war er: Der Ring, den ich vor über einem Jahr für Mona in Auftrag gegeben hatte. Vorsichtig nahm ich ihn heraus. Er war wunderschön. Das Roségold würde fantastisch zu ihrer hellen Haut passen. Hoffentlich hatten sie die Gravur nicht vergessen. Ich betrachtete die Innenschiene, ja, da war sie, und den Brilli hatten sie auch eingearbeitet. Mein Herz klopfte schneller. Ich liebte Mou so sehr! Als ich sie wieder in meinen Armen gehalten hatte … Was konnte ich nur tun? Vielleicht sollte ich einfach noch einmal zu ihr fliegen?

Mona

Am Abend klopfte es an meiner Wohnungstür. Es war Matteo, der sich vorsichtig erkundigte ob alles in Ordnung sei. Vermutlich hatte er die Szene im Hof beobachtet und sah jetzt auch meine verheulten Augen.

„Oh ja, alles wunderbar", sagte ich ironisch. „Möchtest du hereinkommen?" Ich ging zur Seite und machte eine einladende Handbewegung. „Du könntest mir Gesellschaft leisten, während ich mich betrinke." Ich deutete auf die Stühle um den Esszimmertisch. „Setz dich."

„Danke."

Ich holte ein zweites Glas und schenkte ihm von dem Rotwein ein, den ich mir geöffnet hatte.

„Ich habe meine Schwester gebeten mir ein paar Bilder zu schicken." Er klappte sein Laptop vor mir auf. „Das ist mein Haus, von dem ich dir erzählt habe."

„Wahnsinn!" Es war keine hochmoderne Villa, sondern ein Landhaus, erbaut aus Natursteinen. Das bereits auf den ersten Blick Gemütlichkeit und Wärme ausstrahlte.

„Und das ist die Aussicht auf die Weinberge." Er klickte die Bilder weiter.

„Wunderschön, wirklich."

„Du bist jederzeit herzlich bei mir willkommen Mona, und du kannst bleiben, solange du willst."

„Das ist ganz lieb von dir. Danke!" Ich nickte und versuchte ein Lächeln.

„Ich meine, auch wenn du das Musikerleben mal leid sein solltest."

„Hat dir Leevi erzählt, dass er Musiker ist?"

„Nein", er senkte seinen Blick, „ich war neugierig und habe seinen Namen gegoogelt."

„Ach so, ja, keine Angst, ich werde ganz sicher kein Bandmitglied werden."

„Kann ich noch irgendetwas für dich tun?"

„Nein. Danke. Es ist alles okay", log ich, um ihn zu beruhigen.

*

Am fünfundzwanzigsten Oktober zogen meine Mieter schon aus und das Haus war wieder leer. Gleich nächste Woche würde ich mich um Nachmieter kümmern. Ich hatte viel zu tun mit den neuen Azubis, meinem Laden und dem Hotel, aber trotzdem genügte mir die Ablenkung nicht. Was machte das alles für einen Sinn, wenn ich nicht glücklich sein durfte?

Erst am Sonntag kam ich dazu die Post durchzusehen und zog, zwischen Reklame, Katalogen und einem Brief von meiner Versicherung, noch einen weiteren Brief hervor. Ohne Absender, aber abgestempelt in Helsinki, die Adresse ausgedruckt. Leevis Handschrift hätte ich sofort erkannt. Mein Herz geriet ins Stolpern. Ich legte ihn zurück auf den Stapel, ich würde ihn nicht öffnen, oder noch besser, gleich in die grüne Tonne damit. Nein, es konnte ja auch ein Brief von Mirja oder Granny sein, oder ganz und gar von Jaana. Also ging ich zurück zu meinem Sekretär und öffnete den Brief. In der nächsten Sekunde hielt ich ein Flugticket nach Finnland in meiner Hand. Abflug Freitag, einunddreißigster Oktober, Ankunft Helsinki achtzehnfünfundvierzig. Rückflug am Sonntag. Eine kleine Karte steckte noch in dem Umschlag. Es standen nur fünf Worte darauf. Fünf einfache Worte, die wieder alles in mir in Aufruhr brachten.

Mit dieser Aktion hatte er wieder einmal unter Beweis gestellt, wie gut er mich kannte. Er wusste genau, dass es nichts gebracht hätte mich anzurufen und mir die Ohren vollzusülzen und er war auch nicht selber noch einmal hergeflogen, um sich nicht aufzudrängen. Er überließ ganz alleine mir die Entscheidung nach Helsinki zu kommen oder nicht. Zu ihm zu kommen oder nicht. Vielleicht hatte er auch Granny um Rat gefragt? Die ganze Sache könnte sehr gut auch ihre Handschrift tragen. Meine Güte unsere Granny, wie sehr ich sie liebte, genauso wie Mirja und die Kinder auch.

*

„Und, was willst du jetzt machen?" Ich hatte Nina davon erzählen müssen, sonst wäre ich geplatzt.

„Wenn ich das wüsste!" Ratlos zuckte ich mit den Schultern.

„Um ehrlich zu sein, hatte ich gehofft, du wärst darüber hinweg." Sie setzte sich zu mir und stellte ein Glas Tee vor mir ab.

„Danke."

„Du spielst doch nicht ernsthaft mit dem Gedanken, nach Finnland zu fliegen?"

Sie interpretierte mein Schweigen richtig und legte ihren Wuschelkopf auf meine Schulter. „Ach, Mona! Bei dir gibt es wirklich keinen geraden Weg, oder? Und was wird aus Stefan? Vielleicht musst du der ganzen Sache einfach etwas mehr Zeit geben. Fahrt doch mal zusammen in Urlaub oder wenigstens über ein langes Wochenende irgendwo hin."

„Was? Nein! Ich will nicht mit ihm in Urlaub fahren", sagte ich entsetzt und störrisch.

„Aber warum denn nicht?"

„Ich hab mir Mühe gegeben, Nina, wirklich. Weil ich weiß, dass es vernünftig wäre."

Sie sah mich mit einer Mischung aus Zweifel und Mitgefühl an. „Aber?"

Ich schüttelte meinen Kopf. „Es fühlt sich nicht richtig an. Ich langweile mich mit ihm. Es passiert überhaupt nichts in mir, wenn er mich küsst oder berührt. Mit Leevi war das von Anfang an ganz anders. Er, mit seinem unschlagbaren Humor, seinem überschwänglichen, riesengroßen Herzen, der alles und jeden bedingungslos liebt und so viel Wärme ausstrahlt, dass man einfach nur in seiner Nähe sein will. Wenn er mich ansieht, mit seinen frechen blauen Augen, die immer etwas im Schilde führen, prickelt alles in mir, und wenn er mich in seine Arme nimmt, dann ist sowieso alles gut."

„Verstehe. Oh Gott, bin ich jetzt Schuld daran, dass du ..."

„Nein, Quatsch, sag doch so etwas nicht. Ich mag Stefan ja auch, wir haben viel Zeit zusammen verbracht, aber ich liebe ihn einfach nicht."

*

Ich war heilfroh, dass Stefan zurzeit in München zu tun hatte und weg war. Krampfhaft überlegte ich mir, wie ich ihm am besten beibringen konnte, dass die Geschehnisse in der Nacht nach dem Ball definitiv keine Wiederholung finden würden. Was hatte ich mir nur dabei gedacht? Oh Gott! Ich hatte einen riesigen Fehler gemacht!

Am Donnerstag tauchte Stefan bei mir im Geschäft auf, was mir überhaupt nicht in den Kram passte.

„Ich bin total im Stress, aber morgen Abend sehen wir uns beim Tanzen, versprochen!" Er gab mir einen Kuss.

„Ich weiß noch nicht, ob ich da sein werde", sagte ich wahrheitsgemäß.

„Hast du wieder ein Schnäppchen aufgetan? Zeig mal." Er trat hinter mich, um einen Blick auf meinen Laptop werfen zu können. „Du fährst nach Augsburg?"

Ich hatte gerade einen interessanten Artikel über die Fuggerstadt gefunden.

„Nein, ich habe eine Einladung nach Helsinki."

„Helsinki? Was hast du da denn entdeckt? Eine antike Sauna?" Er lachte übermütig.

„Nein, Leevi hat mir ein Flugticket geschickt." Ich ging in die kleine Teeküche um Wasser aufzusetzen. Er folgte mir und ließ sich auf einen der Holzstühle nieder.

„Was? Wegen ihm warst du doch neulich schon tagelang total durcheinander. Du willst doch nicht allen Ernstes dahin fliegen?"

„Ich bin noch unschlüssig."

„Unschlüssig? Was versprichst du dir davon?"

Sein Tonfall gefiel mir gerade überhaupt nicht.

„Ich habe ihn neulich ziemlich abgekanzelt und jetzt möchte ich mich mit ihm aussprechen."

„Aussprechen?" Spöttisch verzog er sein Gesicht, was mich noch zorniger machte.

„Ich will dir mal was sagen, Stefan", giftete ich ihn an. „Ich bin ein freier Mensch und ich kann tun und lassen, was mir gefällt. Ich werde mir von dir ganz sicher keine Vorschriften machen lassen, und ich kann mich nicht daran erinnern, dass ich dich um deine Meinung gebeten hätte." Oh, ich war sauer, stinksauer! Was bildete er sich eigentlich ein? Das war ja wohl der Gipfel! Augenblicklich stand er auf.

„Natürlich kannst du machen was du willst, entschuldige bitte. Ich muss weiter."

Weg war er. Diese Ansage hatte gesessen.

☙ Kapitel 23 ❧

Helsinki again

Bis zur letzten Sekunde hatte ich doch noch gezögert, aber jetzt flog ich nach Helsinki; aufgeregt bis zum Gehtnichtmehr und ohne jede Vorankündigung. Ob er mich abholen würde?

Ja, von weitem erkannte ich schon seinen blonden Schopf, der alle anderen Wartenden überragte. Gott sei Dank hatte er keine Blumen mitgebracht! Ich meine, Blumen am Bahnhof oder Flughafen sind ja wohl das Kitschigste, was man sich überhaupt nur vorstellen kann.

Als er mich ebenfalls entdeckt hatte, kam er mit großen Schritten auf mich zu, zog mich in seine Arme und drückte mich ganz fest, so, wie er es damals einfach an der Haustür meines Ferienhauses gemacht hatte und in dieser Art und Weise, wie nur er es tun konnte.

„Thank goodness! Du bist hier."

Ich bildete mir ein, sein Herz schlagen zu hören.

„Du warst dir ja scheinbar sehr sicher, dass ich kommen würde?"

„No", er schüttelte seinen Kopf, „ich war überhaupt nicht sicher", sagte er ernst.

Da ich nur kleines Handgepäck dabei hatte, konnten wir gleich zu seinem Auto gehen.
„Wollen wir anhalten bei eine Restaurant in City und da etwas essen?", fragte er, nachdem er losgefahren war.
„Nein, lass uns lieber etwas bestellen, mir ist nicht nach Stimmengewirr und Geschirrgeklapper."
„Okay." Er nickte.

Nach zwanzig Minuten waren wir angekommen und er schloss die Wohnungstür auf. Ich trat in den Flur. Zuerst fiel mein Blick in das Gästezimmer, weil die Tür weit offenstand. Es lag kein Krimskrams mehr darin herum. Alles war picobello aufgeräumt und über dem Bett lag eine hübsche bunte Tagesdecke, die ich zuvor noch nicht gesehen hatte. Er trug meine Reisetasche hinein und öffnete die Doppeltür von dem großen Kleiderschrank. Bis auf ungefähr dreißig Kleiderbügel war er leer.
„Hier du kannst aufhängen deine Sachen."
Ich musste lachen. „An der Größe meiner Tasche ist ja unschwer zu erkennen, dass ich für die zwei Tage keine fünfundzwanzig Kleider mitgebracht habe."

„Oh ja, sicher." Er rieb sich den Nacken. Das war eine Verlegenheitsgeste von ihm. „Mach, wie du willst."

Vielleicht war es doch ein Fehler gewesen herzukommen? Wieder in dieser Wohnung zu sein, schwemmte all die schönen Erinnerungen an die Oberfläche. Von daher war es sehr clever von ihm, mich hierher zu locken. Er war schon ein Schlitzohr, das hatte er von Granny geerbt. Aber jetzt packte ich erst mal aus und hängte einzig meine graue Jeans auf einen der Bügel in den Schrank. Meine anderen Sachen räumte ich in die Schrankfächer ein.

„Schon fertig", sagte ich und ging ins Esszimmer. Auf dem Tisch stand eine blühende Orchidee. Blumen bei Leevi? „Wow, willst du dich den Blumenzüchtern anschließen?"

„Was?" Er kam aus der Küche.

„Die Orchidee", ich wies mit meinem Kopf in die Richtung, „ich habe noch nie zuvor Blumen bei dir gesehen." Ich erinnerte mich an Grannys Bemerkung bezüglich der Kakteen.

„Ich dachte, du magst. Du hast doch auch zu Hause. Oder?"

„Ja, gut beobachtet. Tolle Farbe, dieses dunkle Rot."

„Wollen wir bestellen etwas? Was möchtest du essen?"

„Ein paar Nudeln vielleicht. Nichts Großartiges."

Er bestellte uns die Nudelvariationen vom Italiener, die mir letztes Jahr so gut geschmeckt hatten.

„Rotwein dazu?"

„Gerne, und ein Wasser bitte."

Geschäftig deckte er den Tisch, brachte Wasser und Wein. Ich wurde bedient und kam mir auch vor wie ein Gast in der Wohnung, in der ich mich vom ersten Augenblick an so unglaublich wohl gefühlt hatte. Es war eine blöde Situation. Wir waren beide total befangen. Endlich setzte er sich mir gegenüber an den Tisch. „Danke, dass du bist gekommen."

„Danke für die Einladung. Es tut mir Leid, dass ich dich neulich so abgekanzelt habe", brachte ich mühsam heraus. „Dich plötzlich wiederzusehen hat mich umgehauen und dann musst du gleich wieder weiter", ich schnaufte tief. „Es ist so viel passiert, Leevi. Ich habe jetzt einen eigenen Laden."

„Wirklich? Hat funktioniert mit Laden? Was machst du genau? Wo ist er? Ich will sehen alles."

Seine Neugier und Begeisterung waren sofort entfacht.

„Der Laden ist in Seligenstadt, in einem alten Fachwerkhaus. Ich verkaufe Antiquitäten und nette Accessoires, so, wie ich es mir immer vorgestellt habe."

„Das ist toll! Und? Geht gut? Tell me all about it!"

Also erzählte ich von den schwierigen Anfängen und wie sich alles entwickelt hatte. Er legte seine Handflächen aneinander und hörte mir aufmerksam zu. Es fiel mir schwer, meinen Blick von seinen Händen zu wenden. Wusste ich doch noch so genau, wie es sich anfühlte, wenn sie mich berührten. Ich konnte sie förmlich auf mir spüren und mein Herz begann zu rasen.

Es klingelte, unser Essen wurde gebracht. Nachdem wir es ausgepackt und auf unsere Teller verteilt hatten, unterhielten wir uns weiter.

„Aber was ist mit deine apprentices? Du hast Arbeit doch mit so viel enthusiasm gemacht?"

„Das mache ich ja auch weiterhin noch. In Teilzeit jedenfalls."

Er schaute mich besorgt an. „A lot of work for one person. Du arbeitest zu viel."

„Ach, das geht schon. Und, wie ist es in Australien gelaufen? Wie war es an der Musikhochschule und vor allem das Songwriting?"

„Ja, wo soll ich anfangen? Erste Zeit in Goonengerry war Scheiße, wirklich, du weißt ja, aber dann in Hochschule war super. Wirklich. So viele talented people! Really, really talented!"

Er erzählte von Marcella, einer Italienerin, die wunderbar singen konnte und es vorher nicht gewusst hatte. Und von Takumi war er total begeistert. „Wir haben viel zusammen gearbeitet, auch nach Unterricht. He is a genius! Er hat ganze orchestra arrangements gemacht für drei Songs von uns. Und ich will auch in Zukunft unbedingt weiterarbeiten mit ihm. Bringt ganz neue flavour in unsere music."

„Und wie war die Zusammenarbeit mit den anderen Songwritern?"

„Ja, Anfang war nicht so gut. Ein paar meetings sind auch ausgefallen, aber dann war super. Wirklich. Ich habe forty neue Songs in suitcase", endlich lächelte er mal, „und jetzt kommt größter Witz, am besten ich konnte arbeiten mit Magnus. Und rate, woher kommt Magnus?"

„Aus Finnland?"

„No, aus Schweden."

„Unglaublich! Und da fliegt ihr nach Australien, um euch zu treffen. Was sagen die Jungs zu den neuen Songs?"

„Jungs sind happy. Wir sind sicher, deal mit neue Plattenfirma wird klappen. Songs sind so damn good."

„Was bedeutet das genau, wenn ihr diesen neuen Vertrag bekommt?"

Er legte sein Besteck zur Seite und grinste ein bisschen. „Das ist surprise, ich wollte noch nicht sagen. Schmeckt dir Wein?"

„Ja, danke."

„Ist gleiche Sorte wie wir hatten in deine Ferienhaus."

Der Abend in meinem angemieteten Ferienhaus. Automatisch kamen Bilder und Erinnerungen auf. Wieder ein cleverer Schachzug von ihm.

„Ja, und sonst, ich habe viel Sport gemacht. Meine vocal coach hat gesagt, ich nicht habe genug Luft für

Singen and she was right. Jesus! Sie hat so erinnert mich an Granny."

„Tatsächlich? Wie geht es Granny eigentlich?"

„Gut. Ich weiß von Mom und Mirja. Sie nicht mehr spricht mit mir."

„Was? Wieso das denn?"

„Sie hat gedacht, ich gehe nicht wirklich nach Australia oder komme zurück nach some weeks."

Ah, also konnte Granny ihre Finger nicht im Spiel haben. „Oh weh", sagte ich schnell, „ich glaube, Granny kann ein echter Sturkopf sein."

„Oh, yes. Sie hat damals gewarnt mich. Du erinnerst noch an golden rules?"

„Allerdings, wie könnte ich die je vergessen."

„Damals sie hat auch gesagt, wenn ich irgendwann einmal mache Sorgen dir, sie streicht mich aus Testament, sie reißt mir Kopf ab und spricht keine Wort mehr mit mir. So, Kopf abreißen sie hat nicht geschafft, also sie spricht keine Wort mehr mit mir."

„Sie spricht wegen mir nicht mehr mit dir?" Leevi nickte nur stumm.

„Ich kläre das, gleich morgen."

„Much more important ist, dass du wieder sprichst mit mir." Er sah mir fest in die Augen, bis ich meinen Blick senkte. Ich war ihm wichtiger als Granny? Wo er sie doch über alle Maßen liebte und verehrte. Dieses versteckte Kompliment rührte mich ungemein.

„Willst du auch sehen kleine Helena?"

„Ein Mädchen? Ja, sehr gerne. Bestimmt ist sie zuckersüß."

„Oh ja, sie ist. Und sie ist so stark. Hat festgehalten meine Finger ganz fest." Er demonstrierte es mit seinen Händen.

„Goldig", ich lächelte, „ich habe so oft daran gedacht, aber ich habe mich nicht getraut anzurufen. Und allen anderen geht es auch gut?"

„Ja. Jaana und Elias sind so groß geworden", er schüttelte seinen Kopf, „unglaublich."

„Wenn man sie ständig sieht, fällt einem das gar nicht so auf, aber fast zwölf Monate sind eine lange Zeit."

„Absolutely." Er schaute mich an, als würde er noch irgendeinen Kommentar dazu von mir erwarten, ich sagte aber nichts. Ich hatte meine Portion nicht geschafft. Auch Leevi hatte noch etwas auf seinem Teller übrig gelassen und sein Besteck schon zur Seite gelegt.

„Bist du auch schon satt?", fragte ich verwundert.

„Ja."

„Geht es dir nicht gut?"

„Doch, doch, alles okay. Soll ich anzünden Kamin?"

„Nein, lass mal, ich bin müde, ich werde bald schlafen gehen." Ich musste ihm unbedingt von Stefan erzählen, und zwar heute noch. „Das mit meinem Laden ist nicht das Einzige, was sich geändert hat, Leevi … Da ist auch ein anderer Mann. Er hat mich die ganze Zeit über unterstützt. Ich bin ihm sehr dankbar dafür."

Oh, damit hatte ich ihn tief getroffen. Ihm entglitten sämtliche Gesichtszüge. Ich sah, wie er mehrfach fest schluckte und tief Luft holte.

„Es tut mir leid und ich schäme mich dafür. Ich habe mein Versprechen, auf dich zu warten, nicht gehalten."

Ihn so zu sehen, tat mir unglaublich weh. Mir stiegen Tränen in die Augen. Schnell trank ich meinen Wein aus.

„Gute Nacht, ich gehe ins Bett. - Es tut mir Leid", beteuerte ich noch einmal, bevor ich ins Gästebad und dann ins Gästezimmer ging. Eine Zeit lang hörte ich ihn noch in der Küche herumklappern, dann telefonierte er ewig lange auf Finnisch. Ich hörte ihn reden, zwar nur gedämpft, aber trotzdem hörte ich seine Stimme. Danach lief das Wasser im Badezimmer, bevor die Schlafzimmertür leise zugemacht wurde. Irgendwie hatte er sich auch verändert, er war ernster geworden, obwohl sich sein Humor natürlich immer wieder durchsetzte.

Ich war nicht in der Lage, einen klaren Gedanken zu fassen. Wieder hier zu sein bei ihm, setzte mein Gehirn außer Gefecht. Die halbe Nacht lag ich wach. Wie sollte es jetzt weitergehen? Wenn ich ihn doch nur nicht so wahnsinnig lieben würde.

*

Kurz vor neun Uhr am nächsten Morgen hörte ich ihn in der Küche herumhantieren. Leevi war um diese Zeit schon auf? Ich huschte schnell ins Gästebad, duschte, föhnte meine Haare, zog mich an und legte eine getönte Tagescreme auf, dann ging ich in die Küche. „Guten Morgen."

„Good morning!"

Er strahlte mich an und gab mir einen Kuss auf die Wange. Selbst diese kleine Geste machte mich fertig! Er schien wie ausgewechselt.

„Take a seat!" Er deutete auf einen der Hocker. „Tea?"

„Ja, bitte."

Er brühte mir einen Tee auf. Verschiedene Brötchensorten standen schon auf dem Tresen, ebenso Croissants, Brot, verschiedene Sorten Marmelade, Honig, Butter, Milch, Müsli und Orangensaft. Ich war im falschen Film.

„Ich kann machen meine special omelette für dich."

„Nein, vielen Dank, ich esse lieber ein Brötchen", sagte ich und griff in den Korb, um mir eins herauszuholen. Er schenkte sich Kaffee ein und setzte sich mir gegenüber.

„Did you sleep well?"

„Nicht wirklich, um ehrlich zu sein."

„Ah, sorry, diese Bett ist sehr uncomfortable."

„Nein, nein, das arme Bett kann nichts dafür", beruhigte ich ihn, „das liegt an mir. Mir gehen einfach zu viele Dinge durch den Kopf."

Nachdem wir eine Weile geschwiegen hatten, fragte er: „Wer ist diese andere Mann? Matteo?"

„Mein Mieter? Nein. Es ist der Vermieter meines Ladens. Also genau genommen hat er ihn mir gemeinsam mit seiner Schwester vermietet. Sie haben den Laden zusammen von ihrem Onkel geerbt. Es gab mehrere Bewerber", ich erzählte ihm die ganze Geschichte. „Er war einfach da, hat mir Essen in den Laden gebracht, hat mich zu Partys und Vernissagen mitgenommen. Durch ihn habe ich einige interessante Kontakte knüpfen können." Ich dachte dabei an Maggie. Wie sehr ich mich ansonsten dort gelangweilt hatte, ließ ich aus.

„Okay", er sah mich herausfordernd an, „dann ich werde kämpfen um dich. Hat er auch Name?"

„Natürlich hat er einen Namen, er heißt Stefan."

„Gut, dann ich werde kämpfen gegen Stefan. Du weißt, I never give up! Ich komme mit meine golden Rüstung und meine große sword."

Er machte ein böses Gesicht und eine ausladende Handbewegung dazu. Ich musste lachen, er war einfach zu drollig.

„Bitte, Leevi, hör auf damit. Das Mittelalter haben wir doch schon lange hinter uns gelassen. Außerdem bin ich keine Trophäe, um die man kämpfen kann."

„Doch, du bist. Du bist Jackpot, und ich will haben. - Ich muss wissen noch etwas, Mona."

„Was willst du denn wissen?" Seine Art amüsierte mich schon wieder.

„Warum ich sollte nicht mehr anrufen?"

Ich hatte gerade in mein Brötchen gebissen und musste erst mal zu Ende kauen und runterschlucken. Er sah mich erwartungsvoll an. Eigentlich wollte ich ihm die Wahrheit nicht sagen und suchte krampfhaft nach einer Ausrede.

„Mou."

Ja, da war er wieder, sein Seelenforscherblick. Und wenn er dann auch noch Mou sagte, hatte er mich sowieso am Haken. Er würde ohnehin jede Ausrede sofort durchschauen.

„Ich konnte es nicht mehr aushalten", sagte ich deshalb ehrlich.

„Was konntest du nicht aushalten?"

Ich trank einen Schluck von meinem Tee und murmelte dann: „Dich zu sehen, deine Stimme zu hören und trotzdem nicht in deiner Nähe zu sein; das konnte ich nicht mehr aushalten."

Ich kämpfte schon wieder mit den Tränen. Er stand auf, kam zu mir und zog mich in seine Arme. Wenn er das tat, war einfach alles gut, da hätte die ganze Welt um mich herum einstürzen können, es war mir egal.

„Deshalb auch keine Skype mehr. I get it. That makes sense. I´m so sorry, baby. Granny is right, as always. I`m a selfish asshole."

„Das hat sie nicht wirklich gesagt?"

„Not word for word, but I know, was sie hält von mir."

„Du bist nicht egoistisch, du hast es auch für die Band getan. Und ich bin selbst schuld, ich hätte ja mitkommen oder dich wenigstens mal besuchen können."

„Nein, du konntest nicht. Ich verstehe das jetzt. Ich mache alles wieder gut. Ich verspreche." Er drückte mir einen Kuss aufs Haar, setzte sich wieder, und wir frühstückten weiter.

„Was machen wir heute eigentlich?", fragte ich ihn.

„I thought, wir machen kleine Stadtbummel und ein bisschen Sightseeing, ich meine, außer Krankenhaus du hast noch nicht viel gesehen von Helsinki." Er zwinkerte mir zu, und zum ersten Mal blitzen seine Augen wieder frech. „Und Nachmittag wir besuchen Mirja."

„Ja, und Granny möchte ich unbedingt sehen."

„Okay", sagte er, aber ihm war eindeutig nicht wohl dabei.

Während unseres Stadtbummels klingelte mein Handy. Es war Stefan. Er wollte wissen, wann ich zurückkäme und ob er mich abholen könne. „Am Sonntag. Ich lande gegen halb sieben. Und Stefan", fügte ich hinzu, „wir müssen reden."

Durch die Schaufensterscheibe konnte ich Leevi hinter mir beobachten, er hatte seine Ohren gespitzt und nach meinen letzten Worten war er in die Knie gegangen, hatte zwei Siegerfäuste gemacht und leise „Yes" gesagt.

Nachdem ich mich von Stefan verabschiedet hatte, drehte ich mich abrupt zu ihm um. Er schaltete sofort und setzte sein Pokerface auf. „Alles okay?", fragte er scheinheilig.

„Ja, ja, alles okay. Sag mal, sollten wir Mirja nicht vorwarnen, bevor wir bei ihr aufschlagen?"

„No", er schüttelte verständnislos seinen Kopf. „Mirja ist meine Schwester, du rufst doch nicht an, wenn du besuchst family."

„Okay, wenn du meinst. - Weiß Mirja eigentlich von unserem Streit?"

„No. Not really."

„Du hast ihr nichts davon erzählt?"

Er zuckte mit den Schultern. „Ich habe nie geglaubt, dass wirklich ist zu Ende mit uns."

Ich musste tief Luft holen. Ja, das hatte ich eigentlich auch nicht. Umso mieser fühlte ich mich, dass ich mit Stefan …

Jetzt fuhren wir erst mal zu Mirja. Es war trotzdem ein komisches Gefühl, aber als Daniel uns die Haustür öffnete und uns herzlich begrüßte, waren alle Bedenken ausgeräumt. Offenbar hatte Jaana unsere Stimmen gehört, denn sie kam die Treppe heruntergerannt.

„Mona, Mona!"

Sie flog mir in die Arme. „Meine Güte, bist du groß geworden! Ich kann dich nicht mehr hochheben", sagte ich und ging in die Hocke, um sie besser drücken zu können. Elias kam auch angejagt. Er war jetzt gut drei Jahre alt, hatte aber bestimmt keine Erinnerung mehr an mich. Leevi nahm ihn auf den Arm.

„Komm", drängte mich Jaana, „Helena ist wach, du hast sie noch gar nicht gesehen."

Mirja war gerade mit ihr in der Küche und wärmte ein Fläschchen. Ich begrüßte zuerst Mirja.

„Mona!" Sie streckte ihren freien Arm nach mir aus, um mich zu drücken, „wie schön, dich zu sehen. Darf ich dir unsere Jüngste vorstellen? Das ist Helena."

„Hallo, Helena", sagte ich, nahm ihr Händchen, mit dem sie herumfuchtelte, und küsste es.

„Nimm sie mal." Mirja drückte mir Helena in die Arme. Ohne Protest wechselte die Kleine die Fronten. „Hallo, Süße", sagte ich und kitzelte sie ein bisschen an ihrem kleinen runden Bauch, was sie spontan mit einem Quietschen quittierte. Leevi stand hinter mir und alberte mit Elias herum.

In solchen Augenblicken wurde mir wieder schmerzlich bewusst, dass ich niemals eine so wunderbare Familie haben würde. Es war so schon ein herrliches Gefühl, wie hätte es sich erst angefühlt, wenn wir unsere eigenen Kinder auf dem Arm gehabt hätten? - Helena griff eifrig nach meinem bunten Schal, sie machte einen sehr zufriedenen und munteren Eindruck.

„Wenn ich geahnt hätte, dass ihr heute vorbei kommt, hätte ich doch etwas zu Essen vorbereitet", sagte Mirja.

„Sorry, dass wir einfach so hereingeplatzt sind, aber Leevi hat gesagt, es wäre nicht nötig, sich anzukündigen. Wir ziehen auch gleich wieder weiter."

„Nein, nein, so war das nicht gemeint. Ihr könnt doch jederzeit gerne vorbeikommen. Wirklich. Lasst uns ins Wohnzimmer gehen, wir brauchen doch hier nicht alle Mann in der Küche herumzustehen."

„Wir gehen ohnehin gleich wieder", sagte ich schnell, „wir wollen auch noch zu Granny, aber Daniel wollte ich unbedingt etwas fragen." Daniel stand im Türrahmen und horchte auf.

„Ja, frag mich nur."

„Hättest du, beziehungsweise hättet ihr Lust, eine Zeitlang nach Deutschland zu kommen?"

„Ja, ja, ja", rief Jaana und hüpfte in der Küche herum.

„Du meinst auf Urlaub?", schaltete sich Mirja ein.

„Jein, ich habe einen dicken Auftrag an der Angel, da brauche ich einen super Schreiner und eventuell auch Restaurator vor Ort."

„Mona hat jetzt eigenes Geschäft, mit Möbel", versuchte Leevi zu erklären.

„Ja", sagte ich „und ich werde ein ganzes Hotel ausstatten."

Daniel und Mirja wechselten einen Blick. „Denkt einfach in Ruhe darüber nach, vor Januar wird es bestimmt nicht losgehen."

„Jaana muss natürlich zu Schule", gab Mirja zu bedenken.

„Natürlich, klar."

Jaanas Protest folgte augenblicklich: „Das ist gemein, ich will aber auch mit nach Deutschland." Sie stampfte mit dem Fuß auf und verschränkte bockig ihre Arme vor der Brust. „Jaana! Wie oft habe ich dir schon gesagt, dass du dir diese Unart abgewöhnen sollst", bezog sie sofort Schelte von ihrer Mutter.

„Es wird sich sicher eine Lösung finden", sagte ich und streckte meine Hand nach Jaana aus. „Es tut mir leid, ich wollte keine Unruhe verbreiten. Das war unüberlegt von mir." Ich gab Helena an Mirja zurück.

„Mach`s gut, du kleine Maus." Jaana drängte sich an mich.

„Bleibst du jetzt länger hier?"

„Nein, Engelchen."

„Aber warum nicht", nörgelte sie und schob ihre Unterlippe vor.

„Sieh mal", ich ging wieder vor ihr in die Hocke, „ich habe doch meine Arbeit und mein Haus in Deutschland. Ich kann nicht einfach hierbleiben."

„Aber du hast keine Familie in Deutschland."

„Da hast du Recht."

„Machst du dein Haus jetzt neu, damit Onkel Leevi, Aki, Mika, Rasmus und Henrik bei dir wohnen können?"

War das ein Komplott? „Das werden wir noch klären", sagte ich ruhig.

Zuerst überlegte sie ein bisschen, aber dann klatschte sie plötzlich in die Hände, drehte sich einmal um ihre eigene Achse und machte einen Luftsprung. „Ja, dann komme ich dich mal besuchen!" Sie stürzte sich auf ihren Onkel und umklammerte Leevis Bein.

„Dann komme ich mit Leevi angeflogen."

Als wir draußen waren, sagte Leevi: „I swear, ich habe nicht bestochen Jaana."

Konnte ich ihm das glauben?

Jetzt kam die größere Herausforderung. Wir fuhren zu Granny. Richard öffnete die Haustür. „Hallo", sagte ich und reichte ihm die Hand, „ich bin Mona. Ist Josie zu Hause?"

„Oh ja, natürlich, kommen Sie doch bitte herein." Er ging ein Stück zur Seite, um uns hereinzulassen. „Du hast Besuch, liebste Josephine", kündigte Richard uns an. Josie saß im Wohnzimmer und blätterte in einer Illustrierten, von der sie jetzt aufblickte. „Mona! Ich fasse es nicht. Du bist es wirklich." Sie stand auf, um mich zu umarmen.

„Hallo, Josie, wie schön, dich zu sehen. Wie geht es dir? Was macht dein Bein?"

„Ah, es plagt mich hin und wieder", sie winkte ab, „aber ich will ja nicht jammern. Komm, setz dich zu mir." Sie nahm auf dem Sofa Platz und klopfte auf den Sitz neben sich. Jetzt erst sah sie Leevi. „Großer Gott, den Egoisten hast du ja auch mitgebracht."

Leevi war ohnehin im Flur stehen geblieben, und jetzt sah ich, wie er sich umdrehte. „Bitte, Granny", sagte ich. Sie zog ein bitterböses Gesicht.

„Richard, bitte lass mich mit Mona alleine."

„Selbstverständlich."

Der arme, verdatterte Richard verließ schnell das Wohnzimmer. Ich sah, wie er Leevi die Hand auf den Rücken legte und etwas zu ihm sagte.

„Und mach die Tür hinter dir zu", rief ihm Granny noch nach. Richard kam zurück und schloss vorsichtig die Tür.

„Den hast du aber im Griff", sagte ich lachend.

„Das muss man, sonst tanzen sie einem auf der Nase herum."

„Oh, Granny", ich drückte sie, „ich habe dich so vermisst und deine Sprüche auch."

„Da du hier bist, gehe ich davon aus, dass du ihm verziehen hast."

Ich schnaufte. „Eigentlich gibt es ja gar nichts zu verzeihen. Er musste nach Australien gehen, das war eine einmalige Chance und so wichtig, nicht nur für ihn, sondern für die ganze Band, es wird ihrer Karriere sicher noch einmal einen Schub geben. Und meiner

Karriere hat es auch gutgetan, ich habe jetzt mein eigenes Geschäft."

„Wirklich? Ein Antiquitätengeschäft, so wie du es dir gewünscht hast?"

Ich nickte.

„Das freut mich! Erzähl mir davon."

Das tat ich, und nachdem ich geendet hatte, sagte sie: „Und wie wird es jetzt weitergehen?"

„Keine Ahnung."

Sie schaute mich skeptisch an. „Ist er dir wenigstens treu gewesen?"

„Das weiß ich nicht, und ich glaube, ich will das auch gar nicht wissen."

„Wie bitte? Wo bleibt dein Stolz? Mona!" Sie musterte mich eindringlich und hob dann fast ein bisschen spöttisch ihr Kinn. „Verstehe. Du hast also auch …"

„Granny!"

„Jetzt empöre dich bloß nicht so künstlich. Eine Frau im besten Alter."

„Ja, du hast ja recht", gab ich kleinlaut zu. „Und du brauchst gar nicht so zu grinsen, ich bin absolut nicht stolz darauf, und außerdem geht es dich nichts, aber auch rein gar nichts, an. Das ist ganz alleine eine Sache zwischen Leevi und mir."

Zuerst schmollte sie ein bisschen, aber dann nickte sie und lächelte. Ich glaube, es gefiel ihr ganz gut, wenn ihr mal jemand Kontra gab.

„Also seid ihr jetzt wieder zusammen?"

Ich druckste herum und wollte ihr keine so direkte Antwort geben.

„Du überlegst noch."

„Eigentlich ist alles sonnenklar und dann auch wieder nicht. Aber wie dem auch sei, ich gehe jetzt, hole Leevi herein und ihr vertragt euch wieder, das ist ja lächerlich, was ihr hier abzieht." Ich stand auf, öffnete die Wohnzimmertür und rief: „Leevi, kommst du bitte mal."

Sofort erschien er im Flur. „Komm, Granny hat dir etwas zu sagen."

Er kam hinter mir ins Wohnzimmer.

„Ja, Granny?"

Granny stand auf und ging ein paar Schritte auf ihn zu. „Nun ja", sie senkte ihren Kopf, „Mona meint, ich sollte dir verzeihen, und wenn sie das kann, dann werde ich alter Knochen das wohl auch können."

Leevi warf mir einen Seitenblick zu. Richard hatte sich ebenfalls vorsichtig dem Ort des Geschehens genähert und spitzte seine Ohren.

„Nun komm schon her, du unmöglicher Kerl!" Sie breitete ihre Arme aus. Leevi ging zu ihr und drückte sie. „Danke, Granny."

„Du hast einiges wieder gutzumachen, vergiss das nicht."

*

Nachdem mich Leevi auf dem Heimweg noch in sein Lieblingslokal eingeladen hatte, waren wir jetzt erneut in der Wohnung angekommen. Heute zündete er den Kamin an und breitete lose Polster und Kissen vom Sofa davor aus. „Komm", sagte er und streckte seine Hand nach mir aus. Wir setzten uns auf die Polster und blickten in die züngelnden Flammen. Nach wenigen Minuten fing das Holz schon an zu knacken und zu knistern. Ich liebte das.

„Mou, ich kann versprechen, nie wieder ich werde so lange Zeit weg sein."

Ich konnte nichts sagen.

„Ich bin sicher, deal mit neue Plattenfirma wird klappen."

„Und was bedeutet das?"

„Das war Überraschung. Neue lable ist in Cologne."

„In Köln! Da ist man in zwei Stunden mit dem Auto hingefahren. Also, von mir aus, meine ich."

„Ja, und eine Stunde mit Intercity. Wir könnten noch viel mehr sein in Deutschland wie gedacht. Wenn wir noch haben können Wohnung bei dir?"

„Natürlich könnt ihr die Wohnungen haben."

„Danke. Wir müssen auch nicht ganze Haus auf Kopf stellen. Wir können noch einmal überlegen neu."

„Okay. Und wie sehen eure Pläne für die nächsten Monate aus?"

„Jungs und ich sind uns einig. Production wird dauern so lange wie dauert. Erst wenn alles ist, the way *we* want it, exactly so, dann wir machen next step."

„Darunter kann ich mir nichts vorstellen. Wie lange soll das dauern?"

„Ein paar Monate, eine Jahr? I don`t know. Wir machen zwei, drei Songs fertig zu zeigen bei A-Records, das ist label in Cologne. Und wenn sie machen good offer, dann wir werden auch aufnehmen Songs in Cologne."

„Ja, so ist dein Leben eben. Und es ist gut so, du magst das, aber ich glaube, ich kann damit nicht umgehen. Vielleicht habe ich mich überschätzt. Ich brauche meine geregelten Bahnen, am liebsten plane ich alles schön der Reihe nach. Auch wenn das todlangweilig ist. Menschen sind eben ganz unterschiedlich veranlagt, das ist ja auch gut so."

Er nickte, und wir schwiegen eine Weile, schauten wieder in das Feuer. Eine behagliche Wärme breitete sich aus.

„Ich werde niemals haben Job from eight to five. I would do everything for you, aber ich kann nicht aufgeben meine music."

„Nein, um Gottes willen, das sollst du ja auch nicht. Jeder muss das tun, was ihn glücklich macht."

„Mona, ich muss sagen noch etwas."

„Oh je! Wenn ich diesen Satz höre, bekomme ich Schweißausbrüche."

„Ist wichtig, wirklich, ich wollte gestern schon machen."

„Na, dann mal raus damit."

Jetzt setzte ich mich aufrecht auf meine Fersen und wartete gespannt.

„In Sydney, … diese eine Abend, … Sam hat mich mitgenommen zu Strand, wir haben angeschaut Sonnenuntergang, und sie war … I lost control."

Ich machte kurz meine Augen zu und holte tief Luft. „Ich will das gar nicht wissen."

„Aber du musst wissen, ich will ehrlich sein."

„Ich kann mir vorstellen, was passiert ist."

Ich blinzelte ein paar Mal schnell hintereinander. Natürlich machte es mir etwas aus, das zu hören, obwohl ich ja auch …

„Ich war nicht verliebt in sie, es …"

Ich presste mir beide Hände auf die Ohren. „Bitte, Leevi, erspare mir die Details." Ich wusste genau, was er meinte. Es war bei ihm genau so gewesen wie bei mir mit Stefan. Leevi ließ seinen Kopf hängen, dann umfasste er meine Handgelenke und zog meine Hände weg von meinen Ohren.

„Ich mache everything wrong. I know. Kannst du forgive me? I love you so much. Please Mou, gib uns zweite Chance."

Niemals hatte ich gedacht, dass es ihm so ernst war mit uns.

„Ich kann dir verzeihen. Es ist so unglaublich viel passiert in dem vergangenen Jahr, aber irgendwie kann ich es komplett ausblenden. Obwohl, wenn du da gewesen wärst, hätte ich vermutlich meine Idee mit dem eigenen Laden niemals so hartnäckig verfolgt. So gesehen war es gut, dass du nach Australien gegangen bist."

„Und ich hätte mit Shows und ganze confusion never so viele Zeit für Nachdenken gehabt. Wenn ich mit dir bin, Mou", er legte seine Hand auf meine, „dann ist wie andere planet, mit dir, meine heart has arrived. Ich will nicht nur haben music life, ich will auch haben private life, mit dir. - Aber was hast du gemacht in diese zwölf Monate? Ich meine, außer Laden eröffnet."

Aha, daher wehte der Wind, er wollte auch alles von mir wissen. Natürlich wollte er das, und ich wollte es ihm auch nicht verschweigen. „Ich habe weitergelebt", irgendwie, fügte ich in Gedanken hinzu, „habe viel gearbeitet, und ich bin sogar wieder tanzen gegangen."

„Deshalb du gehst anders. Mir ist gleich aufgefallen."

„Wirklich? Ja, das kann schon sein. Man nimmt einfach eine andere Haltung an."

„Und was war sonst noch? Ich meine, mit Stefan."

Oh, oh, Leevi wurde es gerade mulmig. Er rutschte auf seinem Polster herum und konnte mich nicht anschauen. „Natürlich hat er mich in seinen Armen gehalten … Ich meine, wie hätten wir sonst tanzen sollen? Klar kommt man sich da näher."

Ungeduldig drehte Leevi seinen Zeigefinger in seiner Faust hin und her. „Kannst du sagen, bitte, schnell."

„Es war nach dem Herbstball. Die Stimmung war ausgelassen. Wir haben uns geküsst. Er hat mich mit nach Hause genommen, ich meine, es hat nichts in mir ausgelöst, aber trotzdem ... ja, da ist es passiert. - Es war ein riesengroßer Fehler, und ich schäme mich dafür wirklich, aber ich kann es nicht mehr rückgängig machen."

Leevi holte so tief Luft, dass ich glaubte, seine Lungen müssten gleich bersten.

„So, wir haben beide mistake gemacht. 1:1."

Ich nickte. Wir sahen uns an, eine Träne rollte mir über die Wange. „Kannst du mir auch verzeihen?"

„Ja, ich kann", sagte er, ohne auch nur eine Sekunde zu zögern, streckte seine Hand aus und wischte mir die Träne weg. Ich wusste, dass die Sache damit aus der Welt geschafft war. Es würde nie wieder Thema zwischen uns sein. Keiner würde dem anderen jemals irgendeinen Vorwurf machen.

„Aber wie meinst du? Hat nichts ausgelöst in dir. Bei mir du fühlst anders?"

„Das willst du so genau gar nicht wissen", sagte ich und musste schmunzeln, weil ich mir seine Reaktion genau vorstellen konnte.

„Oh doch, ich will! Ich will alles wissen, Mou."

Sein Blick durchlöcherte mich. Wie konnte ein Mensch nur so faszinierend blaue Augen haben?

„Dich brauche ich nur anzuschauen und schon stehe ich unter Hochspannung", sagte ich ehrlich wie es war. Es dauerte ein paar Sekunden, bis er die Tragweite meiner Worte erfasst hatte, aber dann, dieses selbstgefällige Grinsen! Hätte ich diesen Satz bloß niemals ausgesprochen!

„Ah!" Er fasste sich ans Herz, ließ sich auf den Rücken fallen und verdrehte seine Augen. „Ich habe heart attack! Rescue me and say it again!"

„Oh nein, das werde ich ganz sicher nicht tun." Ich schüttelte lachend meinen Kopf.

„Please! Come on!"

Er öffnete ein Auge und lugte zu mir herüber. Ich schüttelte immer noch meinen Kopf. „Nein."

„Dann ich brauche etwas zu trinken", er sprang auf.

„Dann darf ich aber auch etwas fragen", sagte ich und folgte ihm in die Küche.

„Sicher."

„Hast du wegen mir dein Gästezimmer so auf Hochglanz gebracht?"

Er hatte zwei Weingläser aus dem Schrank genommen und stellte sie gerade auf der Arbeitsfläche ab, drehte sich zu mir um, und dann bohrte er verlegen seine Hände so tief in seine Hosentaschen, dass ich glaubte, er würde unten an den Hosenbeinen gleich wieder herauskommen.

„Ja, I thought, … nach so lange Zeit. Wir müssen erst wieder kennenlernen neu. Start again, with everything. Du verstehst schon, what I`m trying to say?"

Natürlich verstand ich es. Er war so süß. Ich ging zu ihm und legte meine Hände an seine Taille. Ihn zu berühren schaltete auch noch den letzten Rest meines Verstandes aus.

„Ich glaube, ich kenne dich noch ganz gut", sagte ich leise. Er schaute mich an, ohne etwas zu sagen.

„Darf ich mir etwas wünschen?"

„Whatever you want."

„Hör auf zu denken, und der Song ist übrigens von Status Quo." Ich lachte und streckte mich, um ihm einen Kuss auf die Lippen hauchen zu können. Er zögerte.

„Ich muss sagen noch etwas."

Himmelherrgott! „Später", sagte ich und küsste ihn noch einmal. „Oder muss ich erst wieder etwas Bestimmtes machen?"

„No." Er schüttelte seinen Kopf, und endlich schmunzelte er, nahm seine Hände aus den Hosentaschen, legte seine Arme um mich und küsste mich zurück. Es war himmlisch, wenn er das tat.

„Mou, du sollst nicht denken, dass …"

„Ich will heute gar nichts mehr denken", unterbrach ich ihn, „bring mich ins Bett", flüsterte ich zwischen unseren Küssen, „in dein Bett. Ich habe dich so wahnsinnig vermisst."

Nach so unermesslich langer Zeit endlich wieder seine magischen Hände auf meiner Haut zu spüren war einfach nur großartig. Er brachte mich in sein Bett und liebte mich mit so unendlich großer Geduld und Zärtlichkeit, dass es mir Tränen in die Augen trieb. Mit ihm zusammen zu sein war einfach das Schönste und Natürlichste auf der ganzen Welt.

„Du hast ganz schön abgenommen", stellte ich sachlich fest.
„Hm, eight kilos."
„Steht dir gut", ich strich über seinen Bauch und küsste ihn.
„Really?"
„Ja, sehr sexy." Ich hatte meinen Kopf auf seine Brust gelegt und er küsste mein Schulterblatt.
„I know, ich habe schon tausend Mal gesagt, aber ich muss immer wieder sagen. Ich habe so sehr vermisst dich, alles." Er schnaufte ganz tief.
„Ich weiß, ich war auch krank vor Sehnsucht."
„Was? Aber du nie hast gesagt eine word."
„Was wäre passiert, wenn ich es dir gesagt hätte?"
„Ich hätte dir flight ticket geschickt, oder ich wäre gekommen zurück."
„Ja, und genau das wollte ich nicht."
„Ah, du bist noch mehr stark geworden in diese Jahr, aber du sollst nicht immer so stark sein. Ich will wissen, was ist los mit dir, immer." Er schüttelte seinen Kopf und drückte mich. „Aber jetzt ist vorbei,

Sweety, jetzt ich bin hier, und wir können sehen in Zukunft." Er küsste mich. „Oh, ich muss fragen noch etwas wegen Song."

„Jetzt nicht."

„Aber ist wichtig, ich darf nicht vergessen."

„Ich erinnere dich daran. Versprochen", sagte ich, und küsste diese ganz bestimmte Stelle an seinem Hals.

„Okay, und schon du hast überzeugt mich", flüsterte er und ließ seine Lippen über meinen Körper wandern.

*

Es war hell draußen, keine Ahnung, wie spät es war aber Leevi fragte: „Soll ich machen Frühstück?"

„Ja, bitte, ich habe Hunger."

„Still hungry", er schüttelte seinen Kopf, lachte laut und schwang sich aus dem Bett. „Jesus!"

Sein empörtes „Jesus" zu hören, hatte ich auch vermisst. Es war wieder so wie vor einem Jahr, am liebsten würde ich dieses Bett nie mehr verlassen. Nie, nie mehr! Aber etwas hatte sich doch verändert. Es kam mir vor, als würden wir jede Zärtlichkeit und Liebkosung noch mehr genießen als zuvor.

„Leevi", rief ich ihm nach. Er kam noch einmal zurück.

„Ja."

„Du hattest recht, damals, als du gesagt hast, dass du für mich gemacht bist."

Er warf sich quer übers Bett und küsste mich. „I know."

*

Ich pustete über meinen Tee. „Du wolltest noch irgendetwas fragen, wegen einem Song?"

„Ja, very important, es geht um *deine* Song." Er deutete mit beiden Zeigefingern auf mich.

„Um meinen Song?"

„Ja, ‚Magic In You'."

„Hast du weiter daran gearbeitet?"

„Oh yes and also Takumi. Ich kann dir zeigen Aufnahme von Abschlussfeier. It`s so damn good." Er holte seinen Laptop und machte ihn startklar. „Bist du ready?"

Ich lachte. „Ja, bin ich."

„Ich besser werde festhalten dich." Er kam hinter meinen Hocker, drückte den Startknopf, und legte seine Arme um mich. Er hatte genau das vertont, was er damals in so großer Begeisterung geschildert hatte … Ganzkörpergänsehaut! Mir liefen die Tränen.

„Weinst du?" Leevi beugte sich zu mir herunter und küsste mir die Tränen weg.

„Das ist überwältigend schön", schniefte ich und hielt meinen Arm hoch, „sieh dir das an, die Gänsehaut geht gar nicht mehr weg."

„Dann ich muss ganz schnell wärmen dich." Er zog mich von meinem Hocker in seine Arme und rubbelte meinen Rücken.

„Ist gut, danke", sagte ich lachend, „du kannst aufhören damit."

„Wir sind zwei crybabies. Ich auch habe geheult, bei rehearsal schon. Also magst du Song?"

„Machst du Witze? Ob ich ihn mag? Das ist ganz großes Kino, wirklich, das ist der perfekte Titelsong für einen Kinofilm. Und es ist genauso geworden wie du es damals beschrieben hast. Was sagen denn die Jungs dazu?"

„Sie sind excited. So etwas wir haben noch nie gemacht. Gibst du okay, dass wir nehmen dürfen deine Text? Ich sehe schon booklet vor mir. Lyrics by: Mona Huber, Leevi Tervo. Music by: Leevi Tervo. Arrangement by: Takumi Nakamura. Published by: A-Records."

„Was bekomme ich dafür?" Ich legte meinen Kopf in den Nacken, um ihn anschauen zu können.

„Lifetime guarantee on the lead singer!"

Ah, seine alten Frechheiten kehrten zurück.

„No, for real, du bekommt ein paar Prozent, Takumi natürlich auch. Ich kann nicht sagen wieviel, wir müssen sehen was A-Records wird sagen. Außerdem, wir müssen abwarten sales numbers. Wenn wird große Hit und wir kommen in top ten oder reach gold or platinium status, dann du kannst werden reich."

„Super! Mach dich auf harte Verhandlungen gefasst. Ich habe nämlich nichts zu verschenken."

Leevi wollte unbedingt mit mir zurückfliegen. Ich hielt das für keine gute Idee, konnte ihn aber nur mit allergrößter Mühe davon abhalten.

*

Sonntagabend wartete Stefan am Flughafen auf mich und wollte mich küssen. Schnell drehte ich meinen Kopf zur Seite und hielt ihm die Wange hin.

„Ist das dein ganzes Gepäck?" Er nahm mir meine Reisetasche ab. „Ja."

„Hier entlang", er deutete die Richtung an, „ich stehe in der Tiefgarage. Hast du Hunger? Wollen wir irgendwo etwas essen gehen?" Nein, wollte ich nicht. Ich wollte es nur so schnell wie möglich hinter mich bringen.

„Mona?"

„Nein, danke. Mir ist nicht nach Essen zumute. Ich möchte nur in Ruhe mit dir sprechen."

„Fein." Er war stehen geblieben. „Warum erledigen wir das nicht gleich hier? Ein Flughafen ist doch der richtige Ort dazu."

Es würde also genauso schwierig werden, wie ich es mir vorgestellt hatte.

„Fahr mich erst mal nach Hause, bitte."

Das tat er schweigend und folgte mir genauso wortlos in meine Wohnung.

„Setz dich doch."

„Ich glaube, ich kann stehenbleiben, es wird sicher nicht lange dauern."

„Stefan, bitte, es fällt mir unendlich schwer, können wir nicht vernünftig miteinander reden? Ich mag dich, das weißt du, ich tue dir doch nicht absichtlich weh, es ist nur …"

„Sicher, als Lückenbüßer bin ich dir gerade rechtgekommen."

Ich holte tief Luft und schlug mir beide Hände vor die Augen. „Ich habe es versucht, ich wollte mich in dich verlieben, du bist ein toller Mann, aber … Gefühle kann man nicht erzwingen. Es tut mir leid, aber ich kann dich nicht so lieben, wie du es verdienst."

„Ja, der Rockstar ist von Australien zurückgekehrt, und du fliegst ihm sofort wieder in die Arme. Lockt dich das aufregende Leben, das er dir bieten kann? So hätte ich dich wirklich nicht eingeschätzt, Mona. Wir können auch ein tolles Leben haben. Wir tun uns zusammen, du spezialisierst dich auf Inneneinrichtungen. Wir würden großartige, äußerst lukrative Projekte zusammen durchziehen."

„Ach ja, jetzt auf einmal? Du traust mir die Ausstattung des Hotels doch gar nicht zu. Ich kann nicht mit dir zusammen sein, Stefan."

„Aber warum nicht? Erkennst du denn nicht, dass er dich nur ausnutzt? Die Mädels laufen ihm doch scharenweise nach. Er kann an jedem Finger zehn haben. Du glaubst doch nicht im Ernst, dass er dir treu ist? Mona, ich bitte dich, wach auf! Ein Typ wie er."

„Hör auf, so schlecht über ihn zu reden", fuhr ich ihn an. „Du kennst ihn überhaupt nicht. Er ist ein aufrichtiger Kerl. Niemals würde er etw.."

„Gut, wenn du dich dermaßen von ihm blenden lässt", schnitt er mir das Wort ab, „dann wünsche ich dir viel Glück!" Er rauschte davon.

Leevi wollte sofort informiert werden, wie es gelaufen war, also rief ich ihn schnell an.

Es war spät geworden, weil ich noch eine entzückende alte Dame bedient hatte. Naja, sie war eigentlich keine Kundin, sie hatte noch nie etwas gekauft, kam aber immer gerne herein, um zu sehen, was es Neues gab, und wollte die Geschichten dazu hören. Ich mochte sie sehr gerne, und für einen Plausch mit ihr hatte ich immer Zeit. Jedenfalls wollte ich gerade abschließen, als Stefan hereingestürmt kam. „Hast du getrunken?", fragte ich ihn. Er machte einen äußerst merkwürdigen Eindruck auf mich.

„Wolltest du nicht gerade absperren?" Er zeigte auf die Ladentür.

„Ja, aber jetzt bist du ja da." Ich ging hinter den Tresen, um die Kasse zu leeren.

„Und, wie gehen die Geschäfte? Hast du gute Umsätze gemacht?"

„Was willst du, Stefan? Was soll das? Warum tauchst du hier auf?"

„Überlege es dir doch noch einmal, Mona. Wir passen doch so gut zusammen. Das wird doch nix mit deinem Finnen."

„Ach ja, und woher willst du das wissen?"

Er kam zu mir hinter den Tresen und streichelte über meinen Rücken.

„Ihr seid einfach zu verschieden. Das kann auf Dauer nicht gutgehen."

Ich sagte gar nichts dazu, atmete tief durch und konnte jetzt deutlich eine Alkoholfahne riechen. Plötzlich packte er mich an beiden Schultern.

„Komm schon, du wolltest es doch auch, neulich, nach dem Herbstball." Er versuchte, mich zu küssen.

„Stefan! Bist du verrückt geworden? Hör sofort auf damit!" Vergeblich versuchte ich, ihn abzuwehren. Ich wollte ihm eine schmieren, aber es gelang mir nicht, weil ich meine Arme nicht frei bekam. Die Szene artete in ein Gerangel aus. Ich hatte keine Chance gegen ihn. Panik stieg in mir auf, aber dann besann ich mich, stemmte geistesgegenwärtig beide Hände gegen seine Schultern und zog mit einem Ruck mein rechtes Knie hoch. Ich traf seine empfindlichste Stelle, er krümmte sich zusammen und ließ mich los. Ich rannte zur Ladentür und riss sie auf. „Verschwinde aus meinem Laden. Sofort!", brüllte ich, „raus hier oder ich rufe die Polizei!"

Der Besitzer des Obstladens schräg gegenüber schloss gerade ab und schaute herüber. Ich winkte ihn schnell zu mir. „Herr Aydin! Bitte, helfen Sie mir. Ich habe hier einen ungebetenen Gast."

„Natürlich, kein Problem." Er ging in mein Geschäft, schnappte Stefan am Arm und bugsierte ihn auf den Bürgersteig. Er trollte sich ohne ein weiteres Wort.

„Ist Ihnen etwas passiert? Hat er Sie belästigt?"

„Nein, nein, alles in Ordnung, mir ist nichts passiert", wiegelte ich die Szene ab, obwohl mein Herz raste wie verrückt.

„Wo haben Sie Ihr Auto?", fragte mich Herr Aydin.

„Vorne im Parkhaus."

„Holen Sie Ihre Sachen, ich begleite Sie."

„Vielen Dank, das ist wirklich sehr freundlich von Ihnen. Vielleicht kann ich Sie dann irgendwo hinbringen?"

„Nein, das ist nicht nötig, mein Auto steht auch im Parkhaus."

„Wunderbar, dann mache ich Ihnen ja keine allzu großen Umstände."

„Aber ich bitte Sie, das sind doch keine Umstände. Wir Nachbarn müssen doch zusammenhalten."

Bis ich wieder hinauskam war von Stefan nichts mehr zu sehen. Herr Aydin brachte mich wie versprochen zu meinem Auto und wartete auch noch, bis ich losgefahren war.

Erst nachdem ich mich zu Hause umgezogen hatte, fing ich an zu zittern. Noch nie war mir so etwas passiert. Eine Alarmanlage hatte ich auch nicht im Laden. Leevi durfte auf keinen Fall etwas davon erfahren. Nie und nimmer! Er würde ausrasten und vermutlich wirklich noch mit seiner goldenen Ritterrüstung und einem großen Schwert angeflogen kommen. Bei dieser Vorstellung konnte ich schon wieder lachen. Niemals würde Leevi etwas so Niederträchtiges tun. Er gab mir stets das Gefühl, ganz besonders und wertvoll zu sein.

Am nächsten Morgen, ich hatten den Schlüssel noch im Schloss der Ladentür, kam Frau Aydin zu mir herübergerannt.

„Frau Huber, mein Mann hat erzählt, was gestern passiert ist. Geht es Ihnen gut? Hat er Ihnen etwas getan?"

„Nein, mir ist nichts passiert. Bitte, kommen Sie doch herein." Ich machte die Tür weit auf und ließ sie eintreten.

„Haben Sie den Mann gekannt? War es ein Kunde?"

„Nein, es war mein Vermieter." Ich ging in die Teeküche. „Trinken Sie einen Tee mit mir? Oder lieber Kaffee?"

„Tee, danke." Sie setzte sich auf das kleine rote Sofa.

„Sie müssen ihn anzeigen!", rief sie mir aufgebracht zu. „Hat er Ihnen wirklich nichts getan?"

Ich wollte die Sache nicht aufbauschen. Stefan war gekränkt, verletzt, er hatte getrunken. Sicher rechtfertigte das sein Verhalten nicht, aber ich wollte keine Lawine lostreten. Ich konnte ihm seinen Auftritt verzeihen. „Nein", sagte ich deshalb, „es ist wirklich alles in Ordnung." Ich stand im Türrahmen und wartete darauf, dass das Wasser kochte.

„Trotzdem, was, wenn er wieder auftaucht? Sie sind ganz alleine hier. Wir werden auf jeden Fall ein wachsames Auge auf Sie haben."

„Das ist ganz lieb, vielen Dank!" Das Wasser kochte, und ich brühte uns schnell einen Tee auf.

„So, bitte schön." Ich reichte ihr die dampfende Tasse.

„Am liebsten würde ich hier sofort ausziehen, und mir einen anderen Laden suchen, aber so einfach ist das alles nicht."

„Ach nein, bitte nicht. Wir haben uns so gut mit dem alten Herrn Weber hier verstanden und mit Ihnen auch. Das wäre wirklich schade, auch gerade jetzt, wo sich Ihr Laden ein bisschen herumgesprochen hat. Übrigens, der alte Herr war ein anständiger Mensch. Er würde sich im Grabe umdrehen, wenn er wüsste, was sein Neffe getan hat."

Jede Stunde streckte jemand anderes von der Familie Aydin den Kopf in meine Tür. Mal kam der Sohn, mal die Tochter, mal der Neffe, mal Herr oder Frau Aydin selbst. Und von nun an begleitete mich Herr Aydin jeden Abend zu meinem Auto.

*

Samstagvormittag war eigentlich immer recht betriebsam, deshalb wollte ich den Laden unbedingt noch offen lassen, aber den Flug am Samstagnachmittag musste ich unbedingt noch erwischen. Ich wollte zu ihm, unbedingt und am besten sofort. Mein Reisetäschchen lag bereits gepackt in meinem Kofferraum, damit ich gleich zum Flughafen durchstarten konnte.

Mit einem Taxi fuhr ich zu seiner Wohnung und fragte den Portier, ob Herr Tervo zu Hause sei.

„Denke schon, ich kann gerne oben anrufen."

„Nein, bitte nicht, ich möchte ihn überraschen."

„Natürlich, wie Sie wünschen", sagte er total professionell, würde sich aber mit Sicherheit seinen Teil denken. Mit klopfendem Herzen stand ich vor Leevis Wohnungstür und drückte auf den Klingelknopf. Ich hatte ja immer noch seinen Wohnungsschlüssel, den er mir damals zugeworfen hatte, aber ich würde ihn nicht benutzen, jedenfalls heute nicht. Und da wurde die Tür auch schon aufgerissen, er leckte sich gerade noch seine Finger ab. Er war ständig am Essen.

„Mou!" Diese Überraschung war mir gelungen.

„Bist du alleine? Darf ich reinkommen?"

„Ja, sure, come in. What a nice surprise!"

Ich ging in den Flur und stellte meine Tasche ab. Leevi streckte seinen Kopf zur Wohnungstür hinaus, schaute nach rechts und links. „Hast du nicht mitgebracht Stefan? Ich wollte kämpfen mit ihm." Er machte die Tür zu, und ich umarmte ihn. „Will er nicht fight for you?"

„Ich glaube nicht, ich hoffe, er hat begriffen, dass es keinen Wert hat, wenn der Funke einfach nicht überspringt."

„Wow, das heißt, du hast wirklich schon geklärt alles?"

Er ließ mich nicht los. Ich nickte nur und grinste ihn an. „Heißt noch mehr?"

Ich nickte wieder und grinste weiter.

„What?"

Ich glaube, der Groschen war gefallen, denn er grinste jetzt auch und drückte mich fest an sich.

„Say it, come on!"

„Ich will nur dich!"

„Ah!" Er sank kurz in die Knie. „That`s music to my ears. Could you please repeat that? One more time. Please! Just for me."

Er richtete sich wieder auf, und ich tat ihm den Gefallen. Er nickte, sein Grinsen wurde immer breiter und seine Augen funkelten so frech wie eh und je.

„Was?", fragte ich lachend und sah zu ihm hinauf. Er hielt mich wieder fest umarmt.

„Ich will auch nur dich. And I like to repeat eleventh to fourteenth October last year."

„Oh! Heute ist aber schon Samstag", gab ich zu bedenken.

„Egal."

„Da haben Sie aber einen straffen Zeitplan vor sich, Mr. Tervo."

„Ich schaffe schon", seine linke Augenbraue zuckte, „und ich bin sicher, todsicher, du wirst verpassen *again* deine Flugzeug."

*

Als ich am nächsten Morgen aufwachte, zierte ein schlichter Ring meine linke Hand. Er war aus Weiß- und Roségold gearbeitet, und in dem Roségoldstreifen eingebettet saß eine Reihe Brillanten. Leevi hatte seinen Kopf aufgestützt und sah mich schmunzelnd an. Ich machte meine Augen schnell wieder zu. „Was soll das?", fragte ich schläfrig. „Du weißt doch, dass ich nicht denken kann, wenn ich gerade erst aufgewacht bin."

„Just a little present."

„A little present nennst du das?"

„Yes, it`s from your hometown. I detected this goldmanufactory nearby the Main at one of my bicycle tours."

„Auf welcher Fahrradtour? Du warst schon ewig nicht mehr bei mir, wann hast du den gekauft? Und ich dachte, die verkaufen auch gar nicht an Privatleute."

„They do. They were extremely polite. Ist aber leider nicht mehr fertig geworden, bevor ich bin gegangen nach Australia."

„Das ist über ein Jahr her." Ich verstand das alles gerade nicht. „Du wolltest mir diesen Ring schon schenken, bevor du nach Australien gegangen bist?"

„Ja, ich wollte schenken etwas, wo erinnert dich an mich."

„Ach, Schatz!" Gerührt streckte ich meine Hand nach ihm aus. „Ich brauche doch nichts was mich an dich erinnert. Du warst und bist ohnehin ständig in meinem Kopf."

„Really?"

„Ja, ganz wirklich."

Er nahm meine linke Hand und küsste sie. „Ich liebe jetzt schon, sehen diese Ring an deine Finger. Do you like it?"

„Ja. Absolut! Ich werde ihn nie mehr abnehmen. Du hast meinen Geschmack voll und ganz getroffen", sagte ich und drehte ihn mit meinem Daumen hin und her. „Er fühlt sich gut an." Das tat er wirklich, die

Ringschiene superglatt und nicht so dick, dass einem die Nachbarfinger schmerzten.

„So wie du", flüsterte er. Er war zu mir herübergerobbt, und seine Hände gingen auf Wanderschaft.

„Warte, ich muss ihn mir erst noch einmal genauer ansehen." Ich rieb mir den Schlaf aus den Augen und blinzelte ein paarmal, damit ich deutlicher sehen konnte. Ganz so schlicht wie er auf den ersten Blick gewirkt hatte war er doch nicht. Die Brillanten hatten ein Feuer, das bläuliche Funken sprühte. Meine Güte! Sie mussten von lupenreiner Qualität sein. Wahnsinn! Kein Wunder, dass er freundlich beraten worden war, er musste ein kleines Vermögen dort gelassen haben! Dreitausend Euro schätzte ich mindestens. „Er ist unübertroffen schön!"

„So wie du", wiederholte er sich und küsste meinen Oberarm.

„Aber ein so wertvolles Geschenk kann ich nicht annehmen, Leevi. Wirklich, das geht nicht."

„Scht", er legte seinen Zeigefinger über meine Lippen. „You have to. Er nur ist gemacht für dich. Du wirst noch entdecken. Er ist full of surprises. So wie du." Das schien sein neuer Lieblingssatz zu sein. Ich lachte. „Er funkelt jedenfalls genauso wie deine Augen, wenn du etwas im Schilde führst", sagte ich und streichelte über seinen Nacken und seine Brust.

„Come one, I`m such a good boy, always! Immer!"

„Ja, ja, das merke ich. - Wie machst du das nur? Wie um alles in der Welt können deine Hände überall gleichzeitig sein?"

*

Vor mich hindämmernd hörte ich im Hintergrund die Dusche plätschern. Lustig, in Helsinki war ich die Schlafmütze, in Deutschland war es immer umgekehrt gewesen. Ich nahm den Ring ab, weil ich so unglaublich neugierig war, ob er etwas hatte hineingravieren lassen. - Ja, das hatte er. Er war einfach ein Schatz! Die Innenschiene des Rings war komplett aus Roségold und hinter der Gravur, unsere berühmten fünf Worte, war noch ein Brillant eingelassen. Unglaublich! 950 Platin übrigens. Knauserig war er wirklich nicht. Hatte ich mich überhaupt schon richtig bedankt? Das musste ich unbedingt noch nachholen, und den tieferen Sinn dahinter musste er mir auch noch erklären. Ganz bestimmt hatte er sich viele Gedanken darüber gemacht. Er war kein Mensch, der einfach so etwas kaufte. Er hatte ihn die ganze Zeit über hier gehabt, und er hatte ihn gekauft, als wir uns erst ein Vierteljahr gekannt hatten. Und wie konnte er die richtige Ringgröße wissen? Die Dusche plätscherte immer noch. Ich würde besser mal nachschauen gehen, nicht, dass er mir noch unter dem Wasserstrahl ertrank.

Ich lief hinüber ins Badezimmer. „Ist das Wasser kalt?", rief ich gegen das Geräusch des plätschernden Wassers an. Er duschte immer erst warm, dann kalt.

„What?" Das Wasser wurde abgedreht.

„Ob das Wasser kalt ist, habe ich gefragt."

„It has to be cold", kam seine Antwort. „Ich brauche Abkühlung ein bisschen."

Ich lachte in mich hinein. „Schade, dann gehe ich eben wieder."

In der nächsten Sekunde wurde das Wasser wieder angestellt, die Tür der Duschkabine öffnete sich einen Spalt breit, und er streckte seine Hand heraus. „Exactly at this very second, it turned to 38,5 degrees."

Er musste mich immer damit aufziehen, dass ich zu Hause meinen Durchlauferhitzer auf genau 38,5 Grad einstellte, wenn ich duschte.

Natürlich wollte ich alle Songs hören, die er geschrieben hatte. „I Hate" fand ich super gut und „Live" auch. „Searching" hatte mich schon total angerührt, aber „Miss You" war dann endgültig zu viel für mich. Es beschrieb genau den Schmerz, den ich auch empfunden hatte. Dass einen die Sehnsucht förmlich zerriss, ich konnte nicht mehr aufhören zu heulen.

Ich blieb nicht nur einen, sondern zwei Tage länger als geplant. Karin kümmerte sich um den Laden, und bei DORA standen keine Termine an. - Ich hatte meine Lektion gelernt. Jede Sekunde mit ihm würde ich genießen.

ଔ Kapitel 24 ଓ

Let`s do it!

Im November erfolgte eine Blitzaktion. Leevi und die Jungs hatten beschlossen, dass sie dringend eine Studiopause nötig hatten, und fielen in mein Haus ein. Nach und nach wollten sie alle Zimmer selbst renovieren. Von großartigen Erneuerungen war keine Rede mehr. Ich wollte unbedingt das Badezimmer im Erdgeschoss sanieren lassen, aber auch dieser Einwand wurde abgeschmettert. Also schön, sollten sie machen, was sie wollten. Ich hatte ihnen gleich gesagt, dass sie mit meiner Hilfe nicht rechnen konnten, ich war vollauf mit der Ausstattung des Hotels, meinem Laden und den letzten Bewerberrunden in der Firma beschäftigt.

Sie inspizierten jeden Winkel des Hauses, sogar den Heizungskeller. Vom ersten Augenblick an fühlten sie sich hier zu Hause. Ich konnte es an der selbstverständlichen Art und Weise erkennen, mit der sie sich durch die Räume bewegten, und ich konnte es spüren, genauso wie ich die große Verbundenheit unter den Fünfen spüren konnte. Wie die vier Musketiere, nur dass es eben fünf waren. Ich fand das einfach großartig und hatte mir geschworen, mich niemals in ihre Gemeinschaft hineinzudrängen. Es war genauso, wie Leevi es gesagt hatte. Sie waren überglücklich, den sterilen Hotelzimmern entkommen zu können und stattdessen ein zweites Zuhause zu haben.

Sie fuhren in den nahegelegenen Supermarkt und kauften ein wie die Weltmeister. Unmengen von Lebensmitteln schleppten sie in die Küche und Getränkekisten in den Keller, aber am Abend wurde trotzdem Pizza bestellt, und wir saßen alle in der großen Küche um den Tisch herum. Sie wollten alles über das Haus wissen. Wie alt es war, wer es gebaut, und wer hier früher gewohnt hatte. Ich holte ein altes Fotoalbum, um ihnen auch noch ein paar Bilder zeigen zu können. Danach beratschlagten sie, wie sie die Renovierung anpacken wollten.

Es war ein so atemberaubend schönes Gefühl mit ihnen allen hier zu sitzen, dass mir Tränen in die Augen stiegen. Mein Herz sprudelte gerade über vor Glück und Freude und entschädigte mich in diesem Moment für all die unschönen Jahre, die ich in diesem Haus verbracht hatte. - Ja, das war es, mein neues Leben! Und ich liebte es um so viel mehr, wie ich das alte gehasst hatte. In jeder Sekunde war ich unendlich dankbar dafür!

Ich denke, Leevi hatte mehr als nur diese unglaublich blauen Augen und die Schlitzohrigkeit von seiner

Großmutter geerbt. Denn so wie mir Josie damals unbemerkt von allen anderen heimlich ihr Taschentuch in die Hand gedrückt hatte, spürte ich jetzt seine Hand auf meiner. Als sich unsere Finger wie von selbst ineinander verschränkten, überlief mich eine dicke Gänsehaut.

*

Ich lag in meinem Bett und lauschte. Eine Weile hörte ich noch Wasser laufen und die Badezimmertür klappern, aber dann kehrte Ruhe ein. Aki hatte das Zimmer unter mir bezogen. Leevi würde sicher gleich auftauchen. Es dauerte keine Viertelstunde, bis ich die Tür unten hörte. „It`s me! Sneaking."

Er kam die Treppe herauf. „Ja, sei leise", ermahnte ich ihn. Damit er sich seinen Kopf nicht an den Dachschrägen stieß, knipste ich schnell das Licht an. Er schlüpfte unter meine Decke und legte seinen Arm um meine Taille. Das war eine seiner Lieblingsstellen.

„Alles okay?", fragte er besorgt und seine abgrundtief blauen Augen sahen mich forschend an. „Hast du geweint vorhin ein bisschen?"

„Ja, aber das waren Freudentränen. Ich habe geweint vor Glück! Es war einfach so schön, mit euch zusammenzusitzen. Ich bin so froh, dass ihr endlich hier seid."

Er nickte und drückte mich an sich. „Ja, ich auch bin sehr, sehr glücklich."

"Ich danke dir", sagte ich gerührt und streichelte über sein Gesicht. „Du hast mir ein neues Leben geschenkt."

„No", er schüttelte den Kopf und presste seine Lippen zusammen. „No, du warst eye-opener to me. Und jetzt, es nur noch gibt schöne Dinge und tears of joy. I`m here and it`s *so* exciting, machen undercover things."

Ein Lachanfall platzte aus mir heraus, aber ich schlug mir sofort die Hand vor den Mund. „Oh mein Gott, was haben wir uns da nur eingebrockt? Eins ist jedenfalls jetzt schon klar, bei der Auswahl des Zimmers hast du einen Fehler gemacht, du hättest doch lieber das Zimmer unter mir nehmen sollen. Aki wird uns mit Sicherheit hören."

„Ah, es nie ist zu spät. We can change it", tat er meinen Einwand ab und kuschelte sein Gesicht an meinen Hals: „I have missed you a lot! War schon wieder zu lange Zeit."

„Ich hab dich auch ganz doll vermisst", sagte ich und streichelte seinen Nacken. Jetzt knabberte er an meiner Schulter herum. „Das kitzelt" gluckste ich, „lass das!" Er knurrte und arbeitete sich weiter vor. „Ich schäme mich zu Tode, wenn Aki morgen irgendwelche Andeutungen macht." Und das würde er mit Sicherheit tun, er war genauso ein Kindskopf und Spaßvogel wie Leevi.

„Come on, it´s your house. You can do whatever you want! Und er nicht kommt aus convent. Wie sagt man bei euch?"

„Kloster, er kommt nicht aus dem Kloster, meinst du."

„Genau. He will survive this enormous shock. Nina auch weiß von uns, oder?"

„Klar weiß sie von uns, aber keine Details."

„Ja, sicher", sagte er spöttelnd, „I know that girls also talk about these things. Und ich gerne, *sehr gerne*, möchte wissen, was du sagst."

„Ob Girls das tun weiß ich nicht, ich mache es jedenfalls nicht", sagte ich energisch.

„Klar, du ja auch nicht gehst in Sauna, und diese things, sind perfect sauna topics."

„Genau! Und außerdem, was sollte ich ihr sagen, Sweety? Wie großartig du bist?" Ich nahm sein Gesicht in beide Hände und küsste ihn. „Alles, was ich ihr erzählen könnte, würde sie doch nur neidisch machen. Und das ist nicht nett. Das tut man nicht." Er strahlte und küsste mich zurück.

„Ah, you are such an angel … but - you are talking with *my* Grandma?"

„Das ist etwas anderes."

„What kind of ‚special alliance' is this between you and Granny?"

„Keine Ahnung, wir verstehen uns einfach gut. Sie ist super lustig und extrem clever. Du hast die coolste Granny der Welt! Wir könnten ihr und Richard übri-

gens die zwei nebeneinanderliegenden Zimmer im Parterre geben, wenn sie uns mal besuchen kommen."
Er konnte sich nicht an den Gedanken gewöhnen, dass seine Granny einen Freund hatte, deshalb musste ich ihn immer ein bisschen damit ärgern.

„Sicher." Er zuckte mit seiner Augenbraue und hob herausfordernd seinen Kopf. „You know, me and the boys gehen *oft* in sauna, *sehr* oft, and I love it, machen die guys ein bisschen jealous."

Dieses freche Grinsen in seinem Gesicht. „Ja, ja, ist schon klar. Glaubst du, ich merke es nicht, wenn du mich veräppelst?" Obwohl, ganz sicher war ich mir nicht. Er lachte laut und küsste meinen Bauch, sodass ich auch wieder anfing zu kichern.

„Lass uns besser in dein Zimmer gehen. Da sind zwei Türen und die Küche dazwischen und darunter ist der Probenraum, da schläft keiner."

„Jesus! I love complications! Da ist nur Sofa."

„Das kann man ausziehen und …" Er schnitt mir das Wort ab, indem er meinen Mund mit seinen Lippen versiegelte. Für eine ziemlich lange Zeit sagte ich erst mal gar nichts mehr, jedenfalls keine sinnvoll zusammenhängenden Sätze.

Irgendwann murmelte Leevi: „It`s magic with you, always. It`s really magic with us."

Ja, das war es, ich fand auch keine anderen Worte dafür.

*

Am nächsten Nachmittag standen alle fünf Mann genauso überfallartig wie sie mein Haus besetzt hatten, in meinem Laden in Seligenstadt.

„Wir wollen sehen deine Laden. How nice is this! Das ist toll!" Sie verteilten sich, und jeder nahm etwas anderes in die Hand. Ich sprang sofort auf. „Vorsichtig Leute, alles zerbrechlich."

Es dauerte keine zwei Minuten, da streckte Herr Aydin seinen Kopf zur Tür herein. Hinter ihm konnte ich noch Sohn und Neffe Aydin erkennen. „Alles in Ordnung bei Ihnen?", fragte er besorgt.

„Ja, ja, kommen Sie nur herein, ich möchte Ihnen ein paar Freunde vorstellen." Hoffentlich verplapperte sich Herr Aydin nicht und erwähnte den Zwischenfall mit Stefan. Die zwei Aydin-Jungs tuschelten im Hintergrund. Ich machte die Männerrunde miteinander bekannt, und dann trollten sich die Nachbarn wieder. Leevi kam sofort zu mir. „Warum er fragt, ob alles in Ordnung ist?"

„Das sind meine Nachbarn von gegenüber, ganz liebe Leute. So eine sympathische Großfamilie wie bei dir. Sie haben immer Angst um mich, weil ich alleine hier im Laden bin. Vermutlich haben sie euch gesehen und gedacht, ihr wollt mich überfallen."

„Ah." Er schaute mich zweifelnd an und zog eine Augenbraue hoch.

„So, Jungs", ich klatschte in die Hände, „was ist nun, wollt ihr etwas kaufen?"

„Aber hier steht unverkäuflich", sagte Rasmus und deutete auf das Schild. Ich erklärte ihnen die Hintergründe zu den Besitztümern der Champagnerkönigin.

„Was? Die Leute leihen sich Geschirr aus, nur um einmal von so einem Teller essen zu können?" Er nahm einen Suppenteller in die Hand und hielt ihn in die Höhe. So etwas konnte Rasmus nicht verstehen, das war mir klar, für ihn war wichtig, was auf dem Teller lag.

„Im Prinzip", sagte Leevi nachdenklich, „ist selbe wie wir machen auch, we tell storys mit unsere songs, und Mona erzählt Geschichte von Teller oder Tisch."

„Genau so ist es, die Leute sind fasziniert von den Geschichten", sagte ich. Alle nickten und taten verständnisvoll.

„Eigentlich wollten wir Schlafzimmermöbel und etwas Neues für die Küche kaufen, aber du hast ja gar keine Betten und große Schränke auch nicht."

„Ich bin ja auch kein Möbelladen", gab ich zu bedenken, „aber ich gebe euch jetzt eine Adresse von einem Möbelgeschäft, mit dem ich zusammenarbeite, um das Hotel auszustatten. Ihr sucht euch aus, was ihr haben wollt, und wir bestellen die Sachen über mich, da bekommen wir zwanzig Prozent Nachlass."

„Coole Sache!" Sie sahen sich an. „Ja, her mit der Adresse. Wir fahren gleich hin", meinte Aki.

Flugs schrieb ich ihnen die Adresse auf und nahm Leevi noch einmal beiseite. „Es ist wichtig, dass ihr auf meinen Namen bestellt. Ich rufe gleich dort an und kündige euch an, damit die Verkäufer Bescheid wissen."

„Super!" Er zog mich in die kleine Teeküche, um mich ausgiebig zu küssen. „Kannst du nicht mitkommen? Please!" Seine Hände steckten in meinen Gesäßtaschen. „Du musst helfen aussuchen."

Ich überlegte kurz. „Okay, ausnahmsweise sperre ich den Laden mal zu."

„Great! Okay. Let`s do it!"

Ich war gerade dabei die Tür abzuschließen, die Jungs standen bereits auf dem Bürgersteig herum, als Filiz Aydin, die Tochter des Hauses, aus dem Obstladen angestürmt kam.

„Hallo, ihr seid es ja wirklich. Das ist ja toll, ob ich wohl ein Autogramm haben könnte?"

„Oh", Leevi durchsuchte seine Jackentaschen, „ich glaube, wir haben nicht dabei. Jungs, habt ihr?"

„Nein." Allgemeines Kopfschütteln.

„Bist du hier immer?", fragte Leevi sie und deutete auf das Obstgeschäft.

„Ja, meistens. Meine Eltern sind auch immer da", sagte sie ganz aufgeregt und mit glühenden Wangen.

„So, du bekommt, versprochen. Mona wird dir bringen."

„Oh, wirklich! Super. Dankeschön."

„Hast du Handy? Wir können machen Foto."

„Ja, ja", sie griff in ihre Hosentasche und zog ihr Handy heraus.

„Mona, könntest du machen Foto, bitte?"

Ich machte die Fotos. Alle zusammen mit Filiz und jeder einzeln mit Filiz. Zum Abschied wurde sie von jedem noch einmal herzlich gedrückt. Ich merke den Jungs deutlich an, dass das Routine für sie war. Aber sie freuten sich sichtlich darüber. Und Filiz erst! Sie schwebte geradezu über die Straße und würde bestimmt gleich alle Freundinnen anrufen um ihnen von ihrer unglaublichen Begegnung zu berichten.

„Na, da habt ihr euren ersten Fan in Seligenstadt ja schon gefunden", sagte ich lachend.

„Ja and she is so nice. Du musst erinnern, dass wir machen Autogramm für sie."

„Das mache ich. Und falls ich es doch vergessen sollte, wird sie mich bestimmt daran erinnern."

Dann unternahmen wir unseren „Familienausflug" zum Möbelgeschäft. Gott sei Dank strömten sie alle gleich auseinander, sodass es zu keinen turbulenten Szenen kam. Sie konnten sich nämlich benehmen wie eine Horde losgelassene Teenager. Jeder kaufte das, was er für sein Zimmer noch haben wollte, und dann suchten sie alle zusammen für die Küche einen großen Holztisch aus, den man ausziehen konnte, und acht mit Kuhfell bezogene Stühle.

Immer wenn Leevi mit etwas einverstanden war oder etwas angepackt werden sollte, sagte er: „Let´s do it!" Amazing, wie schnell diese drei kleinen Wörtchen auch zu meinen Lieblingsworten avancierten. Sie sind so unglaublich universell einsetzbar; in absolut allen Lebenslagen.

ↂ **Kapitel 25** ↂ

Es weihnachtet sehr!

Die letzten fünfunddreißig Jahre war ich immer froh gewesen, wenn die Feiertage vorbei waren. Dieses Jahr war es anders, ich freute mich sehr auf Weihnachten. Für Josie hatte ich eine flauschige Strickjacke gekauft, in einem ganz zarten, pudrigen Rosé, es würde phantastisch zur Farbe ihrer Wangen passen, wenn sie von Richard sprach. Für Jaana ein wunderbares Buch, für Elias ein Holzspiel und für die kleine Helena ein weiches Schmusetier, das man waschen konnte. Für Leevis Mutter und seine Schwester hatte ich tolle Handtaschen besorgt und für Lauri einen Rucksack. Für Leevi bestellte ich einen mittelgroßen Trolley, es ging schließlich gar nicht, dass er mit Reisegepäck eines Mitbewerbers unterwegs war. Aber jetzt mal ehrlich, einen Koffer für den Mann, den ich so unbeschreiblich liebte? Autsch! Nein, das ging gar nicht, da musste ich mir noch etwas anderes einfallen lassen. Ein Schmuckstück vielleicht? Aber er trug nie Schmuck, nicht mal eine Armbanduhr. Sicher mochte er das nicht, also kaufte ich einen sündhaft teuren grauen Strickpulli mit Schalkragen, und dann kam mir ein guter Gedanke. Er war neulich regelrecht schwermütig gewesen, als er seine dunkelblaue Boxershorts entsorgen musste, weil der Bund kaputt war. Also kaufte ich ein Dutzend dunkelblaue Boxershorts und ließ, mit hellblauem Garn, so klein wie möglich: „All I need …" aufsticken.

*

Vom 24.12. bis 4.1. war unsere Firma geschlossen, und meinen Laden hatte ich auch abgesperrt. Ich würde diese Zeit in Helsinki verbringen.

Heiligabend waren wir alle bei Leevis Mom eingeladen. Meine Güte, was für ein Treiben! Leevis großer Bruder Kimi war mit Familie aus Amerika angereist. Zwei bildhübsche Zwillingsmädchen im Alter von 13 Jahren. Seine Frau Avery war mir einen Tick zu aufgesetzt freundlich. Mirja mit Familie war natürlich da, sein kleiner Bruder Lauri, und in der Mitte thronte Josie!

„Wo ist Richard?", raunte ich ihr ins Ohr.

„Der ist auch bei seiner Sippe", antwortete sie mit ihrem schlagfertigen Humor.

Ich hatte für alle Geschenke mitgebracht, nur für die Familie von Kimi nicht, was mir unangenehm war, aber ich hatte ja nicht gewusst, dass sie auch kommen würden. Und eine riesige Dose Vanillekipferl hatte ich im Gepäck. Leevi war süchtig danach. Seit er sie in der Adventszeit bei mir gegessen hatte, nervte er mich ständig mit seinen „little horns".

Leevis Mutter tischte auf, bis kein Fleckchen freier Platz mehr auf dem Tisch übrig war. Wie Nina blühte auch sie in ihrer Gastgeberrolle auf. Wie glücklich musste sie sein, alle ihre Kinder und Enkelkinder um sich zu haben.
Jaana hing wie eine Klette an mir. Sie wollte unbedingt neben mir sitzen und plapperte die ganze Zeit. Ihr Deutsch war wirklich sehr gut. Dann kam die Bescherung. Von Leevis Mutter lag ein Geschenk für mich unter dem Weihnachtsbaum. Mütze, Schal und Handschuhe in einem kunterbuntem Muster. Eine tolle Idee und so gut zu gebrauchen, es war wirklich schweinekalt! Von Josie erhielt ich ein bedeutungsschweres Geschenk. Ein Buch mit leeren Seiten und einem Einband aus türkisgrünem Seidenstoff, bestickt mit chinesischen Ornamenten. Ein Tagebuch, schoss es mir durch den Kopf, wenn auch ein ziemlich dickes. „Danke, Josie", sagte ich und drückte sie. „Da muss ich aber noch lange leben, um all die Seiten zu füllen." Sie hielt meine Hände fest in ihren und sah mich mit diesem Blick an, den ich von Leevi kannte.
„Irgendwann schreibst du mal alles auf."
„Was soll ich aufschreiben?"
„Dir wird schon etwas einfallen."

Nachdem wir alle ausgepackt hatten, versuchte ich, Daniel zu erwischen. „Ich weiß, heute ist Weihnachten, aber können wir trotzdem etwas Geschäftliches besprechen?"

„Sicher, das ist doch kein Problem."

„Ich wollte einfach mal hören, wie du zu der Idee stehst, für ein, zwei Monate nach Deutschland zu kommen?"

„Ja, ich habe mit Mirja schon darüber gesprochen, es wäre sicher eine interessante Aufgabe und unser Bankkonto würde sich auch freuen."

„Ich habe noch einen Schreiner vor Ort an der Hand. Ein ruhiger, angenehmer Mensch, ihr würdet bestimmt gut miteinander auskommen. Er hat aber auch nur einen Drei-Mann-Betrieb plus einen Lehrling, er wird das nicht alles bewältigen können."

„Wie sieht der Zeitplan aus?"

„Mitte, Ende Januar soll es mit den Fußböden und den Wandverkleidungen losgehen, aber du weißt ja, wie das ist, meistens kommt noch irgendetwas dazwischen, und es verschiebt sich alles noch einmal."

„Kein Problem, ich plane mir den Zeitraum schon mal so ein, und du sagst einfach Bescheid, wenn ich kommen soll."

„Wirklich?"

„Ja, versprochen." Er drückte mich.

„Das ist wunderbar, da kann ich mir wenigstens sicher sein, dass alles in besten Händen ist."

Ich war wirklich sehr erleichtert und unglaublich froh über Daniels Zusage.

Mirjas Familie rüstete zum Aufbruch. Elias war schon vor einer guten halben Stunde auf Grannys Schoß eingeschlafen und Helena schlief in Sofias Schlafzimmer, aber jetzt protestierte Jaana. Sie wollte nicht mit nach Hause, sie wollte mit zu uns und in Leevis Gästezimmer schlafen. Ich beobachtete, wie Leevi alle Gesichtszüge entglitten, und mir fiel es auch nicht gerade leicht, meine fröhliche Mine zu behalten. Wir wechselten schnell einen Blick. So hatten wir uns die Weihnachtsnacht ganz sicher nicht vorgestellt. Leevi holte gerade tief Luft, als Josie mir zuzwinkerte. Sie hatte mitbekommen, was Jaana gesagt hatte und schaltete sich sofort ein.

„Engelchen", sagte sie, beugte sich zu Jaana hinunter und legte ihr den Arm um die Schulter, „du wirst mich doch wohl in der Heiligen Nacht nicht alleine lassen? Ich würde mich furchtbar einsam fühlen. Möchtest du nicht bei mir übernachten?"

Jaana blickte zu ihrer Urgroßmutter auf und sagte: „Okay Uri, dann komme ich mit zu dir."

Hinter Jaanas Rücken konnte ich Leevi beobachten der seine Backen ganz dick aufgeblasen hatte und jetzt sichtlich tief ausatmete. Daniel grinste und schlug ihm lachend auf die Schulter.

*

So schön die Feier mit der Familie auch war, sie hatten mich einfach so ohne irgendwelche Vorbehalte adoptiert, genoss ich die Stunden mit Leevi vorm Kamin am meisten. Von der ersten Minute an hatte ich mich in dieser Wohnung sauwohl und irgendwie vollkommen frei gefühlt. Wir tauschten unsere Geschenke erst spät in der Nacht aus, als wir wieder zu Hause waren. Er war begeistert von seinem Trolley und davon, wie leicht er sich lenken ließ. Den Pulli probierte er gleich an, und den restlichen Inhalt fand er ganz besonders süß. „Aber so viele presents! Ich habe nur ein Geschenk für dich."

„Ich habe ja auch diesen Ring schon bekommen", sagte ich und streckte ihm meine Hand entgegen.

„Hast du wirklich noch nie abgenommen?", fragte er und drehte ihn an meinem Finger hin und her.

„Nein, noch nie. Und wenn ich in der Werkstatt arbeite, ziehe ich einen Handschuh an, damit ich ihn nicht verkratze."

„Oh, dann ich bin ein bisschen jealous, weil er immer sein kann bei dir und ich nicht", er küsste meine Hand, „aber das war nicht Christmas present. Das war love gift."

Er schenkte mir ein blau geringeltes Sleepshirt mit langen Ärmeln, welches nicht die Spur von einem Negligé hatte, und erklärte mir, wie zentral seine Erinnerung an mein blau geringeltes Sommer-Sleepshirt für ihn war. Wie süß und sexy ich angeblich damals darin ausgesehen hatte und dass er es nur unter Aufbietung all seiner Willenskraft geschafft hatte, mich nicht auf der Stelle zu verführen.

„Tell me honestly, what would have happened, wenn ich hätte probiert es? I have been asking myself that question since then."

„Hm, schwierige Frage. Ich weiß nicht." Ich versuchte, mir die Szene noch einmal vorzustellen.

„Natürlich mochte ich dich, aber ich war doch ziemlich sauer, weil du mich aufgeweckt hattest, vermutlich hätte ich dir eine geschmiert und dich hochkant hinausgeschmissen."

„Yeah, as I had suspected, dann ich habe gemacht everything right."

„Na ja, ich kann das so natürlich nicht objektiv beurteilen", flunkerte ich, „du müsstest mir schon mal zeigen, was du damals so ritterlich unterdrückt hast."

„Ah, I fully understand!" Er zwinkerte und lachte „Jesus! I`ll show you."

Wie im Flug waren die paar freien Tage vergangen. Wir hatten Granny und Mirja besucht, hatten Jaana zum Schlittschuhlaufen mitgenommen, und sie durfte in Leevis Gästezimmer übernachten. Natürlich war sie mitten in der Nacht zu uns ins große Bett gekrabbelt.

Silvester verbrachten wir auch mit Leevis Familie. Allerdings blieben wir nicht allzu lang und feierten unser privates Silvester noch einmal auf Leevis Dachterrasse, indem wir in unseren dicken Mänteln drei Wunderkerzen anzündeten und ein Gläschen Sekt tranken.

„Happy New Year!", sagte Leevi und küsste mich.

„Ja, das wünsche ich dir auch. Wir haben so viel vor dieses Jahr." Ich legte meine Arme um seine Taille.

„Ja, das wird super!"

Noch nie hatte ich ein neues Jahr so freudig begrüßt wie dieses.

*

Wir hatten wunderschöne Tage verbracht, aber heute Nachmittag musste ich schon wieder zurückfliegen. Ich stand hinter der großen Glasschiebetür, spielte mit der Kette um meinem Hals und sah den Schneeflocken nach. Das Außenthermometer zeigte minus 11 Grad! Brrr! Ich erinnerte mich an einen Text, den ich vor acht, neun Jahren für meine Weihnachtspost geschrieben hatte. Darin hieß es:

„Selbst wenn draußen alles Leben unter einer
dicken Eisdecke erstarrt,
werden wir auch diesen Winter wieder überstehen,

weil in unseren Herzen unbesiegbarer Sommer herrscht.
Unsere Herzen sind warm, voller Dankbarkeit und Freude, voller Mitgefühl und Zuversicht;
feurig gar, voller Mut, neuer Ideen und Tatendrang.
In unseren Herzen wird niemals Winter sein!"

In meinem Herzen war Winter gewesen. Für eine viel zu lange Zeit sogar. Aber das war jetzt vorbei. Leevi hatte diese dicke Mauer aus Eis in mir zum Schmelzen gebracht. Mein Herz war nicht nur warm, es war glühend heiß, es jubilierte vor überschwänglichem Glück! Unglaublich, niemals hätte ich so etwas für möglich gehalten.

„Was machst du?", riss Leevi mich aus meinen Gedanken, als er kauend aus der Küche kam.

„Was hast du jetzt schon wieder gegessen?" Er konnte den lieben langen Tag essen.

„Two little horns", sagte er grinsend, kam zu mir, stellte sich hinter mich und legte seine Arme um mich.

„Wenn du so weitermachst, hast du bald wieder ein paar Kilo drauf."

„Und, wäre schlimm?"

„Na ja, wenn ich ganz ehrlich sein soll, also ich finde es schon ziemlich sexy so."

„Really? You do?"

„Ja. Auch dein Gesicht wirkt dadurch viel markanter, männlicher, fast ein bisschen verwegen."

„Ah!", er griff sich ans Herz, „du kannst mitnehmen Reste von little horns, ich werde nicht mehr essen."

„Wenn ich die Lage richtig einschätze, dürften nicht mehr allzu viele übrig sein."

Er grinste nur und schaute angestrengt nach draußen. „Jesus Christ! So viele snow. Flug wird sowieso ausfallen."

„Ach komm", sagte ich, „mach mir keinen Kummer, ich kann nicht länger bleiben. Ich habe meine Rückreise sowieso schon auf den letztmöglichen Zeitpunkt gelegt." Obwohl mir der Gedanke an mein leeres kaltes Haus überhaupt nicht gefiel. Er wiegte mich hin und her, küsste meine Wange und meinen Hals.

„Tell me, worüber du hast nachgedacht, vorhin?"

Ich sah ihn an und musste lachen. Er hatte wirklich einen siebten Sinn für so etwas und schon wieder seinen „Ich-schau-dir-in-die-Seele-Kleines-Blick" aufgesetzt. Also erzählte ich ihm, was mir durch den Kopf gegangen war.

„Das ist so schön! Wir müssen machen Song daraus."

Aus allem musste er einen Song machen. Unermüdlich dachte er an seine Musik, nein, falsch, er war seine Musik.

„Aber first, ich muss fühlen, ob deine Herz hat keine fever."

Blitzschnell steckte er seinen Kopf unter meinen Pullover.

„Leevi! Wirst du wohl aufhören damit!" Ich versuchte, ihn abzuwehren. „Du weitest meinen ganzen Pullover aus mit deinem Dickschädel."

„It`s hot here, too hot", meinte er, „du bist ill, du nicht kannst fliegen heute."

Ich flog, und der Abschied war dieses Mal nicht ganz so schwer, weil ich wusste, dass er und die Jungs bald nachkommen würden.

⋖ Kapitel 26 ⋗

Ruhe vor dem Sturm

Ab der zweiten Januarwoche legten die Jungs richtig los in meinem Haus. Sie hatten den neuen Vertrag bei A-Records bekommen, renovierten hoch motiviert die Zimmer fertig und entrümpelten alles, was ihnen im Weg war, um Platz zu schaffen für die neuen Möbel, die am Zwanzigsten angeliefert werden sollten. Leevi hatte sich kurzerhand ein Auto angeschafft, keinen Sportwagen, sondern eins, in dem fünf Mann bequem Platz fanden. Somit entfiel auch das Genörgel, dass er nicht vom Fleck kam.

Ich stürzte mich in die Arbeit und wollte den Seewalds gerne einen Katalog zeigen, in dem ich tolle Bilder, Bettwäsche, einen Zimmerbrunnen und Spiegel gefunden hatte. „Meine Frau ist zurzeit in der Reha", sagte mir Herr Seewald am Telefon. „Gott sei Dank ist die Chemo abgeschlossen."

„Dann richten Sie ihr doch bitte viele Grüße aus. Das kann auch warten, bis sie wieder zu Hause ist."

„Nein, nein, ich gebe Ihnen die Nummer, rufen Sie sie ruhig an, die Ablenkung wird ihr guttun."

Also rief ich sie an und als ich erfuhr, dass sie in Bad Orb war, entschloss ich mich, sie zu besuchen. Ich wartete in der großen Eingangshalle auf sie. Als sie aus dem Aufzug stieg, konnte ich von weitem schon sehen, dass sie noch dünner geworden war. Um ihren Kopf hatte sie einen bunten Turban geschlungen, und sie trug die Kette, die sie bei mir gekauft hatte.

„Hallo, Frau Huber", sie drückte mich, „bitte wundern Sie sich nicht über meinen exotischen Kopfschmuck."

„Tolle Farben, steht Ihnen gut", sagte ich freundlich, „und eine ausgefallene Kette."

„Ja, nicht wahr!" Sie lachte. „Ich kann Ihnen gar nicht sagen, wie sehr ich mich über Ihren Besuch freue. Wollen wir dieses *„Sie"* nicht langsam mal weglassen?"

„Sehr gerne. Mona", sagte ich.

„Ich heiße Ellen. Komm, lass uns in den Park gehen, auch wenn das Wetter furchtbar ist, ich sehne mich nach frischer Luft."

Schon bald wurden ihre Schritte aber langsamer und schleppender. „Gut, dass die Bank hier vorne frei ist", sagte ich und deutete in die Richtung. „Ich möchte dir doch die Sachen aus dem Katalog zeigen."

„Ja, unbedingt, darauf freue ich mich schon den ganzen Tag wie ein kleines Kind. Man wird sehr bescheiden mit so einer Krankheit." Ich nickte nur. Nachdem wir uns gesetzt hatten, blätterte ich die Seiten auf. „Also hier, sieh mal, diesen Zimmerspringbrunnen wollte ich für das Zimmer aus Tausendundeiner Nacht nehmen und dazu diese geschmiedeten Lampen."

„Oh ja, wunderbar."

„Diesen geschwungenen Spiegel finde ich ganz toll, wohin der soll, weiß ich noch nicht so genau. Vielleicht könnten wir auch mehrere nehmen für die Flure?"

„Stimmt, an die Flure habe ich ja noch gar nicht gedacht."

„Und hier, dieses Bild, ein Ölgemälde, jedes Stück ein Unikat." Es zeigte eine Ballerina in einem bunten Tutu.

„Entzückend."

„Dieses dreiteilige große Wandbild finde ich auch ganz super und die Bettwäsche hier, und was hältst du von diesem Geschirr? Ich meine als Alltagsgeschirr?"

„Das ist alles ganz wunderbar, Mona, wirklich. Ich bin so froh, dass wir dich entdeckt haben."

„Und ich erst", sagte ich lachend, „aber es wird zu kalt hier, Ellen, lass uns wieder hineingehen." Und so plauderten und lachten wir auf ihrem Zimmer weiter. Sie wollte ganz genau wissen, wie ich zu diesem Laden gekommen war und was ich bei DORA machte. Da auch Gäste zum Abendessen bleiben durften, blieb ich, und Ellen aß meiner Meinung nach ganz gut. „In so netter Gesellschaft schmeckt es einem doch gleich viel besser."

„Ja, ich esse auch nicht gerne alleine." So kamen wir auf mein Haus zu sprechen, das so lange leergestanden hatte, auf meine Eltern und Finnland und Leevi. „Leevis Schwager Daniel wird kommen, er ist Möbelschreiner und Restaurator, er wird die hiesigen Schreiner unterstützen", erklärte ich ihr.

An diesem halben Tag hatte ich Ellen meine ganze Lebensgeschichte erzählt und sie mir ihre. Ihr Mann Manfred war ihre große Liebe. „Das überrascht mich nicht", sagte ich, „man merkt euch das an, ich habe es gleich gespürt, als ihr das erste Mal bei mir im Laden wart."

Ellen nahm meine linke Hand und betrachtete meinen Ring. „Ein ausgefallen schönes Stück. Dein Verlobungsring?"

„Nein! Ich würde ihn niemals heiraten. Er braucht seine Freiheit."

Ellen nickte und lächelte. „Aber er ist schon deine große Liebe, oder?"

„Ja, aber es macht mir auch ein bisschen Angst. Ich meine, bleibt es immer so großartig?"

Jetzt lachte Ellen laut. „Nein", sagte sie, „es wird noch besser."

Von nun an telefonierten wir fast täglich, und ganz allmählich besserte sich auch ihr gesundheitlicher Zustand. Sie war mir zu einer lieben Freundin geworden.

*

In meinem Haus kehrte etwas Ruhe ein. Die Jungs hatten sich eingerichtet, waren oft in Köln und arbeiteten in ihrem Probenraum bei mir im Haus. Daniel war angereist und bewohnte jetzt Leevis Zimmer. Bei DORA galt es zurzeit nur, alle zwei Wochen den Azubikurs durchzuführen, so konnte ich mich ganz auf den Laden und die Hotelausstattung konzentrieren, aber dies war nur die Ruhe vor dem Sturm.

Eines Abends hörte ich das Auto der Jungs in den Hof fahren und wartete darauf, dass Leevi gleich auftauchen würde, was aber nicht geschah. Ich saß noch eine weitere Stunde am Computer und sah mir verschiedene Möbelangebote an, wurde dann aber doch unruhig und ging nach unten. Als ich auf dem Mittelpodest der Treppe angelangt war, konnte ich schon laute Stimmen vernehmen, eine Tür wurde zugeschlagen. Oh, oh, da herrschte dicke Luft. Ich trollte mich sogleich nach oben und nahm wieder vor meinem PC Platz. Auf einmal erschien Leevi.

„Hi Sweety!" Er gab mir einen Kuss.

„Na Schatz, alles gut?" Ich drehte mich zu ihm um.

„Alles Scheiße!" Er ging vor mir in die Hocke und legte seinen Kopf auf meine Oberschenkel.

„Was ist scheiße?"

„Wir haben Fehler gemacht mit A-Records."

„Warum das denn?"

„Heute sie haben gesagt", er sah mich jetzt an, „wir sollen spielen keine Festivals in Sommer. Nicht ein einziges!"

„Aha, und warum nicht? Dafür muss es doch einen Grund geben."

„Ja, sie sagen alle Songs sind top secret, wir dürfen nicht spielen, bevor new album is out."

„Tja, wenn ihr vertraglich daran gebunden seid, müsst ihr euch wohl daran halten, dann spielt ihr eben die alten Songs."

„Das ist boring. Wir wollen testen neue Songs, und du kannst am besten machen live, du hast sofort reaction von audience. Wir sind so heiß, wieder gehen on stage. So lange wir haben nicht mehr live gespielt."

„Was wollt ihr jetzt machen?" Er stand auf und zog mich in seine Arme. „Wir werden gehen nach Finnland und dort machen kleine Show." Meine Gedanken überschlugen sich: Finnland, Show, weggehen.

„Die werden das doch rauskriegen, und dann bekommt ihr mächtigen Ärger, wenn ich das richtig einschätze." Ich schaute ihn an, aber er sah an mir vorbei. „Leevi! Ihr habt so hart um diesen Vertrag bei A-Records gekämpft, du bist dafür ein Jahr nach Australien gegangen, und jetzt wollt ihr das alles aufs Spiel setzten?"

„Wenn sie uns rausschmeißen, dann wir machen eigene Label auf."

„Ach du grüne Neune!" Ich lief aufgeregt im Wohnzimmer auf und ab. „Und das wird ganz sicher nicht in Deutschland sein, habe ich Recht?" Er zuckte mit den Schultern.

„Na, ganz toll, wunderbar!", sagte ich laut und ließ mich auf mein Sofa fallen. Ich war sauer, besorgt, traurig. Er setzte sich zu mir. „Bitte, Mona, du musst verstehen. Das ist blöde Situation. Da sitzen black-suit people und die sagen dir, this will sell and this won`t sell, aber wir kennen fans, und wir wissen was fans lieben von uns."

Ich beruhigte mich etwas. „Das geht einem gegen den Strich, das kann ich schon verstehen, aber redet doch noch einmal in Ruhe mit denen. Es ist doch im Interesse aller, dass sich das Album am Ende gut verkauft, und warum sollten sie dann etwas dagegen haben, wenn ihr ein paar Lieder in Helsinki mal testet?"

„Ja." Leevi nahm mich in den Arm. „Ich muss das machen. Heute Mika ist ausgerastet, er ist auch an Limit, seine Frau ist jetzt ganze Zeit alleine zu Hause."

Darüber hatte ich noch gar nicht nachgedacht. Wir konnten jetzt zusammensein, aber dafür waren die anderen von ihren Freundinnen oder Frauen getrennt. Ich schämte mich für meinen Egoismus.

Leevi sprach am nächsten Tag mit den Anzugträgern.

„Und? Hast du die Sache hinbiegen können?" Er nickte.

„Ja, wir fliegen nach Hause, spielen drei concerts in Helsinki und drei in Schweden."

„Damit sind sie offiziell einverstanden?"

„Yes." Sein Gesichtsausdruck war merkwürdig.

„Leevi! Die ganze Wahrheit, bitte." Er knetete seine Hände. Ich kannte dieses Zeichen, es war kein gutes. „Welche Bedingungen sind daran geknüpft?"

„Sie wollen Garantie, dass Songs nicht nach Deutschland gelangen."

„Eine Garantie, wie soll die aussehen?"

„Ich habe Versprechen gegeben, dass neue Songs bleiben in Finnland und Schweden."

„Du hast was gemacht?" Ich fiel fast in Ohnmacht. „Bist du wahnsinnig? Wie kannst du so etwas versprechen? Die Fans machen Aufzeichnungen während der Konzerte, schicken sie an Freunde in Deutschland, und schon ist das Material hier, oder sie stellen es gleich ins Netz. Wie willst du das verhindern? Das ist ein Ding der Unmöglichkeit!"

„Play it cool! Alles wird gutgehen. Wir werden sagen bei Konzert."

Ich schlug mir beide Hände vors Gesicht. „Die werden dich zu irgendeiner Geldstrafe verdonnern, und sie werden den Vertrag mit euch auflösen."

„Ja, dann sollen sie machen." Er winkte ab, lachte und drückte mich. Danach hängte er sich ans Telefon, um mit Erkki, das war der Manager der Band, auszumachen, welche Hallen er buchen sollte. Mit normalem Menschenverstand konnte man das nicht begreifen. Wenn es um seine Musik ging, konnte ihn nichts aufhalten. Ich war fassungslos, wollte aber keinen Streit vom Zaun brechen und hielt mich zurück.

Bevor Leevi losflog, hatte ich irgendwie ein komisches Gefühl. „Ich würde so gerne mitkommen", sagte ich und kuschelte mich in seine Arme, „aber ich kann doch jetzt nicht weg."

„I know, ist nicht schlimm, du kommst nächstes Mal mit." Er wiegte mich hin und her.

„Aber ich will nicht alleine zu der Hoteleröffnung gehen."

„No, ich komme zurück first of March und bringe Mirja mit. Promised! Okay? Ich bin da. For sure! Wir alle gehen zu Eröffnungsparty. Du weißt doch, was meine Name means in Hebrew, und ich bin extremely devoted."

Er küsste mich und hatte mich wieder zum Lachen gebracht, aber ich war trotzdem traurig, weil er wegfuhr, und ein bisschen trotzig und brummelig und beleidigt und ... „Ich habe Angst, Leevi, dass wir uns in all dem Durcheinander verlieren." Er hob mein Kinn, sodass ich ihn ansehen musste. „Mou, das nicht wird passieren. Never!"

Trotzdem fühlte ich mich verlassen. Nur gut, dass Daniel wenigstens da war. Aber dieser Satz: „Wir fliegen nach Hause", hing immer noch in der Luft und malträtierte mein Herz. Finnland würde immer sein Zuhause bleiben. Klar. Und Blut war eben dicker als

Wasser. - Aber *ich* wollte doch sein Zuhause sein! Ich spielte an meinem Ring herum, nahm ihn ab und las die Gravur. Er liebte mich, sicher, daran zweifelte ich nicht, aber er brauchte mich nicht, und nicht ein einziges Mal hatte er gefragt, ob er mir im Laden oder im Hotel helfen konnte. - Vielleicht war er wirklich egoistisch, so wie Granny es gesagt hatte, und sie hatte auch gesagt, dass man eben nicht alles haben kann. Ja, ich sollte aufhören zu jammern und mit dem zufrieden und glücklich sein, was ich hatte.

Nach ihrem ersten Konzert rief mich Leevi sofort an, er war noch völlig außer Atem. „Mou, du hättest da sein müssen, es war so geil, endlich wieder on stage zu sein."

Er war happy; ich hingegen war voller Sorge und durchforstete fieberhaft das Internet. Gott sei Dank tauchten nur Mitschnitte von alten Songs auf. Leevi war einfach zu gutmütig und leichtgläubig in solchen Sachen.

Ich musste mich auf das Hotel konzentrieren. Ein Highlight, das zur Historie von Seligenstadt passte, fehlte mir noch. Seligenstadt hatte den Kaufmannszug und die Verbindung zur Fuggerstadt Augsburg, in diese Richtung musste ich etwas finden und klickte mich noch einmal durch diverse Augsburg-Seiten. Ich fand ein altes Kaufmannshaus, das entrümpelt werden sollte, und reiste kurz entschlossen nach Augsburg. Als Erstes fiel mir eine mächtige Seilwinde an der Außenfassade auf, aber die konnte man wohl schlecht in einem Hotelzimmer als Deko anbringen, nicht dass sich noch einer daran erhängen würde. Ein altes Holzbett mit großem geschnitzten Kopfteil, welches das Wappen des ehemaligen Besitzers trug, hatte es mir angetan. Das wäre genau das richtige Prunkstück für das historische Schlafgemach. Aber wie sollte das transportiert werden? Ich konnte auf den ersten Blick nicht erkennen, wie und an welchen Stellen man es auseinandernehmen konnte, und dann der Preis, dreitausend Euro! Ich schickte Ellen ein Bild aufs Handy und wartete ungeduldig auf ihre Antwort.

„Wir wollen es haben!", schrieb sie wenige Minuten später zurück. Da niemand außer mir Interesse an dem Bett hatte, bekam ich es für eintausendachthundert Euro. Die Kosten für den Transport musste ich übernehmen. Ich machte noch ein paar Bilder von dem Haus und den übrigen Räumen, um sie dann vergrößert, in das Hotelzimmer hängen zu können. Und ich kaufte auch gleich noch drei Bilderrahmen.

Und dann traf wenige Tage vor der Hoteleröffnung auch noch die erste Lieferung von Maggie ein. Ein Monstrum von Holzkiste schaffte der Fahrer in meinen Laden. Ich konnte sie ohne Werkzeug nicht öffnen und musste zuerst Zange und Hammer von zu Hause mitbringen. Zwei einmalig schöne Vasen und zwei Schalen hatte sie mir geschickt, zu einem gesalzenen Preis allerdings. Viertausend Euro für alles. Ganz sicher würde sich Ellen dafür interessieren, ich rief sie gleich an. „Komm doch mal bei meinem Laden vorbei. Heute sind die ersten Kunstwerke der Glasbläserin aus Dublin eingetroffen."

Am Nachmittag schaute sie sich die Sachen an und war begeistert. „Oh, sind die schön! Die muss ich haben."

„Sie sind sehr teuer, Ellen. Unter achtzehnhundert Euro pro Stück kann ich sie nicht abgeben."

„Wow, das ist zurzeit wirklich nicht mehr drin in unserem Budget."

„Welche gefällt dir denn am besten?"

„Die rote hier." Sie griff nach der Vase. Ich nahm sie ihr ab und packte sie gut ein.

„Das ist mein Eröffnungsgeschenk für euer Hotel. Auf dass sie euch immer Glück bringen möge."

„Oh Mona, das kann ich nicht annehmen, wirklich nicht", wehrte Ellen ab.

„Doch", sagte ich, „das musst du sogar, sonst bin ich beleidigt." Sie fiel mir um den Hals, und dann nahm sie endlich die Tüte in die Hand. Als Ellen gegangen war, rief ich Maggie an, um ihr mitzuteilen, dass alles wohlbehalten angekommen war. Bei der Gelegenheit fragte ich noch einmal nach einem Video, das sie bei ihrer Arbeit zeigte. Sie versprach mir, eins auf mein Handy zu schicken. Ich gestaltete gleich das Schaufenster um, damit ich Maggies Kunststücke im rechten Licht präsentieren konnte.

❦ Kapitel 27 ❦

*Ich hasse Geschichten ohne Happy End,
ich hatte genug davon.*

🍸

Leevi hatte mir versprochen, zur Hoteleröffnung zurück zu sein, und er würde heute Abend zusammen mit Mirja anreisen.

Weder Daniel noch ich hatten Zeit, sie abzuholen. Wir wirbelten im Hotel herum. Acht Zimmer hatten wir schon fast fertig, da konnten heute die Putzdamen anrücken. Aber vier Zimmer und der große Speisesaal mussten bis morgen Abend noch eingerichtet werden. In einem Zimmer waren noch die Maler, in einem anderen Zimmer war der Fußboden noch nicht fertig. Die Möbel standen schon parat, konnten aber noch nicht eingeräumt werden.

Ich liebte jetzt schon die Atmosphäre in diesem Haus. Es herrschte Betriebsamkeit, aber keine Hektik, jeder gab sein Bestes. Ellen war da, sie kam mir immer noch schwach vor, strahlte aber voller Vorfreude und ließ alle Handwerker und Helfer bestens mit Getränken und Essen versorgen. Die Küche hatte ihre Arbeit bereits vor einigen Tagen aufgenommen. Ich wartete noch dringend auf das große Bett aus Augsburg und versuchte, den Verkäufer noch einmal anzurufen. „Wieder nur der Anrufbeantworter", schimpfte ich laut vor mich hin.

„Gibt es Schwierigkeiten?", fragte Ellen besorgt.

„Das Bett aus Augsburg ist immer noch nicht eingetroffen und ich erreiche den Verkäufer nicht."

„Vielleicht kommt es morgen noch." Sie tätschelte meinen Arm. „Und wenn es nicht mehr rechtzeitig ankommt, ist es auch kein Beinbruch. Wir sind nicht ausgebucht."

„Trotzdem will ich doch zur Eröffnung kein Zimmer ohne Bett präsentieren. Was macht das denn für einen Eindruck? Ich bewundere deine Gelassenheit, wirklich." Ich machte mir Sorgen, dass sie sich zu viel zumutete.

„Apropos Bett, da fällt mir doch gerade etwas anderes ein. Welches Zimmer soll ich eigentlich für dich und Leevi reservieren?"

„Da fragst du noch?" Ich lachte.

„Rock 'n' Roll?"

„Ganz genau." Wir hatten allen Zimmer einen Namen verpasst, und das mit dem schwarzen Lederbett hatte den Namen „Rock 'n' Roll" erhalten.

„Ich bin übrigens sehr gespannt auf deinen Leevi."

„Und ich bin gespannt, wie er dir gefallen wird." Ich hakte mich bei ihr unter. „Geht es dir gut, Ellen?"

„Ja", sie drückte mich, „ja, es geht mir gut, und ich fühle mich so lebendig wie schon lange nicht mehr."

„Gott sei Dank! Dann komm, schauen wir mal, wieweit die Putzkolonne vorangeschritten ist, vielleicht können wir schon mit der Dekoration anfangen. Ach, und ich wollte dir ja das Video vorspielen, das Maggie geschickt hat, die Glaskünstlerin, du weißt schon, die mit den Vasen und Schalen." Ich zog mein Handy heraus und zeigte ihr das Video.

„Sehr beeindruckend, wirklich unglaublich. So ein zierliches Persönchen und wie aus einem unscheinbaren Klumpen etwas so Wunderschönes entstehen kann", sagte Ellen staunend.

„Ich werde ein Laptop im Laden aufstellen, damit ich es der Kundschaft zeigen kann."

„Das ist eine tolle Idee, Mona."

„Das können wir ja auch schon zur Hoteleröffnung machen. Wir platzieren die Vase auf einem schönen Tisch oder einer kleinen Kommode und zeigen das Video dazu."

„Oh ja, das machen wir." Ellen war begeistert.

Die großen Glaselemente im Speisesaal machten Schwierigkeiten. Daniel und die Schreiner waren klatschnass geschwitzt. Nicht nur, dass die Teile ein enormes Gewicht hatten, es sollte natürlich auch nichts zu Bruch gehen. Gegen achtzehn Uhr machten wir aber Feierabend. Die Leute waren erschöpft, es war sinnvoller, morgen mit neuer Kraft ans Werk zu gehen. Außerdem wollten wir nach Hause, um Mirja und Leevi zu begrüßen.

Als wir eintrafen, hatte Mirja schon ihren Koffer ausgepackt. Die Kinder waren in Finnland geblieben, sie wurden von Leevis Mom und Ida gehütet. Nachdem wir ein paar Worte gewechselt hatten, setzte ich rasch einen Topf mit Wasser auf, um die Spätzle zu kochen und bat Leevi, schon mal den Tisch zu decken und den Gulasch aufzuwärmen, den ich vorbereitet hatte. In der Zwischenzeit sprang ich schnell unter die Dusche.

Es wurde ein gemütlicher Abend. Leevi erzählte begeistert von ihren Liveauftritten, aber Daniel war sichtlich erschöpft.

„Wie sieht es aus, Leevi? Wir können jede Hand gebrauchen, hilfst du uns morgen?"

Leevi ließ scheppernd seine Gabel auf den Teller fallen. „Ich! Ich habe two left hands", er überkreuzte seine Hände, „you know this."

„Komm, jetzt stell dich nicht so an, du wirst doch mal eine Ecke von einer Glasscheibe hochhalten können."

„Wenn das Bett von Augsburg morgen nicht kommt, werden wir auch noch ein Bett bauen müssen", gab ich zu bedenken.

Daniel lachte laut. „Du kannst Scherze machen."

„Nein, im Ernst, ein Hotelzimmer ohne Bett wäre schon extrem schlecht, findet ihr nicht? - Aber da kommt mir eine Idee. Ich werde gleich morgen früh Alfred anrufen, der hilft uns bestimmt."

*

Als wir in meinem Bett lagen, sagte Leevi: „Mou, es gibt good news."

„Ja, was denn?" Ich war so aufgedreht wegen des Hotels, dass ich überhaupt nicht müde war.

„Ich habe gesprochen mit A-Records. Wir haben finally chosen the right songs for the album. „Magic In You" wird not only opener, wird auch title von album."

„Wirklich?"

„Yes. This double meaning is perfect. Magic in this album. Magic in the songs, Magic in alle people, wo halten diese Album in Hand."

„Super, und wie geht es jetzt weiter?"

„Jetzt geht Arbeit los mit promotion, interviews and so on."

„Du willst mir sagen, dass ihr viel unterwegs sein werdet, habe ich Recht?" Er nickte nur. Ich kuschelte mich an ihn, und er küsste meinen Nacken. „Es tut mir leid, am liebsten ich möchte immer sein bei dir."

Ich schnaufte tief. „Werdet ihr wieder ausziehen?"

„No! Nein, wir werden doch haben Auftritte hier in Germany, bestimmt auch noch in Schweiz und Austria."

„Okay", sagte ich und küsste ihn.

„Aber in Sommer wir machen Urlaub. Großes Urlaub. Du auch hast so viel gearbeitet. Du brauchst

Pause." Er zog mich noch fester an sich. „I love you so much, Mou."

„Ich liebe dich auch." Und ich würde nehmen, was ich bekommen konnte.

*

Daniel war schon vor sieben Uhr mit seinem Leihwagen losgefahren, ich hatte die Haustür gehört und stand jetzt auch auf, ging ins Bad und deckte den Frühstückstisch. Keine Ahnung, ob Mirja schon wach war. Ich schlich leise hinüber und lauschte an der Tür, aber es war alles ruhig. Also frühstückte ich schon mal alleine, weil ich dann auch ins Hotel wollte. Aber zuerst rief ich Alfred an. Er war Frühaufsteher, es war kein Problem, ihn um diese Uhrzeit anzurufen.

„Hallo Alfred, hier ist Mona, ich brauche mal wieder deine Hilfe. Es kann sein, dass wir heute noch ein Bett bauen müssen. Hättest du Zeit?"

„Für was willst du ein Bett bauen?"

Ich erklärte ihm die Zusammenhänge.

„Du brauchst kein Bett zu bauen", sagte er, „ich habe genau das Richtige für dich. Als die Karmelitinnen aus dem Kloster ausgezogen sind, haben sie uns alle Möbel überlassen. Wir haben bestimmt fünfzehn Betten eingelagert, mit Lattenrosten und Matratzen. Es ist alles da. Es sind halt nur ganz schlichte Holzbetten, nichts Besonderes."

„Ja, ich weiß, ich war mal dort, aber das macht gar nichts. Das Zimmer ist nicht belegt, ich will den Seewalds nur einfach keine Hoteleröffnung zumuten, in dem ein Zimmer keine Betten hat. Pass auf, wenn die Spedition bis heute Nachmittag nicht aufgetaucht ist, müssen wir irgendwie zwei von diesen Betten nach Seligenstadt schaffen."

„Ja, ja, die bringe ich schon in meinen Transporter, die sind ja zerlegt", meinte er gelassen.

„Du bist meine Rettung, Alfred, ich melde mich."

Als ich ging, schliefen Mirja und Leevi noch. Ich legte ihnen einen Zettel auf den Tisch mit der Adresse des Hotels.

Gegen zwölf Uhr trudelten sie ein und ich stellte sie den Seewalds vor.

„Leevi, du hilfst Daniel, und du Mirja, machst einen Stadtbummel."

„Nein, ich will doch auch helfen", sagte sie.

„Das kommt überhaupt nicht in Frage, du bist hier auf Urlaub", widersprach ich ihr.

„Geh doch, Mona, und zeig Mirja deinen Laden", sagte Ellen, „und um ein Uhr seid ihr wieder hier, da gibt es Mittagessen. In der einen Stunde passiert schon nichts. Ich weiß doch über alles Bescheid und halte meine Augen offen."

Also ging ich mit Mirja los, zeigte ihr auf die Schnelle ein paar historische Gebäude von Seligenstadt und meinen Laden, für den ich Karin eingespannt hatte, damit ich im Hotel sein konnte.

Auf dem Rückweg hakte ich mich bei Mirja ein. „Es ist so schön, euch hierzuhaben, und jetzt habe ich gar keine Zeit. Das tut mir wirklich leid."

„Ach", winkte sie ab, „mach dir darum bloß keine Gedanken. Es ist das erste Mal seit Jaanas Geburt, dass Daniel und ich mal wieder alleine sind. Das ist Highlight genug."

„Aber ihr könnt doch sicher noch ein paar Tage länger bleiben? Wenn wir die Hoteleröffnung über die Bühne gebracht haben, habe ich wieder mehr Zeit und wir können zusammen etwas unternehmen."

„Mal sehen, wie Helena das alles verkraftet. Jaana und Elias sind ja happy bei Mom und Ida, aber Helena ist halt noch so klein."

Ich drückte ihren Arm. „Ja, sicher. Aber ihr habt doch telefoniert, ihr geht es doch auch gut. Ich würde mich wirklich sehr freuen, wenn ihr noch ein bisschen bleiben könntet."

Bis vierzehn Uhr war immer noch keine Spedition in Sicht und der Verkäufer des Bettes nach wie vor nicht zu erreichen, also rief ich Alfred an, dass wir die Betten der Nonnen brauchen würden. „Leevi", rief ich laut durch die untere Etage des Hotels, „wo bist du, ich brauche dich!" Ich fand nur Daniel und die anderen Schreiner. „Daniel, wo ist Leevi?"

„Der ist in der Küche verschwunden."

„Das glaube ich jetzt ja wohl nicht!" Ich raste in die Küche. Da stand er in aller Seelenruhe, trank einen Kaffee und plauderte mit dem Küchenpersonal. Typisch! Ich schnappte ihn am Ellbogen. „Komm, ich brauche dich! Was drückst du dich überhaupt hier in der Küche herum?"

„Ich konnte nichts mehr helfen."

„Ja, ja, nun mach, wir müssen zum Heimatmuseum."

„Zum what?"

Also rasten wir nach Hainstadt. Alfred erwartete uns schon. Ich machte die beiden Männer miteinander bekannt und wir schleppten die zerlegten Betten in den Transporter. Alfred half auch noch, die Betten wieder aufzubauen, wobei Leevi wirklich keine allzu große Hilfe war. Alfred und ich schüttelten mehrfach lachend die Köpfe, weil Leevi Kopf- und Seitenteile falsch zusammenschrauben wollte. Immerhin hatte er seinen guten Willen gezeigt. Es war mittlerweile siebzehn Uhr und jetzt kam doch noch Hektik auf. Morgen Früh musste schließlich alles fertig sein. Mirja ließ es sich nicht nehmen, doch noch mitzuhelfen. Sie wusch Schubladen und Schränke aus, und bis weit nach zweiundzwanzig Uhr bezogen wir noch Betten, stellten Obstschalen, Kerzenständer und Vasen auf. Die Blumen würden erst morgen ganz frisch angeliefert werden. Erschöpft aber glücklich sanken wir gegen Mitternacht in unsere Betten.

*

Pünktlich am dritten März eröffnete das Traumhotel Seewald mit einem Tag der offenen Tür seine Pforten.

Heimlich packte ich eine kleine Tasche für Leevi und mich und schaffte sie in den Kofferraum von seinem Auto. Ich hatte Daniel schon eingeweiht, dass sie mit dem Leihwagen fahren sollten.

Leevi hatte seinen blauen Anzug von Helsinki mitgebracht, und ich hatte mir ein tolles blaues Kleid gekauft, in dem ich mich ausnahmsweise einmal sehr wohlfühlte. Ein One-Shoulder-Kleid mit raffinierten Raffungen und einem weit schwingendem langen Rock aus mehreren Lagen Chiffon. Er hatte mich noch nie in einem Kleid gesehen, überhaupt waren wir noch nie ausgegangen. Ich öffnete die Badezimmertür und schwebte hinüber ins Esszimmer. Die gewünschte Wirkung trat ein. Er war wirklich für ein paar Sekunden sprachlos, was bei ihm sonst nie vorkam. „Oh, wow!", sagte er dann, kam auf mich zu, nahm meine Hand und gab mir zu verstehen, dass ich mich im Kreis drehen sollte. „Wow, das ist so schön, wunderschön! Is this lipstick kissproof?"

„Keine Ahnung."

„Das besser er sollte sein, ich werde constantly küssen müssen dich." Er zog mich in seine Arme und küsste mich leidenschaftlich. Der Lippenstift war übrigens nicht kussecht. Danach musste ich mein Make-Up ausbessern, und Leevi musste seinen Mund abwaschen, aber er meinte, das wäre die Sache wert gewesen, und so schlecht hätte er gar nicht mal geschmeckt. Außerdem müsse er ständig darüber nachdenken, was ich unter dem Kleid trug. Ich versprach ihm, dass er es mir nach der Feier ausziehen durfte. „Ah", er griff sich ans Herz, „ich fühle wie meine Geburtstag heute." - Jetzt mussten wir aber wirklich los.

Zahllose Besucher waren den ganzen Tag über durch die Räume flaniert, und am Abend waren alle, die an dem Hotel mitgearbeitet hatten, mit ihrer Begleitung zu einem Festessen eingeladen.

Nach der offiziellen Begrüßung durch die Seewalds strömten nun auch die geladenen Gäste durch die Flure und Räume. Daniel erklärte Mirja alle Arbeiten, die er mit den anderen Schreinern zusammen durchgeführt hatte, und auch ich ging mit Leevi die Zimmer ab. Dabei trafen wir auf Familie Aydin, die als Obst- und Gemüselieferant heute hier vertreten war. Frau Aydin verwickelte mich in ein Gespräch, bewunderte mein Kleid, behielt aber immer ihren Mann im Auge, der, einige Schritte von uns entfernt, mit Leevi sprach. Filiz hielt sich im Hintergrund, aber als Leevi sie entdeckte, begrüßte er sie herzlich.

Frau Aydin ließ ihren Blick zwischen mir und Leevi hin- und herwandern. Sie hakte sich bei mir ein und tätschelte meinen Arm. „Er ist ein guter Mann, Ihr Mann, ich sehe es an seinen Augen", sagte sie leise zu mir und nickte eifrig mit ihrem Kopf.

„Ja, das ist er, aber wir sind nicht verheiratet."

Sie schaute noch einmal von mir zu ihm und wieder zurück. „Ich glaube trotzdem, dass er dein Mann ist", sagte sie und duzte mich plötzlich. Wir gingen zu ihnen hinüber, und dann setzte ich meine Erkundungstour mit Leevi fort.

„Mou, was war das für Überfall in deine Geschäft?", fragte Leevi ernst.

„Es gab keinen Überfall in meinem Geschäft. Ich weiß nicht, was du meinst."

„Herr Aydin sagt, er hat hinausgeschmissen eine Mann aus deine Geschäft. Abends. Es war deine Vermieter, das ist Stefan. Right?"

Oh nein! Herr Aydin hatte geplaudert. „Es war kein Überfall. Ich wurde weder ausgeraubt noch verletzt."

„Look at me." Er machte einen großen Schritt und stellte sich direkt vor mich. „There`s something in the wind. Ich kann sehen an deine Nasenspitze."

Ich schnaufte tief und atmete hörbar laut aus. „Er war betrunken und hat sich im Ton vergriffen, da habe ich ihn hinausgeschmissen. Und jetzt hör bitte auf mit dieser Fragerei, ich möchte den Abend genießen."

„Herr Aydin hat geschimpft mit mir, dass ich muss besser aufpassen auf dich. Eine Mann muss immer beschützen seine Frau, sagt er, and he is right. Wenn Stefan etwas getan hat dir, you know, I kill him."

„Schluss jetzt damit", sagte ich energisch und ging um ihn herum.

„Ich finde schon noch heraus. Du sagst nicht ganze Wahrheit."

Ich schnaufte noch einmal laut. „Leevi, er hat noch einmal auf mich eingeredet und wollte mich umstimmen, aber ohne Erfolg. Ich liebe nur dich. Mein großer, starker Held!" Ich küsste ihn vorsichtig, griff nach seiner Hand, ließ meine Finger zwischen seine gleiten und führte ihn in das Zimmer mit dem schwarzen Lederbett, das wir als Knüller auch noch mit schwarzer Satinbettwäsche bezogen hatten. Das würde ihn mit Sicherheit ganz schnell auf andere Gedanken bringen.

„Oh wow! How cool is that? Ich meine, für eine Hotel room! Wie viele Ideen du hast", er sah mich voller Bewunderung an, „unglaublich! In jede Zimmer man fühlt wie in eine andere Welt. Aber hier es fehlt noch etwas."

„Was fehlt?" Ich schaute mich erschrocken um, was hatte ich vergessen?

„An diese Wand", er deutete mit beiden Händen darauf, „muss black or red guitar aufgehängt werden. Ich werde schenken Ellen mit signature von ganzes Band."

„Oh, das ist eine tolle Idee und enorm großzügig von dir. Dankeschön." Ich musste ihn drücken.

Dann gab es ein vorzügliches Menü, welches selbst Leevi zufriedenstellte. Er aß gerne gut und reichlich. Sein Lieblingsrestaurant in Helsinki war ein Fünf-Sterne-Haus.

Zu fortgeschrittener Stunde wurde auch ein bisschen getanzt. Leevi tanzte ja nicht, er behauptete, dass das mit seinen langen Beinen unmöglich aussah, aber Herr Seewald tanzte mit mir, später auch Daniel und Herr Aydin. Und irgendwann ertönte Curtis Stigers „I Wonder Why". Alleine das Saxophonsolo am Anfang trieb mir jedes Mal wieder Tränen in die Augen, vom Songtext mal ganz abgesehen. Mein absolutes Tanzstundenlieblingslied! Perfekt für einen langsamen Walzer. Ich lächelte vor mich hin. Spulte in Gedanken die weitgreifenden, langen, tiefen Schritte ab, die Drehungen. Plötzlich nahm Leevi meine Hand und stand auf. „I have changed my mind. Ich möchte tanzen mit dir."

Ich stand ebenfalls auf und sah aus dem Augenwinkel gerade noch die erstaunten Gesichter von Mirja und Daniel. Naja, tanzen konnte man das nicht unbedingt nennen. Es war ein leichtes, rhythmisches Bewegen, aber egal, es war so schön, in seinem Arm zu liegen. Ich schmiegte mich an ihn. Für mich war er der tollste Mann des Abends. Der blaue Anzug mit dem weißen Hemd stand ihm phantastisch.

„Bist du glücklich?", fragte er mich leise.

„Ja, so glücklich, dass ich platzen könnte."

„Me too. Weißt du warum?"

„Nein, aber ich schätze, dass du es mir gleich verraten wirst." Ich drückte mich noch ein bisschen fester an ihn.

„I am in the happy position of tanzen mit Hotel queen", er küsste mich vorsichtig. Seine Hand glitt unentwegt meinen Rücken auf und ab.

„Nein", sagte ich und schaute in die Richtung, in der Ellen saß, „Ellen ist unsere Hotelkönigin."

„Ja, Ellen auch."

Als das Lied zu Ende war, flüsterte Leevi mir ins Ohr: „Und jetzt, wir gehen nach Hause. That I finally kann reißen diese dress von deine body."

„Wage es nur", sagte ich empört, aber lachend, „das Ding hat mich ein Vermögen gekostet."

Ellen erwartete uns, als wir zu unserem Tisch zurückkamen, sie hatte eine Klarsichthülle in der Hand.

„Sieh mal, Mona, das haben wir alles für dich gesammelt."

Ich nahm ihr die Hülle ab. „Was ist das denn? Visitenkarten und lose Zettel?"

„Alles zukünftige Kunden von dir."

„Wie bitte?"

„Ja, sie wollten alle wissen, wer die Zimmer eingerichtet hat, und da ich keine Visitenkarten von dir hier hatte, haben sie ihre Adressen aufgeschrieben. Und mindestens zwanzig von Maggies Vasen könntest du auf der Stelle verkaufen. Die Besucher waren fasziniert von dem Video."

Ich schüttete den Inhalt der Hülle auf den Tisch. „Das sind mindestens dreißig Adressen! Wahnsinn!"

„Ich denke, für die nächste Zeit hast du ausgesorgt", sagte Ellen begeistert. Ich schaute Leevi an, zuckte mit den Schultern und schüttelte den Kopf. Ich konnte das gerade nicht fassen. Er streichelte mir über den Rücken und gab mir einen Kuss auf die Wange. „Das ist super, du hast verdient."

„Und, Herr Tervo, was sagen Sie dazu?"

„Zu was?"

„Na zu dem, was Mona hier auf die Beine gestellt hat?"

„Ja, was soll ich sagen." Verlegen fuhr er sich um den Nacken, „ich bin sprachlos, really." Er schaute mich an, unsere Augen spiegelten sich ineinander. Sein Blick drückte aufrichtige Freude aus, Stolz und unendlich viel Liebe. Er gönnte mir den Erfolg aus tiefstem Herzen. Er wusste, wie es sich anfühlte, wenn man einen kleinen Sieg errungen hatte. Es war einer dieser magischen Momente, von denen man in seinem Leben einfach nicht genug haben konnte. Er nahm meine Hand und küsste sie. „Ich bin so, so stolz auf dich. Was du alles geschafft hast in diese Jahr und hier, du hast alles gemacht so … besonders. Really, I hate this hotelrooms with white bedding."

„Ja, das finden wir auch", sagte Ellen und strahlte uns an, „und deshalb darf Mona auch als erster Gast in unserem Hotel übernachten. Sie natürlich auch", fügte sie noch schmunzelnd hinzu. „Welches Zimmer möchtest du denn haben Mona?"

„Ich weiß", sagte Leevi vorwitzig, „das mit großes Himmelbett, right?"

„Ich zeige es dir gleich", sagte ich. „Geh schon mal an dein Auto und hole unsere Tasche aus dem Kofferraum."

„What? Ich habe keine Tasche in Auto."

„Doch, hast du, schau mal in den Kofferraum."

„Okay, ich gehe, aber don`t run away."

„Keine Angst", sagte ich lachend, „ich laufe dir schon nicht weg." Als er verschwunden war, drückte mir Ellen wie verabredet den Schlüssel in die Hand und flüsterte: „Dein Leevi gefällt mir und wie er dich ansieht, da knistert ja sogar die Luft."

„Mirja, Daniel", sagte ich zu den Zweien, „ihr habt heute sturmfreie Bude, wir übernachten hier."

„Alles klar, wir passen gut auf dein Haus auf." Sie strahlten wie verliebte Teenager. Als ich Leevi mit der Tasche kommen sah, ging ich ihm entgegen und führte ihn in das Zimmer mit dem schwarzen Lederbett.

Ellen, die Gute, hatte uns Erdbeeren und eine Flasche Champagner aufs Zimmer geschickt. Leevi staunte: „Diese Zimmer hast du ausgesucht?"

„Hmhm", ich schmunzelte ihn an.

„Not for real!"

„Doch, ich weiß doch genau, was dir gefällt."

„Oh, du bist so good to me."

Er kostete bereits eine von den Erdbeeren und machte sich daran zu schaffen, die Champagner-Flasche zu öffnen. Ich suchte nach etwas ganz Bestimmtem in der Reisetasche, ah, da war es. Vorsichtig zog ich diesen Hauch aus schwarzer Spitze an den Trägern heraus und hielt ihn hoch. „Eigentlich wollte ich dich ja hiermit überraschen." Sein Blick schweifte zu mir herüber.

„Jesus Christ!"

Er verschluckte sich, seine Hand rutschte von dem Flaschenverschluss, und in der nächsten Sekunde flog der Korken mit einem lauten Knall durchs Zimmer.

Ja, er zog mir das Kleid aus, aber nein, er riss es mir nicht vom Körper. Ganz im Gegenteil. Es dauerte eine gefühlte Ewigkeit, bis er mich aus dem Kleid herausgepellt hatte. Schwer atmend öffnete er Millimeter für Millimeter den Reißverschluss, und jeden Zentimeter Haut, den der freigelegt hatte, bedeckte er mit zahllosen Küssen. Er war wirklich ein Genießer, nicht nur beim Essen.

„Glaubst du, Ellen kann uns geben Zimmer more often?"

„Warum das denn? Wir haben doch ein Zuhause."

„Aber ich möchte unbedingt testen alle Zimmer and definitely bed von nuns. Und du ziehst diese schwarze Dings an."

„Spinner." Ich lachte.

„Aber ich habe aufgebaut und dann ich muss auch testen, oder?"

„Also ich würde mich ja nicht unbedingt freiwillig in ein Bett legen, das von dir aufgebaut wurde."

„Oh, du bist so cheeky!" Er versuchte mich durchzukitzeln. „Ich bin gute craftsman."

„Ja, sicher." Lachend bemühte ich mich, ihn abzuwehren und seine Hände festzuhalten.

„Bitte Leevi, gib jetzt Ruhe, es ist schon spät." Ich machte meine Augen zu und kuschelte mich an ihn. Für zirka sechzig Sekunden herrschte Ruhe. Seine Hand streichelte meine Taille auf und ab.

„Mou?"

„Hm."

„Ich muss sagen noch etwas."

Ah! Er konnte eine echte Nervensäge sein, eine süße natürlich. „Was?", fragte ich in gespielt genervtem Tonfall. Er drückte mich fest an sich und schnaufte ganz tief.

„Ich will nie mehr loslassen dich, Mou. - Und ich will noch so much more!"

Ja, das wollte ich auch.

✻ ✻ ✻

*

*Gute Songs sind wie gute Geschichten,
sie verraten nie ihr letztes Geheimnis.*

*

*

Ende, aber nicht aus.
Wie es mit Mona & Leevi weitergeht erfahrt Ihr in:
Herzturbulenzen

*

Danksagung

Der erste Dank geht an meine Lektorin, Susanne Pavlovic. Aufgrund ihrer Anregungen habe ich neue Szenen und Schauplätze eingefügt. Ein hartes Stück Arbeit, das sich aber gelohnt hat.

Ein herzliches Dankeschön an meine erste Testleserin Ina. An Tanja Rörsch von der Agentur mainwunder, die Zeit und Lust hatte, meine Ideen zu unterstützen. An Juliane Schneeweiss, die von uns mit Wünschen und Vorstellungen bombardiert wurde und die mit großer Geduld und Einfühlungsvermögen das Cover und mein Logo gestaltet hat. Tausend Dank! Ebenso an Rebecca Resch und Sabine Müller, meine Fehlerteufelinnen.

Last but not least ein ganz besonderes Dankeschön an Euch, liebe Leserinnen und Leser. Vermutlich mehr Leserinnen als Leser, aber wie dem auch sei, ich wollte es nicht versäumen, Euch zu danken, dass Ihr mein Buch gekauft habt. Ist es mir gelungen, Euch für ein paar Stunden aus dem Alltag zu entführen?

So schlagt Euch also weiterhin wacker, Ihr tapferen Seelen, Ihr Heldinnen und Helden des Alltags, denn irgendwann wird es für uns alle Goldstaub regnen.

- Weil alles im Leben zurückkommt. -